诗意的远方

西行日记

杨洪波 著

吉林人民出版社

珠穆朗玛峰　2016年摄

纳木错　2016 年摄

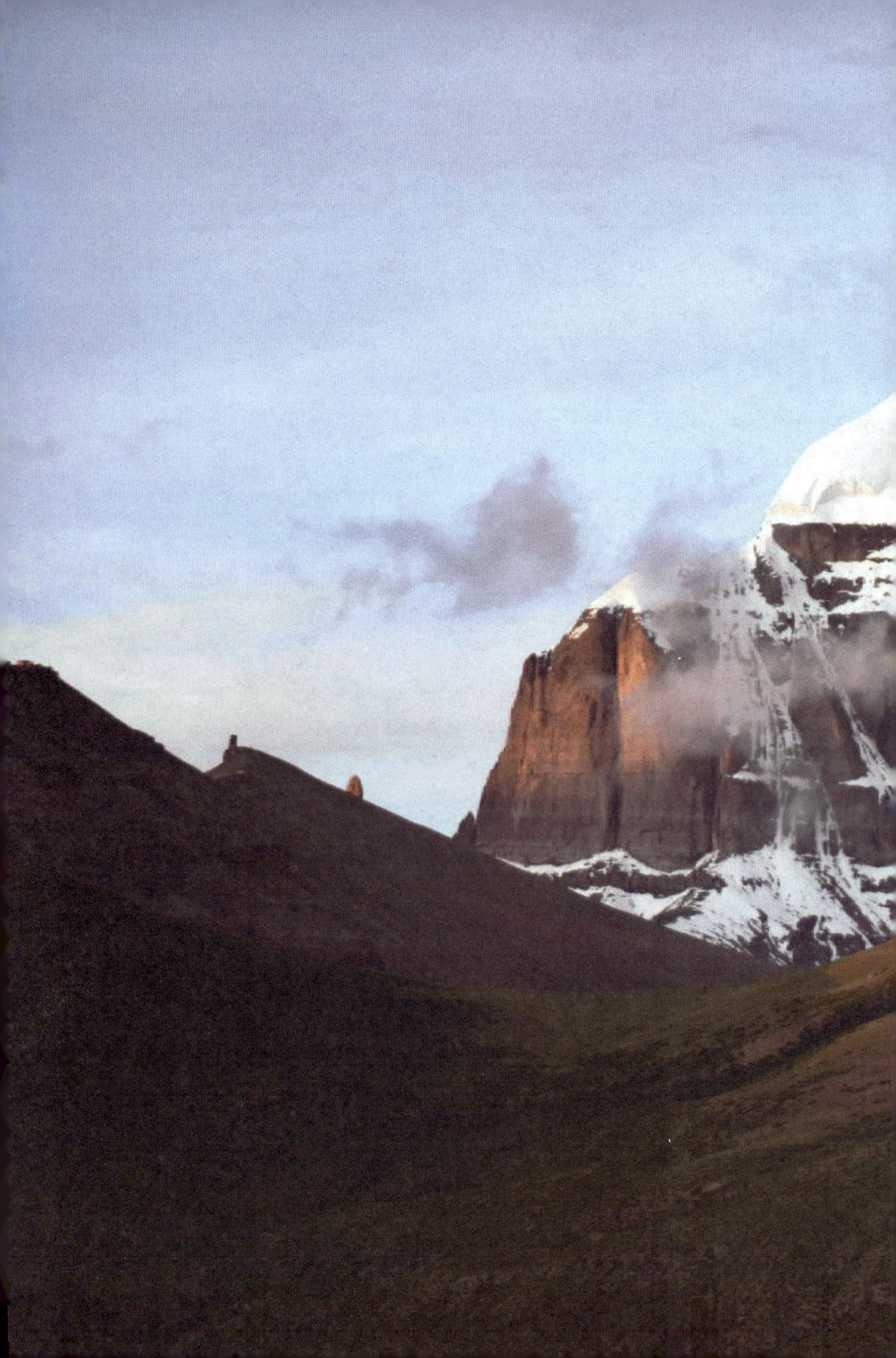

冈仁波齐

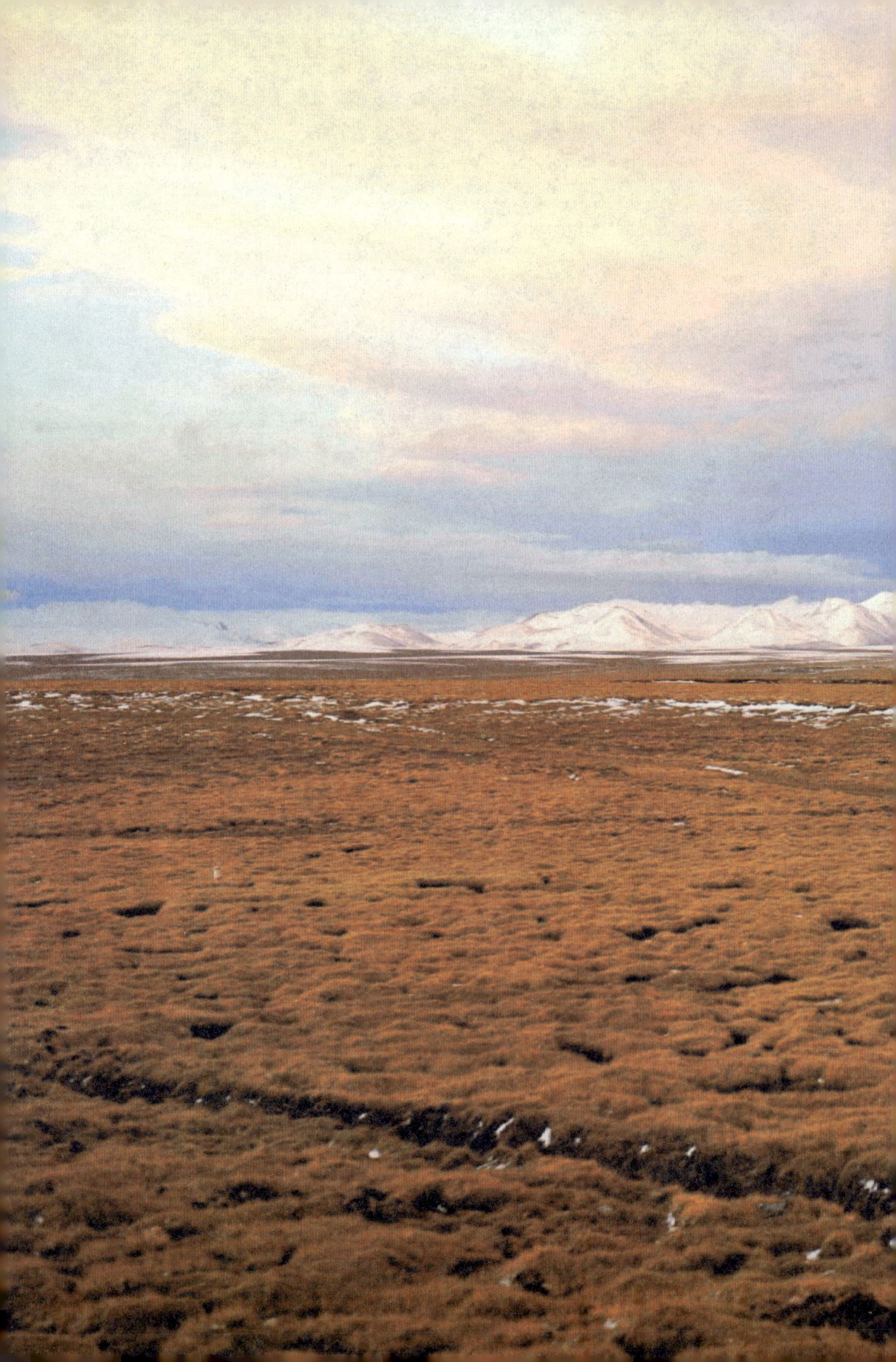

可可西里 2016年摄

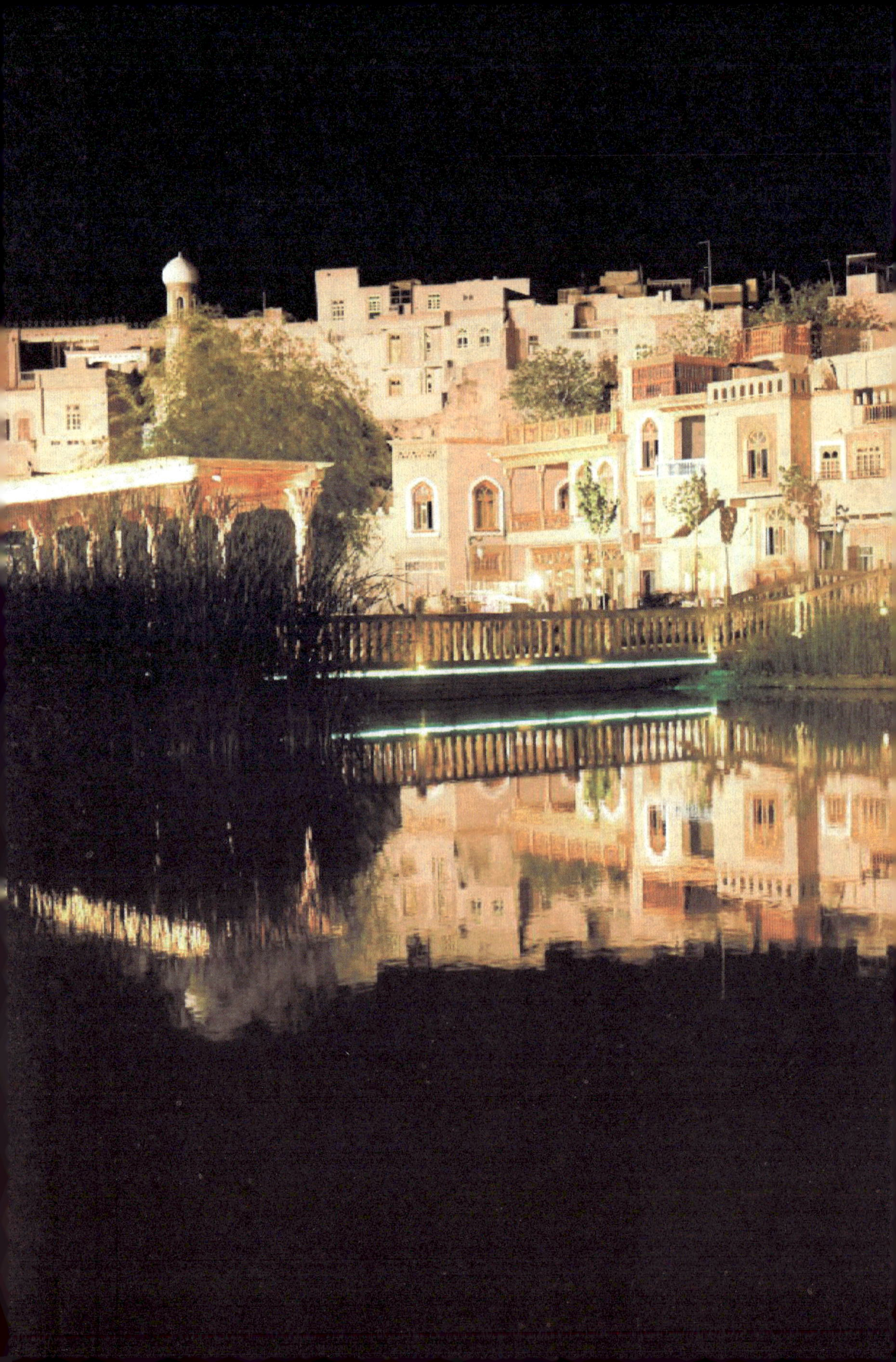

喀什古城

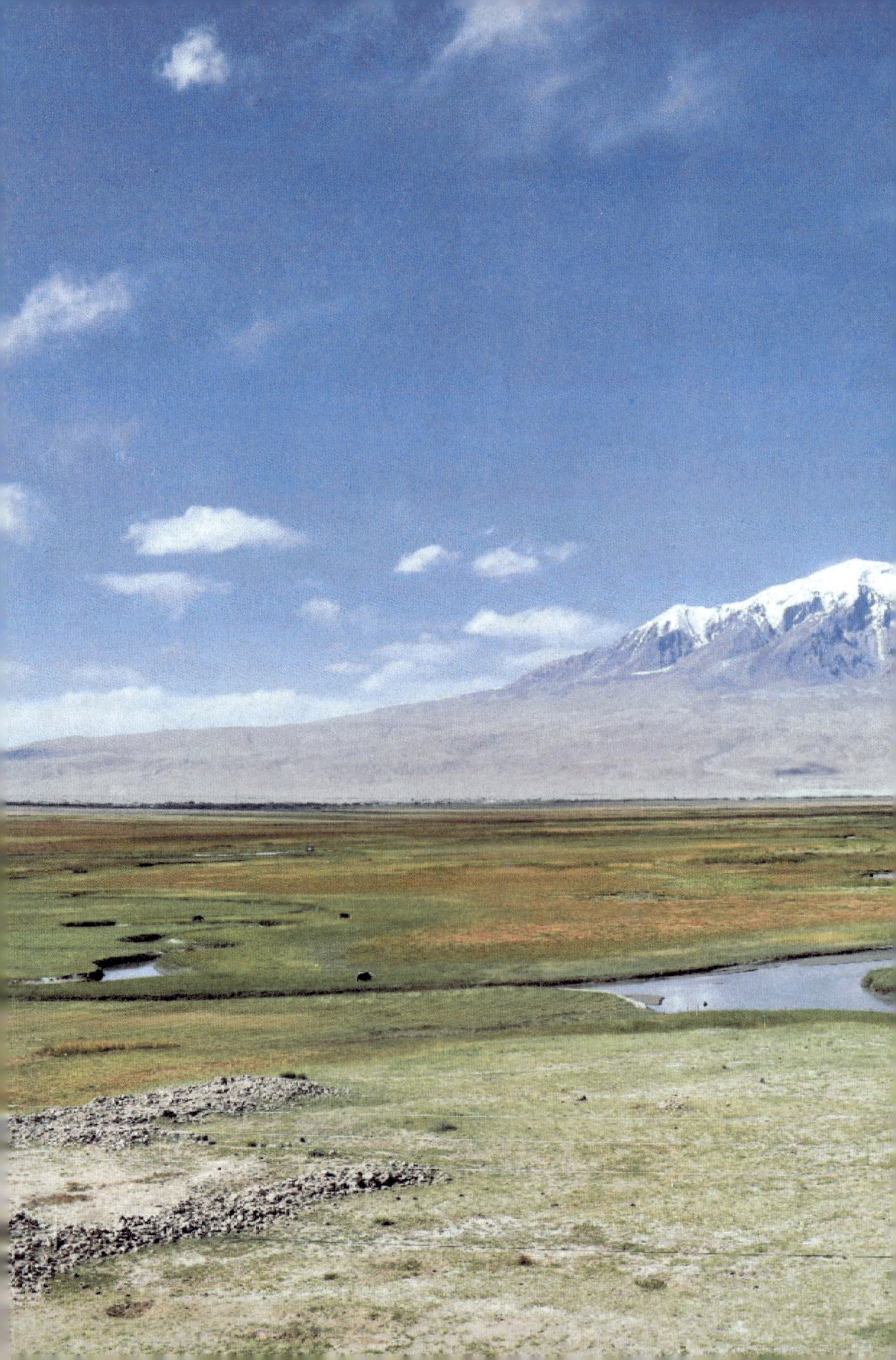

帕米尔高原

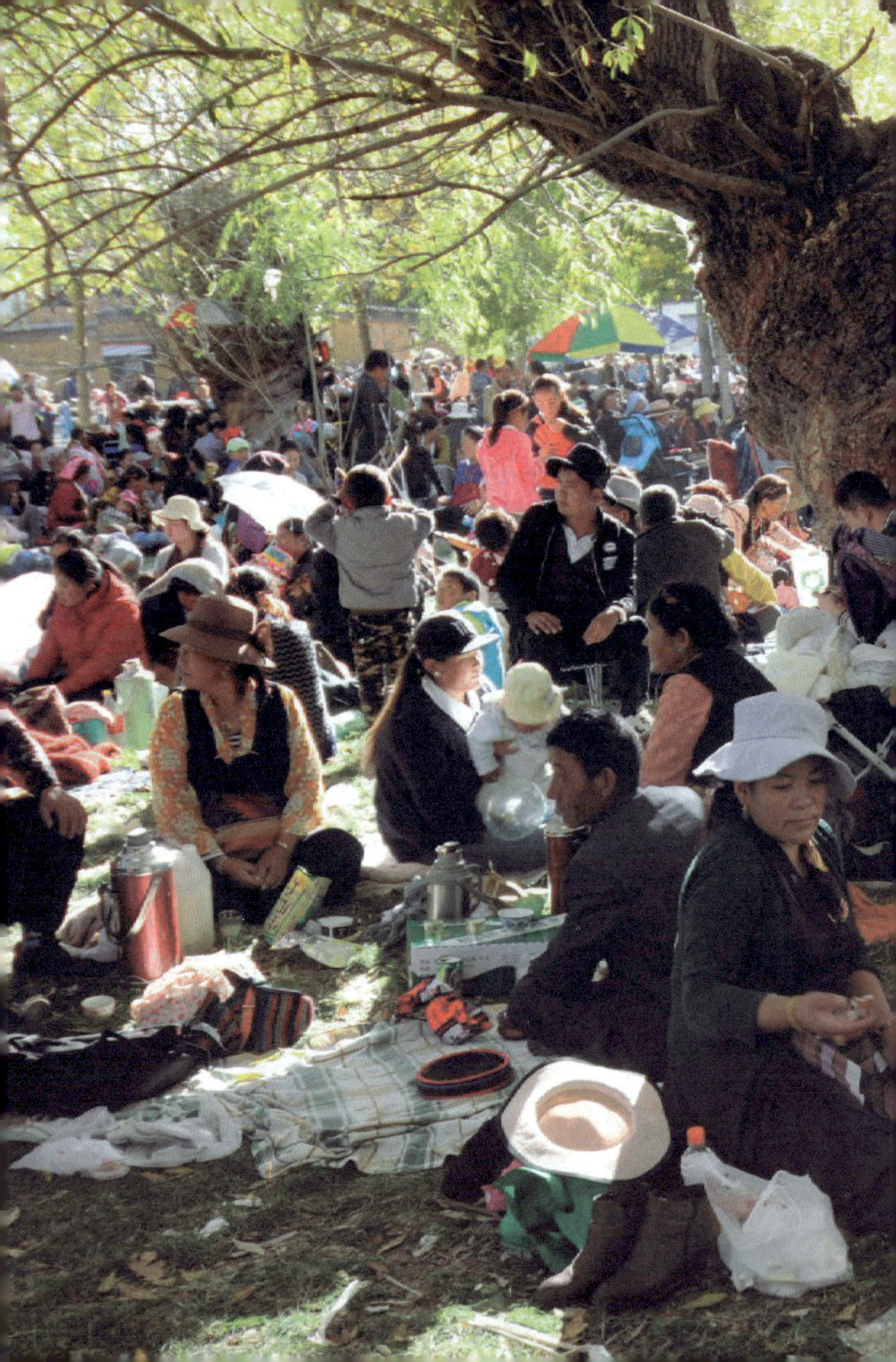

休闲中的藏族同胞 2016年摄

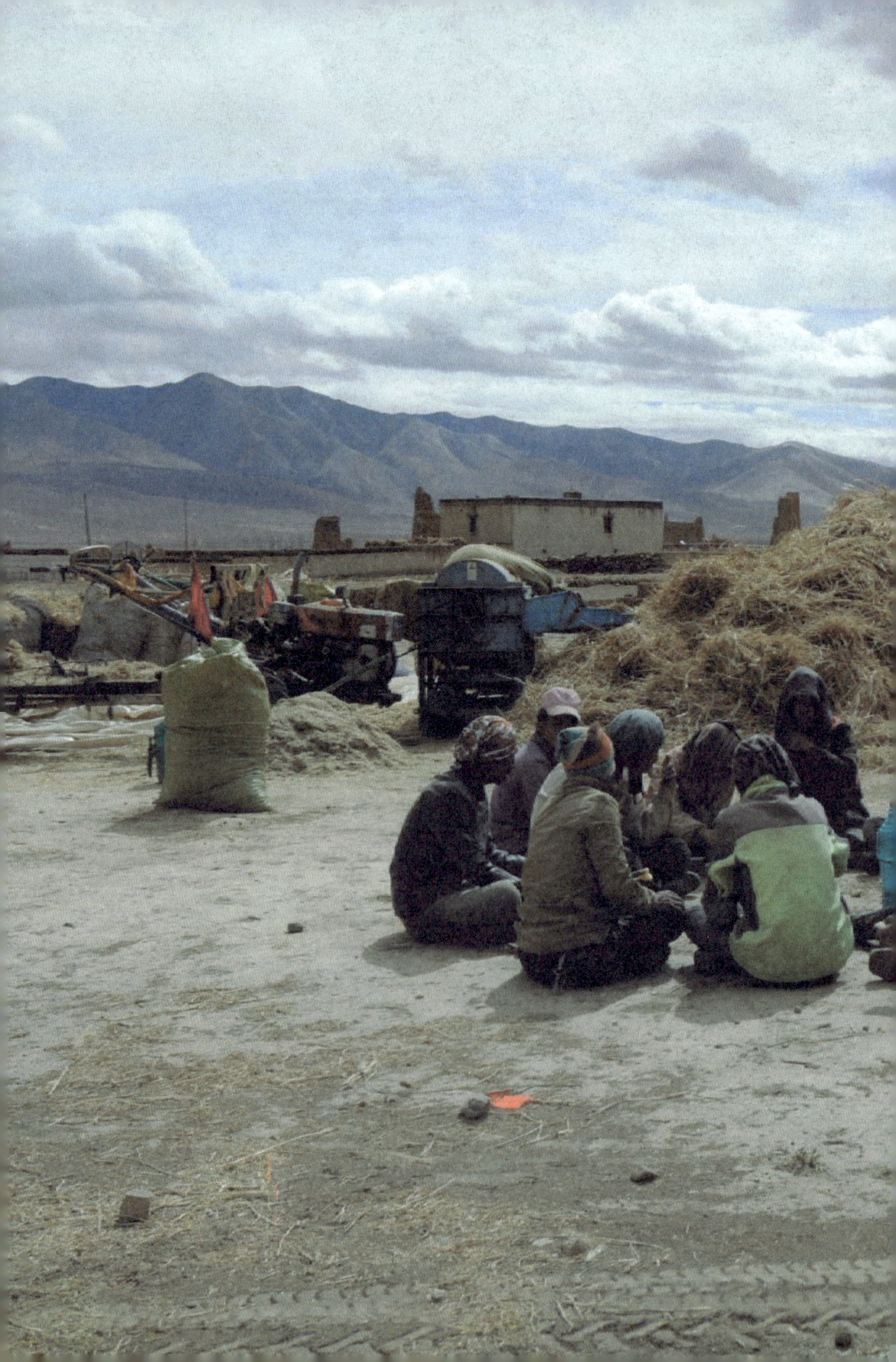

劳作后喝茶的人们

喀纳斯

序言

一颗求索于远方的心

郑子彬

　　单车独骑，孑然一身，在海拔四五千米的寥廓高原上攀登跋涉——时或披星偶尔戴月，空天旷野，古道危途，晨霜暮雨，暗云长风，兼且欲相偕在途而形单，期顾怜于路但影只，减腰三匝，染鬓千丝，然其心无悔，其志弥坚，怀揣着对雪域高原如初恋般不能忘怀的眷念与祈盼，用童稚般的纯真和集于一身的灵性、悟性与韧性，把一路上的所经、所历、所感、所思凝结于笔端，塞进锦囊——《诗意的远方——西行日记》（以下简称《西行日记》），幻化成一粒粒璀璨的珍珠，撒在万余里西行的漫漫长途上，也抛撒在阅读者的心田。

　　《西行日记》是一首韵味悠远的长诗。在它朴素的文字下面，踊跃着一颗热烈的诗心，奔腾着一股不竭的诗情。虽然《西行日记》是一篇篇记游的文字，形式上并非一首诗。但是，那时而娓娓道来如汩汩清泉，时而慷慨激越如滔滔江水，在静与动的文字流淌下面，却总能让人感受到有一种或低回婉转或激越昂扬的韵律在回环。其中蕴含着言不尽的诗志，品不尽的诗意，思不尽的诗境。比如写米堆冰川冰瀑"从天垂落，洁白的冰帽与白云浑然一色，湖水里睡着冰川的倒影"；写夜晚与白天的扎塘鲁措湖，"昨夜这湖犹如天上的星辰坠落，这时就是蓝天一角搭在了高原之上"，诸如此类，比比皆是。作者笔下的"形"，或在山川江湖，或在城镇乡村，但其所创造的"境"，却都是心与神遨游飞翔的诗境，流溢着蓬勃的诗情。

　　《西行日记》是一幅长长的画卷。且不说那点缀在文字中的近千余帧摄影作品，本身就是自然与意象结合的艺术升华，即就其笔下绘声绘色的文字而言，也仿佛就是一幅徐徐展开的或浓墨重彩或浅黛淡粉的山水长卷。看那收割中的金色稻田和忙碌而欢乐的藏族同胞，那仿佛童话里的察隅小木屋，那宛若直通瑶池的冰川，那在大转弯满腹委屈掉头而去的雅鲁藏布江恋恋不舍的背影，那余晖下"戴着银冠的金字塔"冈仁波齐，那众湖簇拥下闪着神秘灵光的"天女之魂"拉姆拉错……如质感强烈的油画，如意境悠远的丹青，似写生素描，似工笔彩绘，连那画中的人，也直如呼之欲出般亲切。概而言之，无论千山万水，无论一花一草，作者都以细如游丝的笔致和五彩斑斓的色调，绘出其形神兼备的特质，令阅读者如临其境，生出美的共鸣。

《西行日记》是一曲历史与现实的交响乐。作为曾经的历史学者，作者对历史的钟爱自然溢于言表，一路上对历史遗迹的探访与凭吊自是《西行日记》的着意之笔。从古城堡、古民居、古战场、古墓葬到古陵园直至文成公主与松赞干布等古英雄人物，用饱蘸深情的笔墨，把先民往古的辉煌与悲壮，连缀成一条历史的画廊，一道历史的回音壁。当然，发现历史是为了映照现实，昔日的圣迹反射着今天的恢宏。从藏南到藏北，从高原上僻远的边寨和小城，从丰收的田野和风吹草低见牛羊的牧区，一个个新城与新村，构成了一道道生机蓬勃的风景线和一本本画质精美的写真集。

大凡一篇好的游记，不仅仅会让人读后回味无穷，而且会让人忍不住到作品堆砌起来的文字下面，去寻觅作者所隐藏着的一颗心。《西行日记》恰就是这样的一篇文字。

无疑，不论是国人还是国外的人，只要是稍有一点地理常识的，都不会不知道那个叫作"世界屋脊"的地方，都不会不向往到那辽远寥廓的雪域高原去，用自己的双脚走一回天路；到那万山之王的喜马拉雅去，亲眼看一看绵延起伏的一座座世界级山峰和亘古未变的冰川，以及从天飞落的雅鲁藏布江和神秘莫测的大峡谷；到那号称"观音之居"的布达拉宫去，亲耳聆听一次来自天外的梵音；到那高原都市拉萨的八角街去，转着经筒无数次虔诚地默诵"阿弥陀佛"。但是，那遥远的梦想却又是很难实现的。尽管有许多人因为去过一次西藏而深感此生无憾，但却有更多的人止步于那远古的呼唤面前，只能延续那千年的梦幻——因为，那比难于上青天的蜀道还要难的天路，实在不是一般人所能攀越的。可是洪波兄却不止一次，而是再三再四地独行于西藏！"路漫漫其修远兮，吾将上下而求索。"虽然，今日的时代已非屈子的时代，洪波兄更非那位踯躅于江滨的屈灵均，但却又是什么如此吸引着作者的目光？是什么样的动力驱使着这位独行者，怀着初恋般的企盼和终难释怀的眷恋，一次又一次地跋涉穿越那一座座山川相连的高原，写下一章又一章的《西行日记》，描绘出一幅又一幅高原的风景，他究竟是要追求什么？

我们在《西行日记》里看到，这位独行者不断寻访着古藏族同胞在那曾经苍凉蛮荒、人迹罕至的高原上，所创造的一处处无与伦比的古代文明遗迹。看到这位独行者在吉隆县乾隆年间福康安率军远征反击入侵而遗骨藏边的清军墓葬遗址前，在20世纪60年代初那场自卫反击战的烈士墓前，他的祭奠与冥思。看到这位独行者对白居寺、扎什伦布寺、紫金寺、萨迦派祖师寺、大昭寺等一座座古寺庙一路虔诚的拜谒和格外的钟情，尤其是与加措活佛的邂逅、同游……不知道他孜孜以求的，是否就是要探索那亘古以来藏民族的某种精神和信仰的力量，也或许就是要探索那神奇、神秘高原上历史与现实沧桑变化的终极哲学问题。那么，他找到了吗？或许他已经找到，就在他的文字里；或许他还没有找到，那就期待他的下一次旅行！

西藏，西藏，那个遥远而又亲近的地方！我站在海拔百余米的平原上，遥望着在那海拔几千米的西藏天路上一个跋涉的背影，仿佛看到人走在天上，走在云端，走向百花齐放、霓虹闪烁、光怪陆离、氤氲缥缈的仙界……

当然，《西行日记》里不仅写了西藏，还写了由川入藏的蜀道，还有浪漫迷人的新疆风情。每一个阅读者，都能以自己独特的视角，去寻觅自己独特的感受，去体验那洋溢在文字溪流中的西行魅力。

2020 年 10 月

引子

旅行是一件奇妙的事情，热爱旅行的人，常常被莫名其妙地诱惑着，鬼使神差、义无反顾地就踏上了通向远方的漫漫长路。

于我而言，国内的旅行最具魔幻般吸引力的去处，莫过于遥远的西部地区，西藏、新疆是值得一去再去的地方。

2002年、2009年曾两次去西藏旅游，2016年又曾独自一人自驾过祖国藏疆等西部数省，虽说见闻颇丰，却意犹未尽。每当想起远方，就有一个声音在呼唤：来吧，快来吧！于是，匆忙打好行装，再次和儿子告别，向魅力四射的西藏、新疆出发。

出发前，去汽车维修厂对车辆做了全面保养，换了四个轮胎、两个轮毂，电瓶、火花塞、发动机皮带、变速箱等全部更换。开着轿车去西藏、新疆虽有相当难度，不过，不试一试，谁会知道结果将是如何。

2019年7月18日出发，9月23日返京，历时68天，行程18500余公里，每天以日记形式将见闻感想记录于网络朋友圈，以志备忘。今略做整理付梓，以飨读者朋友。

和儿子说再见

目 录

启程 …………………………………… 1

盛唐怀古 ……………………………… 7

巴蜀采风 ……………………………… 11

甘孜掠影 ……………………………… 25

藏疆初度 ……………………………… 60

藏地江南 ……………………………… 80

回到拉萨 ……………………………… 154

巡行后藏 ……………………………… 162

亲近阿里 ……………………………… 185

南疆风情 …………………………………… *214*

北疆秋色 …………………………………… *268*

归途 ………………………………………… *297*

诗之余韵 …………………………………… *301*

后记 ………………………………………… *307*

PART 1 启程

QICHENG

2019年7月18日

北京，晴。

早7点出发，一人一车，自由自在。按昨天晚上翻看地图的路线，可以顺道去看黄河壶口瀑布。沿京港高速、青银高速、京昆高速行进。穿过河北路段进入山西，驾驶的感觉就不太好了，平阔的高速路有各种限速，能见到的限速标志就有120、100、80、70、60公里时速，晚9点到达山西境内的壶口。

这次出行，必定是奇幻之旅。车出北京，将途经石家庄，给河北师大倪世光教授打电话，问他在哪里，计划中午到石家庄让他请吃饭的。他说和夫人在去壶口的高速路上。真够巧的。几年前去石家庄公干，路上给他打电话，他抱歉地跟我说，他正在去北京的火车上，给学校购买图书。这次他又跑了，不过肯定跑不掉。我说，你在壶口等我吧，我要追到壶口让你请吃饭。他挑衅地说，你来呀！他不知道我真的会来。

到了壶口，住进同学给订好的酒店，赶紧下楼到餐厅就餐，具有地方特色的美食早已摆上餐桌。在这种莫名其妙的地方，莫名其妙地遇到老同学，这是何等缘分。

2 诗意的远方——西行日记

饭后，和同学走在黄河大桥上，这边是山西，那边就是陕西。走过大桥，听着脚下黄河的怒吼，吹着轻柔的夜风，饶有兴致地聊着陈芝麻烂谷子的旧事，直有"今夕是何夕"的感慨。在陕西地界，几位警察在执勤，请警察朋友帮忙拍个合影。这算不算有趣的一天？自我觉得相当有趣。相信后面还会有更有趣的遭遇。

想必接下来的路上定会画意诗情，精彩纷呈。今天累了，写不出诗，还是洗洗睡吧。

是日，行程874公里。

和老同学倪世光教授

7月19日

壶口，阴。

早晨，和倪世光夫妇一起吃过早饭，又在黄河大桥上走一遭，在陕西一侧地标前再次合影，就好像多么隆重的大会师。

握手，挥别，各奔东西了。从北京出来时新进一架无人机，还没有实际操作过，找到一个空旷的停车场测试。几番鼓捣，大体熟练，否则无人机掉到黄河里应当是大概率事件。

随后来到壶口瀑布边，这是在山西吉县一侧的观景点。只见大河在这里汇聚，如千军万马，咆哮着奔腾而下。气势磅礴，蔚为壮观。做顺口溜，记录一下。

壶口观感

野马无羁滚滚来，
奋蹄排空万壑开。
千折百转留不住，
鼓角激荡壮情怀。

在吉县壶口盘桓数小时，觉得该走了。看时间，今天到达广元时间是不够了，那就把目标设定在汉中吧。

从山西吉县壶口瀑布出来，进入陕西地界，大约行走七八公里，发现路边即是宜川壶口瀑布景点大门。没有犹豫，停车购票进入。乘景点环保车又回到壶口。哇！陕西这边看壶口瀑布位置更好，隔着一两百米距离，就是刚刚在山西吉县观赏壶口的地方。左右两岸一起看，算是全面了。熙熙攘攘的人群，被黄河的伟岸吸引着，大呼小叫的嘈杂，也被黄河的咆哮淹没了。骑毛驴的，化装成陕西大妞的，架着长枪短炮不停扫射的，人们在这里找寻着属于自己的乐趣。溜溜达达，左瞧右看，就是不舍得离开。

离开北京时，带了一个笔记本，封面标注"中国计算机报"，记得是谭浩强教授某日送的。离京前在扉页上胡乱写了几个字："诗和远方一个都不能少。"于是拼凑了一首：

一日吉县又宜川，
秦晋隔望近地缘。
黄龙神游通大海，
壶口高悬接远天。
骇浪淘沙千古事，
惊涛拍岸几时间。
河晏风清终成梦，
野鹤闲云可胜仙。

张向午老师赋诗：

看罢野马观黄龙，
贪赏瀑布误行程。
不知昨夜宿何处，
今朝野鹤飞汉中？

已近晚 7 点，驱车向南行进，心想，走哪儿算哪儿吧。沿青兰高速、延西高速前行，到了黄陵服务区，抻抻胳膊踢踢腿。1986 年曾经随清华青年教工十数人去延安参观，途经黄陵，记得那时只有一块经风沐雨的黄帝陵石碑矗立，如今不知那里是什么模样。无暇多想，先考虑今晚去哪里住宿吧。继续前行，路上车辆很少，山间细雨蒙蒙，浓雾笼罩，地面湿滑，视线很差。眼皮不停地打架，瞌睡虫撕咬着大脑，真困了。晚 11 点，见铜川出口，立即离开高速，投宿铜川。本是炎热的季节，铜川却是清凉宜人。下车，做了几个深呼吸。

是日，行程 258 公里。

山西吉县壶口瀑布

6 诗意的远方——西行日记

📷 山西吉县壶口瀑布，对岸是陕西宜川县

📷 陕西宜川壶口瀑布 对岸是山西吉县

📷 桥的那端是山西

📷 吉县壶口黄河岸边

📷 黄河岸边的山西老汉

盛唐怀古

PART 2

SHENGTANG HUAIGU

7月20日

铜川，多云。

今晨，一碗米粉填饱肚子。上车出发，目的地广元。没有在铜川观光，却对铜川留下好感。沿着一条宽阔的大道出城，路边旗杆广告写着：文明铜川，好人之城。一事可以印证，便是机动车的相关规定。在一路口，正常行驶的左转右转车加我四辆，齐刷刷地停下了，等待行人先行通过。地面上标示：车让人。嗯，的确有点文明城市的味道。

行至三原服务区，服务区广场矗立着于右任先生石刻雕塑。于右任为三原人士，是中国近现代政治家、教育家、书法家。一首《望大陆》，如歌如泣，悲悲切切：

葬我于高山之上兮，望我大陆；
大陆不可见兮，只有痛哭；
葬我于高山之上兮，望我故乡；

于右任先生塑像与诗《望大陆》

8 诗意的远方——西行日记

故乡不可见兮，永不能忘。
天苍苍，野茫茫，
山之上，国有殇。

活动一下筋骨，走人。
张向午老师赋诗：

夜宿铜川别宜川，
又辞铜川赴广元。
途经三原下宝马，
髯翁故里蠹诗篇。

活动筋骨

沿延西高速、京昆高速前行，从西安西侧飘过，进入咸阳，向西约 40 公里，去寻访位于咸阳兴平市马嵬坡的杨贵妃墓。

马嵬驿 　　　　石磨和碾子

纺车 　　　　马槽

盛唐怀古

📷 黄山宫

📷 白居易《长恨歌》碑亭

📷 杨贵妃墓

📷 太真阁

先行至马嵬驿，这里曾是古代一个驿站，而今已建成民俗文化村，是个热闹的游览休闲去处。随着来来往往的游人，在仿古街市中，饶有兴致地游走观赏。各种商铺酒肆，沿街布满，唐风古韵与现代生活结合得恰到好处。吃一碗米粉，喝一杯冰糖雪梨，已是爽得不行。最值得称道的是兴平市在这里收集了大量散于民间的民俗旧物，把这里建成了一个偌大的露天博物馆。那些千百年来人们生产生活的用具在这里应有尽有，而且是巨量的。在中国文物和古迹屡遭破坏，许多具有民族记忆的物件被一些短视者弃之如敝屣，而兴平市却收集保护了如此多的民俗旧物，为后人保留下一点点生活的记忆，难能可贵。

与马嵬驿一沟之隔有一个黄山宫，道教圣地。应守观老人之邀，焚平安香。天气酷热，赶紧去看杨贵妃墓，那是重点。

下午来到位于兴平市马嵬镇的杨贵妃墓。一座青冢，默默讲述着1260多年前那段历史。安史之乱，迫使唐玄宗出逃。行至马嵬坡，"六军不发无奈何"，宠妃杨玉环被赐一条白绫，"宛转蛾眉马前死"。一段皇家悲情故事便一直流传至今。历代官宦政要、文人墨客留下不少有关杨贵妃的诗文，存有李商隐、白居易、林则徐等人诗碑，白居易的《长恨歌》书碑占据一侧长廊。唐玄宗出逃回朝，在此手植一棵槐树，后称"天子槐"。登上太真阁，安坐阁上，临风四望，坡下景色尽收眼底，煞有介事地背诵起《长恨歌》，这是和儿子一起学会背诵的。此时此刻背诵此诗，不知是有趣，还是滑稽。管他呢，又复习了一遍，免得忘了。

在贵妃墓太真阁上沉思良久，心生感慨。

傍晚，向秦岭进发。秦岭是美丽的，绿树掩映，山水流淌，行车犹如在翠绿的河谷里荡舟。绿色是秦岭的主色调，故有李白"却顾所来径，苍苍横翠微"之句。空气清新，天然氧吧，难怪秦岭里开发了那么多别墅，的确是宜居之地。古时候川陕山高水阻，交通不便。犹记得李白的《蜀道难》中句："蜀道之难，难于上青天……尔来四万八千岁，不与秦塞通人烟。"连绵的高山峻岭，横隔在川陕之间，阻滞了两地经济文化交流。如今天堑已是通途，限于复杂的施工环境，此段公路路面狭窄，但均是平坦的柏油路面。为避免交通事故堵塞公路，这里严格限速。

穿越秦岭，有所感慨，开车路上，杜撰小诗《过秦岭》：

太白三叹蜀道难，
古来秦塞绝云烟。
猿猱愁度羡飞鸟，
云栈天梯半空悬。
而今车马寻常过，
山风碧水作大观。
后车频催急加速，
一脚油门进四川。

夜宿广元，寻找有停车位的酒店实在太难，最终在广元市中心医院院内停好车，住进医院附近酒店。

是日，行程 585 公里。

巴蜀采风

PART 3

巴蜀采风
BASHU CAIFENG

7月21日

广元，阴，有雨。

广元有著名的剑门关。去剑门关路上，途经昭化古城，游游逛逛，一晃就是几个小时。

下午3点，抵达剑门关。昭剑公路可称凶险，路窄弯急，沿陡坡盘桓而上，一会儿车就淹没在浓雾中。剑门关历史悠久故事多，可能四川这个地方本就盛产故事。不少栩栩如生的人物石刻和很多书法道劲飘逸的诗碑，讲述着过去的故事。有故事的人来到有故事的地方，理应抒情一下的，登上剑阁，已是大汗淋漓，人则无精打采，抒情的事暂且放在一边。简而言之，剑门关就是险峻、壮美。从剑阁下来，直奔天梯栈道，细雨中衣服已经彻底湿透，汗水多于雨水。

剑门关石笋峰

12 诗意的远方——西行日记

　　傍晚，工作人员都已下山，游人全无，继续在梁山亭处转悠，雨中漫步，吸吮着林间湿润的空气，听鸟鸣，听泉响，一个人拥有大山的感觉真好。8点从山里出来，直奔阆中。

游剑门关

绝壁高峡千尺岩，
古来征战筑雄关。
一将仗戟正当道，
三军纵马亦枉然。
蜀相筹谋护幼主，
李杜吟咏遗鸿篇。
天梯鸟道今犹在，
子规声声述从前。

张向午老师赋诗：

（一）

夜走秦岭入四川，
宝马蜀道忆青莲。
幸得当年愁无路，
成就千古一名篇。

（二）

剑阁兀立绝壁间，
蜀道明珠第一关。
身有勇力登栈道，
心无胆气莫凭栏。
细雨蒙蒙梁山亭，
汗水淋淋一线天。
空山有我最得意，
不见星月岂可还。

　　是日，行程209公里。

巴蜀采风

📷 成都母女

📷 剑阁

📷 昭化古城

14 诗意的远方——西行日记

7月22日

上午，冒雨进入阆中古城。阆中秦朝设县，三国时期张飞在此镇守七年，据传深得民心。把几个重点景点看了一遍，张飞祠、贡院、川北道署等，都是全国重点文物保护单位。号称"虎臣良牧"的张飞，在当地颇受推崇，民望很高，是阆中一张亮丽的名片，张飞牛肉、张飞啤酒等，皆打张飞名号。阆中地区在科举考试时代，考取者列四川各地之首。在一个胡同口，发现胡家院牌楼，进入发现，这里是阆中保存最完整的私家大院，里面保存了不少古物。登城楼俯瞰古城，嘉陵江此段清澈，江阔波平，偶见三两个人在江里游泳，水面划出几缕波纹。远处有小船缓行，是打鱼还是观光，难以看清。

中午，应黄敏母女之邀在古城吃了当地名吃江鱼。昨日剑门关上拍照时认识，今天她们也经过阆中，专门来吃江鱼。入川三日，到处是青山绿水，正如白居易所说，蜀江水碧蜀山青，人也热情。晚8点，又驱车赶到李白故里江油。明天便去拜谒诗仙，虽然我更喜欢杜甫。

是日，行程231公里。

贡院

巴蜀采风·

📷 张飞庙

📷 川北道署

📷 阆中古城

16 诗意的远方——西行日记

7月23日

江油，晴。

上午，百度一下江油一带的旅游景点，发现云岩寺是全国重点文物保护单位，就跟随导航去云岩寺。结果跑了十多公里山路，把我导向山上的一处民房。站在山上，和一位正在做农事的农民聊了一会儿，玉米被大风齐刷刷地吹倒了，他正在一棵一棵地扶正。他说大部分都断了，没办法救活了。为他惋惜。

江油有几处可参访的地方，一看时间，已近中午，还是直接去李白故里吧，这是来江油的主要目的。李白，大诗人，人称诗仙，能不崇拜吗？到了青莲镇，登上太白楼，来到大鹏亭下，草草看一眼诗碑，实在太多，不能尽观。太白楼上，凭栏临风，不禁思绪万千，感慨太白留下太多绝美的

📷 太白碑林

📷 太白祠

诗篇，后人望尘莫及。其实更欣赏他的洒脱。烈日下，所有的新建纪念物都是火辣辣地灼目，找寻不到历史的痕迹，有些遗憾。随后又到太白祠转悠一圈。

拼凑小诗《致敬李白》：

太白传颂越千年，
难能超越拜诗仙。
利剑出鞘明大志，
金樽斗酒诗百篇。
豪气壮怀振高宇，
大鹏展翅欲冲天。
膜拜故里应投地，
直把双手擦汗颜。

　　傍晚，驱车到什邡，和两位不太熟悉的朋友像老熟人一样吃喝一通，和年轻人白话一些人生道理。朋友说我这气质适合住宜园酒店，帮我预订了那里入住。的确是环境一流，住在这里，立马觉得自己很有文化了。

　　没有攻略的出游，必定漏掉一些重要场景。明知如此，却偏偏不做攻略。首都师大周世斌教授微信提醒，应该去古镇建筑和风貌保存得非常完整的青林口。可惜已经错过。

　　是日，行程 153 公里。

李白故里

7月24日

什邡，阴。

上午，去广汉南兴镇三星堆博物馆参观。三星堆考古发掘，是半个世纪以来中国最有价值的考古发掘。出土的大量青铜、陶器、金器等，足以让人眼睛发亮。3000到5000年前的考古发现，给学术界提出一个很大难题，让人们对中华文明起源以及与外来文明的关系等问题，有了更多的想象空间。三星堆文明与中原文明有着明显不同，目前还有很多未解之谜。比如：三星堆文化来自何方？三星堆遗址居民的族属为何？三星堆古蜀国的政权性质如何？三星堆青铜器群高超的青铜器冶炼技术及青铜文化是如何产生的？三星堆古蜀国何以产生、持续多久，又何以突然消亡？这些未解之谜，让三星堆平添神秘色彩。虽然小雨，参观者却挺多。不少大人带着孩子们参观。

从北京出发，就有不少朋友在微信中一起畅聊，把我的个人自驾的游戏变成了大家一起游玩的派对。这样真的挺好，免得我一路寂寞。今日老领导陈幼哲先生发来一篇长长的文字，鼓励有加。感谢。

7月25日

什邡，阴。

离开什邡，沿成万高速、成都第二绕城高速、成名高速、成昆高速向雅安进发。经过成都外环，从成都西北侧飘忽而过，成都这个去过数次的城市已经没有多少吸引力。此刻天阴沉沉的，一个人行走在路上，会突然莫名心生淡淡的悲凉：

独行在看不见尽头的蜀道上，
没有冰雪，思绪却已经冻僵。
天阴沉着脸，
墨绿的树木也似有些忧伤。
路在远方，
心在流浪。

一口气开到雅安。雅安是四川西部重要城市，因多雨，有雨城、天漏之称。又因地理位置特殊，有川西咽喉、西藏门户之称。1983年读研究生时随导师薛虹先生访学，曾到过雅安，同行的有刘厚生老师和谢景芳师兄。当时四川省档案馆设在雅安，宏富的档案收藏是对我们唯一有吸引力的地方。那时的雅安在印象里已经模糊，只记得那条通往西藏的路上有一排排车辆，此前从来没有见过几十辆、上百辆车浩浩荡荡行进在公路上的盛况。城市是比较陈旧残破的，车队驶过，烟尘扑面而来。时隔36年，只是城市的名字没有变，其他没有没变的了。

雅安名山区有蒙顶山，蒙顶山有世界茶源之称。未进雅安市，先登蒙顶山。

沿盘山路向上，树木郁郁葱葱，山间清泉流响，鸟和知了唱和一片，没有一刻停歇。墨绿的不知名的树和青翠的竹林把狭窄的公路挤在中间，车子穿越在流淌的**翠绿**中。说是茶源，却见不到茶园，浓密的树木遮挡了视线。想必茶园都淹没在云蒸雾绕的大山里。沿路可见各种招牌，比如茶厂、茶庄、茶坊、茶社、茶楼、茶舍、茶苑，等等，名字也都起得风雅。

半山间，有智炬寺，为当年制贡茶之所。贡茶始于唐代，由该寺僧人代办，进贡宫中。登上山顶观景台，顿觉豁然开朗，名山屈然足下，青衣江似一衣带水。

茶园　　　　　　　　　　　智炬寺

登山沿途，多有"世界茶源，中国茶都""仙茶故乡"等字样。俄顷又见9米多高的"天下第一壶"。沿数百米石阶小路走上去，有大片茶园呈现。茶园之上、深树之间有一茶社，三五人落座藤椅竹桌旁聊天品茗，好不惬意。一惊艳美女很是晃眼，忍不住按下相机快门。美的环境美的人，构成美的画面。

山上有一处"世界茶文化博物馆"，对中国茶的种植、茶道、茶在各国的流变都有记述。汉代有吴理真在蒙顶山开始种茶，被称为"茶之始祖"。唐代陆羽著有《茶经》一书，被誉为"茶圣"。

半山处遇雨蒙观景台，登台眺望，退而购清明新茶"蒙顶竹芽"一袋，聊表对茶农准许登观景台的谢意。其实，我平时不喝茶，只因懒惰。

作《茶颂》云：

盘桓凌蒙顶，
小看青衣江。
青竹挺且秀，
知了声悠长。
茶圃坡上绿，

茶社连茶庄。
茶客静静品,
茶山流茶香。
理真茶始祖,
授人种茶方。
陆羽称茶圣,
茶经理茶纲。
茶源负盛名,
茶道重道常。
茶农多庆笑,
新茶巢八方。
籴茶回家饮,
信是茶故乡。

随后进入雅安市区,直奔雅安博物馆。汉代石兽人偶、青铜陶器,给人印象深刻。又是一个人的观展,直到保安把我请出展馆,关门大吉。

入夜,步行在雅安青衣江畔,夜里乘凉的人们来来往往,霓虹灯把江水染得色彩斑斓。跨江而建的雅州廊桥,怎么看着都有点佛罗伦萨老桥的感觉。桥上建有楼阁商店,游人可以边游览边购物,品尝特色小吃。一个有喧嚣,也有宁静的城市。

是日,行程 234 公里。

雅安博物馆　　　夜色中的青衣江与雅州廊桥

7月26日

雅安，阴，气温 23℃，海拔 640 米。

清晨，雅安在下雨，似乎在提醒我，这里是"天漏"雅安，不下雨就徒有虚名了。中午雨住了，收拾好行装向碧峰峡进发。

碧峰峡传说是女娲补天，劳累而死化作的峰峦。动人的传说往往寄寓着人们的某种愿望和理想，别信以为真就好。

碧峰峡山峦陡峭，谷深林密，最为称道的是流淌的山泉和飞瀑。山水顺着陡峭的河谷倾泻而下，巨石也无法阻挡。层层叠叠的瀑布，轰鸣着倒挂在绝壁之上。稍有近前，水雾拂面，一股清凉由表及里地与人亲近。天很热，好在有这些清泉和瀑布帮人消暑。

雅安碧峰峡熊猫基地是不能不看的景点。熊猫们既淘气，又慵懒，有的爬到树上，有的像孩子似的互相打闹。饲养员将新竹和一些蔬菜放到棚子的木板上，熊猫们则晃悠悠地跟在饲养员的屁股后面从坡上走下来，笨拙的样子十分可乐。吃相也很有趣，拿起竹子就向后仰倒，饲养员扶起来，熊猫又会躺倒。

饲养员无奈地离开。

园内也有完成外交任务归来的熊猫。想来哑然失笑。

山上有一碧峰寺，相传是唐代所建。工作人员则告诉我是明清建筑，"文革"中被毁坏，目前信众们正在义务维修。碧峰寺目前不准游人进入，只因从游客中心到寺庙一公里左右的山上正在伐树。看着直径半米的大树被砍伐，真是心疼。

碧峰寺

要说的是，四川的旅游景点服务意识值得称道。不仅是碧峰峡，其他所到之处，服务都很好，热情周到。今天最后从白龙瀑布那里上来，游人已经稀少，一位保安从上面下来，通知我上面有车等着送我们后面几个人出山，而且他知道还有几个人在下面，那么多游人，他竟能心中有数，佩服。

夜色泸定桥

晚7点，离开雅安，这里是川藏线的起点。无数的川藏线穿越者大多从这里出发。目标泸定县，近9点抵达。住下后，吃了牛肉面，就来到夜色中的泸定桥。此刻，正一个人在大渡河岸边转悠呢。

拼凑《碧峰峡》小诗一首：

高树遮望眼，
深峡临惊心。
飞瀑云间挂，
天河日边巡。
青龙依旧在，

女娲无处寻。
何来补天力，
一举定乾坤。

张向午老师赋诗三首：

(一)

雅安一别卅六年，
雨城不复旧容颜。
跨江廊桥呈夜市，
自娱歌舞遍江边。

(二)

雨后碧峰峡，
翠色云雾间。
飞瀑挂绝壁，
深谷泻清泉。
山寺不得进，
笑看熊猫憨。
夕驰泸定桥，
夜游大渡岸。

(三)

心从洪波走，
目随镜头看。
文字是游记，
精彩呈眼前。
坐家行千里，
不惮风雨寒。
闲来凑小诗，
优哉又一天。

甘孜掠影

GANZI LÜEYING

PART 4

7月27日

泸定县，阴，气温20℃，海拔1300米。

昨夜下榻泸定县一个前面临街背靠泸定河的酒店。

泸定县位于四川省甘孜藏族自治州东南部。县城沿狭窄的大渡河两岸依山傍水而建，街道狭窄，蜿蜒曲折。这里是进藏出川的必经之地。

26 诗意的远方——西行日记

　　早晨起床,推门站在酒店三楼走廊上,大渡河就在楼下轰鸣着向南奔流,不远处泸定桥在薄雾中横跨东西两岸。粒米未沾,背着摄影器材直奔泸定桥,再次亲近这鼎鼎大名的历史名桥。昨夜在桥上走来走去,泸定桥却将真容隐在夜色里,今天要把它看个究竟。

　　这个铁索桥是 300 多年前清康熙年间修建,皇帝赐名泸定桥。桥长 103.67 米,宽 3 米,由 13 根粗大的链条组成,桥面铺设木板。该桥闻名天下还是因为 1935 年红军强渡大渡河之役。红军 22 勇士在铁索桥木板被拆掉的情况下,冒着枪林弹雨,扶着铁索前进,实在是凶险万分。今日,游人行走其上,或左摇右晃,或惊呼连连,有的人双眼紧闭,紧紧拉着同伴,似乎抓住了救命稻草,令人忍俊。看上去都是不曾经历过一点小风险的人。当然也有当地人或安全管理人员,算上我,轻松走过,不在话下。桥面木板间有均匀的空隙,开眼下望,大渡河波涛汹涌,像只怪兽呼啸着奔腾远去。若有不慎,落水必不能生还。

📷 泸定桥上游人多

📷 城管队员和卖水果老人

泸定桥白天对游客开放，收费10元，晚上免费通行。

在泸定县城里走走看看，这里住宿很方便，但停车很困难，狭窄逼仄的城区难见开阔处。路边见三位未穿制服的城管队员在督促一位路边卖水果的老妇人收拾东西离开，老妇人收拾完水果，请城管队员帮忙放在背上。城管队员赶紧把水果筐拎起来帮老人安顿好。我也快速举起相机，说这个得拍下来。城管队员都笑了。这一幕，感觉是很温馨的。

离开泸定县城，便向海螺沟进发。海螺沟是四川最高峰贡嘎山东坡的冰川峡谷，名气很大，那就去瞅瞅吧。

路上经过一个叫冷碛的古镇，停车看看。遇到一位热心的当地人，也在手持相机随处拍照，他是在康定市工作周末回来休息的贺明秋先生。听我要看老城，陪我走了好些地方。可是，这是我遇到的最不像古镇的古镇。古屋拆得差不多了，乱七八糟地新建了很多实用但难看的房子。不过，那位警察朋友带我看了一棵巨大的古银杏树，介绍说这树有两千多年了，估计需要十来人才能合围，是国内最大的银杏树。

📷 冷碛古镇

📷 海螺沟冰川

📷 南门村

已过中午，在大渡河边的一个斜坡上，路边有一家名曰"一帆风顺"的酒家。老板推荐吃冰川冷水鱼。一边吃着味道鲜美的一大盘冰川冷水鱼，一边和老板聊天。老板曾在兰州做大厨，每月曾有上万元收入。几年前回四川在这里开饭馆，谁知道生意越来越差，偌大的饭馆只有我一个人吃饭。唏嘘之余，不知以后如何度日。而我看来，他曾在外地打工，总有些积蓄，比当地很多居民情况要好些。

沿大渡河一路来到海螺沟，山上下雨，买把雨伞，经过三号营地，沿黑松林冰川挑战径，攀爬1.5公里，到达海拔3200米的观景平台。在这里使用长焦镜头把景物拉近，四川境内最高峰贡嘎山主峰隐在云雾里，冰川也是遥不可及。接近冰川需要乘索道上升到四号营地。稍事逗留，尽快下山。海螺沟里最可爱的是拔地而起、直冲霄汉的大树。云杉、冷杉，还有其他不知名的树，招人稀罕。

晚6点多离开海螺沟向康定进发。经过南门村，和村民聊了一会儿。村子里主要在有限的耕地上种植蔬菜，每家不大的菜园子里生长着绿油油的叫不上来名字的蔬菜。听村民讲，每家大约有一两亩地，每年收入在1万至2万元，生活还过得去。一个村民家里有三个小孩，围着我跑来跑去。

一路走，一路玩，玩着玩着天就暗了下来。在一处河床，看到一个神奇景象，河道里的石头都染着橙红色，和石头上的青苔，还有碧绿的河水，构成一幅特别的彩色画面。红石怎么形成的，咱不懂地质学，真不明白。后来在山上又遇到叫中国红石公园的地方，只是天很黑，从高处下望，已经看不见河道里的红石了。后查证，这里是泸定县新兴乡燕子沟，那些红色石头是在特定气候、海拔、空气质量等因素作用下，石头表面覆盖的一种藻藓。

走走停停是我喜欢的走法，不幸的是很快把天走黑了。按导航走下去，发现爬上了一座大山。这还没到西藏呢，就上了海拔3977米的高度。走着走着觉得呼吸困难了。到了康定，寻一家酒店住下。查了一下，原来那高山叫雅加梗。这条路最好白天走，急转弯太多，好在导航不停地提示：前方急转弯，请减速慢行。康定夜里没有找到吃饭的地方，吃了一包方便面，洗洗睡了。

是日，行程128公里。

红石滩

7月28日

康定，晴，气温17℃，海拔2800米。

康定的清晨，感觉凉凉的。此前一直穿一双运动皮凉鞋，行走也是相当顺脚。今天天气转凉，就换上旅游鞋，穿上长袖外套，把车油加满，向康定情歌（木格措）景区进发。众人皆知的是，一首《康定情歌》，把这里唱成了情歌的故乡。

康定市街景

木格措

康定市是四川甘孜州首府，是川藏咽喉，历史上更是茶马古道重镇、藏汉交汇中心，也是康巴地区政治、经济、文化、商贸、信息中心和交通枢纽。如今，这里是一个充满藏族风情的美丽城市。

走上通往木格措的路，发现麻烦大了，坑坑洼洼的石子路，车子像在浪里颠簸，只能小心翼翼地走。路边悬在头顶的高山，时有滚落的一堆堆沙石躺在一侧。开越野车的游人比我潇洒一点，这时就想，啥时候也买一辆越野车，唱着《康定情歌》，在这样的路上跳舞，呵呵。13公里坑洼路，走了一个小时，再走10公里，就到了康定情歌风景区。

进入游客中心，乘观光车盘桓而上，一路风景美好。用时40分钟到达木格措。

木格措是一处高山湖泊，又名野人海，海拔3700余米，最深处70米，是贡嘎山之北麓雪山积雪融化而成。蓝蓝的湖水，金色的沙滩，墨绿的树林，皑皑的雪山，蓝天白云之下，宛若仙境。

景区播放着熟悉的《康定情歌》，尽管嗓音太差，却也想唱，只是不知唱给谁听。这正是：映阶碧草自春色，隔叶黄鹂空好音。

一路走到白海草原，这里说是草原，只是一些青草夹杂在戈壁里。几朵小花在默默开放，几匹藏马在兀自吃草，完全无视我的存在。

穿过一片石头阵，走到木格措的山上，眼前是一片过火森林。据说是游客吸烟所致，2013年发生过山火。

在山顶，拿起手机写下此刻的感受：

康定有感

康定苦旅到木格，
入耳声声是情歌。
有心深情唱一曲，
举目无亲谁人合。
白云悠悠应闲适，
青草萋萋任蹉跎。
坐待清风洗泪眼，
也把前程费琢磨。

木格措下来，又是几个景点，红石滩、七色海等。这里的红石滩是猩红色的，不如昨日所见明艳。

游览结束，一阵小雨洗刷着车子，阳光也毫不吝啬地倾泻在车上。坐在车里喘口气，呆呆地欣赏着彩虹。今天是个好天气。

从木格措回来，再经过康定市，从这里拐上318国道，晚8点半抵达折多山。折多山位于四川省甘孜州境内，是重要的地理分界线。折多山既是大渡河、雅砻江流域的分水岭，也是汉藏文化的分界线。折多山最高峰海拔4962米，垭口海拔4298米，与康定市相对落差达1800米，是川藏线上第一个需要翻越的高山垭口，因此有"康巴第一关"之称。折多山的盘山公路九曲十八弯，很是险峻。当地流行一句话："吓死人的二郎山，翻死人的折多山。"有朋友提醒，经过折多山一定要谨慎驾驶。到了折多山垭口，人车都掩在浓雾之中，冷风逼人，不禁瑟瑟发抖。

夜色里，来到了新都桥。去往新都桥镇沿途，有很多灯红酒绿的休闲度假区，酒店随处可见。而新都桥城区里却酒店客人爆满，找了几家才勉强住下。

是日，行程118公里。

7月29日

新都桥，阴，气温11℃，海拔3460米。

新都桥是川西康定市市辖镇。镇里没什么可以看的，但周边却是著名的塔公草原、折多山和雅拉雪山等。

上午从酒店出来，又到隔壁昨晚吃过饭的饭馆吃了饭，也说不清是早餐还是午餐了。

已近中午，才离开新都桥镇，向塔公草原进发。路面不宽，但很平整。路的两侧，民居、绿野、树木、花田，一路风景，目不暇接。一处号称世界海拔最高的大片薰衣草园展现在眼前，名"香薰谷"。薰衣草园在公路右侧，很多游客停车进入，投入到花海之中。这里的薰衣草虽说不能与法国南部的薰衣草媲美，但也给人扑面而来的清香和感染。把车速放慢，放下车窗，让花香肆意侵略我的嗅觉。这样的场景很适合与美女同行，然后对着花丛里的美女"咔咔咔"按下相机快门。带着小朋友也好，看着孩子们像蝴蝶一样在花田里奔跑。

距新都桥13公里处，路边有个上柏桑二村停车场。不知这里是何处，下车看看再说。原来这里是一个村里开发的旅游点，没有特别的人工雕琢，只是把一片格桑花用围栏围起来，一个石墩铁桥通向对面的矮山。车一停稳，就有藏胞围拢过来，推荐骑马。平生对马没有抵抗力，见到马总是心里发痒，跃跃欲试。骑上一匹枣红马，这里没有可以驰骋的场地，由一位50多岁的藏胞牵着马，在花园里走了一圈，大片的格桑花煞是好看。骑在马上，耀武扬威，只是装腔作势摆拍而已。藏马不太温顺，牵马的藏胞紧紧牵着马缰，招呼另外一位藏胞帮忙拍照。拍照的藏胞很熟练，看来游客来多了，因熟而生巧。

　　回程下马，惊险一幕发生了。我还算是业余骑手中的高手，在内蒙古草原总会把马骑得飞奔，结果这次栽了跟头。由于藏胞疏忽，马鞍马肚扣没有系紧，下马时，右脚离镫，翻身下马，左脚踩在马镫里，马鞍从马背上滑下来，左脚随马镫钻到马肚子下面，整个身体则狠狠地、毫不犹豫也毫无保留地摔在地上。头摔得晕晕的，腰部生疼。落地瞬间，只听相机"啪哒"一声巨响，一时忘了腰酸屁股疼，心先碎了。藏胞们一片惊呼，纷纷围过来把我扶起。还好，身板结实，没伤筋骨，相机竟然也完好，除了LED显示屏的保护膜破了。这是人生第二次从马背上摔下来。上次是2008年5月4日在四姑娘山上，更是惊险万分，那次若不是身手矫健，肯定被马踏飞燕了。那时骑马上山需要几个小时，下山时在半山腰，因心疼马，让汗流浃背的马歇一歇。结果再次上马时，单肩背相机包猛地甩在马屁股上，马惊了，拖着左脚挂在马镫上的我在山上横冲直撞，我则犹如赛马场上做侧身拾物表演，右手死死抓住马鞍绝不松手。随后，马窜进一片树林被树绊倒，我也仰面朝天摔到地面。眼见惊马立身抬起后腿向我砸下来，我则猛然蹬地，窜出一米远，马蹄落空，躲过致命一击。那是一次生死经历。

　　藏胞友好地帮我拍掉身上的土，我则和藏胞们嘻哈一通，嘴里说着没事没事，就顺着那座桥走到河对岸，登上被青草覆盖得严严实实的山坡。青青的草坪下潜伏着流水，我中招了，鞋袜被无情地浸湿。藏胞说他们这里是人间天堂，我信了。不是我轻信，而是真的美。站在山坡上眺望，大河、草地、庄稼地呈现在眼前。有青稞、小麦、豌豆、土豆……不同的色块随意点缀在起伏的草原上。下山又和藏胞聊了一会儿。原来帮我牵马的藏胞姓蒋，他父亲是江西人，因修路来到这里，是位工程师，和藏族妇女结婚，生了他。他家花160万元建了400多平方米的大房子，邀请我去做客。婉谢，下次吧。好了，走人，去塔公草原，据说很美。

半个多小时后，来到塔公寺。塔公寺是甘孜州著名的萨迦派（花教）寺庙，距今有一千多年的历史，是康巴地区藏胞朝拜的一个重要圣地。只用20分钟转了一下，随后来到塔公草原，登上坡顶观景台，这里海拔3785米。跟着藏族小朋友跳锅庄，其实就是乱蹦一气。放飞无人机，躺在花丛中晒太阳。

塔公草原和北方草原很是不同，这里的草短而细密，覆盖了整个地表。草地上开满小花，黄色、紫色居多。北方的草原上草长得则比较粗野，齐身高的草原也是常见。从山上看塔公寺，金碧辉煌，外表崭新，内在古老。

慵懒地仰卧在山顶草间，忽然有些梦幻般的感觉。正是：

　　　　草作毯子地当床，
　　　　风风火火跳锅庄。
　　　　醉卧坡上不愿起，
　　　　最爱花香忘故乡。

从塔公草原下来，在塔公乡找到一个

📷 上柏桑二村

📷 塔公寺

📷 和藏族小朋友跳锅庄

📷 山坡上放飞无人机

饭馆，要了一大盘牦牛肉炖野山菌，不忍浪费，全部消灭。填饱肚子，向理塘方向进发。晚 8 点半经过雅江县城。这里本来不在计划之内。见天色已晚，干脆住在这里。

雅江县城是个典型的悬崖上的城市。沿雅砻江两岸陡坡，建有密集的楼宇，路窄且陡。路两侧是稠密的商铺。雅江有中国松茸之乡美称，很晚还有很多藏胞在沿街买卖松茸。雅砻江汇入金沙江后，最终汇入长江。

放下行李，走在夜色里的雅砻江畔，悬崖上的城市被灯火点亮。从热闹的松茸交易市场拥挤的人群中穿过，走向灯火阑珊、人影了无的江的另一端。

张向午老师赋诗相赠：

才下雅加梗，
又遇红石滩。
柏桑跨藏马，
意外落马鞍。
不是骑术疏，
鞍滚人即翻。
当年内蒙古，
纵马大草原。
人如草上飞，
马似追风箭。
勒马飞身下，
气定神且闲。
掷鞭扬长去，
掌声响后边。

买卖松茸的夜市

是日，行程 250 公里。

7月30日

雅江，多云，气温19℃，海拔2650米。

昨夜所住酒店在雅砻江左岸山坡之上。清晨，站在酒店平台，望着山下奔腾的雅江和对岸从雾中漂浮出来的崖上人家，有种说不上来的奇妙。山城街道上很多店铺，一个小学生坐在自家店铺门前认真写着作业。走下山坡，开车来到江边，这里有紧邻的两座雅江城南大桥。一座是2004年建成的钢缆柔性吊桥已经封闭，另外一座水泥桥有车辆通行。和桥头执勤的警察先生聊了一会儿，再次踏上318国道，向理塘方向前进。离开雅江真有点依依不舍，不时回望。这个独具特色的悬崖上的江城，值得回望。

风景总是在路上。雅江到理塘沿路上风景，自是目不暇接。心中不免得意，昨天住在雅江看来是正确的决定，避免了夜里行车错过这样的大好风光。

路上时常遇到一些徒步进藏的背包客，真是让人佩服得五体投地。他们背着大大的行囊，在路上不疾不徐地行走着，心里都装着一个目标：拉萨。他们大多从雅安出发，2000多公里的路程，总是要走四五十天，对体力、耐力和毅力都是一种极致的挑战。每当和他们相遇，就会停车攀谈几句，说些无关紧要的鼓励和保重之类的话。骑行的人也随处可见，他们都是勇者。

📷 街头学习的孩子

📷 雅江——悬崖上的城市

途经海拔 4659 米的剪子山口,一条闻名遐迩的"天路十八弯"回旋在高山之上。于高处俯瞰,犹如巨蟒蜷伏于绿茵之间,把车辆和游人托举到山顶。

经过海拔 4281 米的熊宗卡观景台,再过海拔 4668 米的尼玛贡神山、海拔 4718 米的卡子拉山。过了熊宗卡,有一个康巴汉子村,山上有一处观景台,几个藏胞在售卖饮料小食品。有位健壮的康巴汉子,脸色黝黑,披肩的长发浮着一层土灰,眼神定定地盯着每个游客,他不容分说把一杯奶茶塞到你的手里,收费 10 元。高山之顶,在草坪上席地而坐,看着近处的牛群远处的山,啜着热气腾腾的奶茶,挺美好的。和那位威猛强壮的康巴汉子合个影。尼玛贡神山和卡子拉山,都是摄影者的天堂。层层叠叠、绵延辽远的山峦,裹着绿毯一样的山体,落差并不明显地起伏着延伸到无限远的天边。山没有突兀挺拔、高耸料峭,人却已经站上四五千米高台。

卡子拉山口,很多游人在这里驻足。一位有心的男士带着大捧红玫瑰献给同行的女友,引来人群一阵骚动,人们围拢着欢笑,和这对爱侣合影。在山上的一群藏族孩子比大人更开心,他们伸出小手索要玫瑰花,猜测他们可能从来没有真正见到过这样美艳的玫瑰。那对情侣很友善,把鲜花一支支送给孩子们,营造起温馨有爱的气氛。

📷 来自北京的徒步者鹰狼

下午 5 点,到达有"天空之城"美名的理塘。尚未进城,负有盛名的理塘赛马会刚刚结束,散场的人们接踵而行,一条路彻底堵死了,通行的车辆整整被堵了一个小时。观摩赛马会的藏族同胞都是盛装出席,脸上洋溢着喜悦,这可能是当地一个盛大节日。询问当

📷 天路十八弯

地人，有多少人参加，告知：好几万人。问：有多少赛马？答：上千匹，每场几百匹马一起比赛。哇！那将是何等的壮观。

经过理塘县城，并没有停留，离开318国道，转向227国道，向稻城进发。

过了理塘，看见一处村庄的篮球场上有六七个年轻人在打篮球，手心痒痒，赶紧开车过去，加入了打篮球行列。这里海拔4200米，跳篮、投球，还是轻松自如，得心应手。几个小伙子夸我玩得不错，其实我看他们玩得才真正不错，灵活得像似猴子。玩了一会儿，继续赶路。

在理塘二郎寺附近，一对藏族小青年在拍婚纱照，看见我这北京牌照的车，就过来和我商量，希望用一下做道具，还说这车牌号吉祥。当然没有问题，让他们尽情地拍，真心地祝福他们。新郎是个大方的人，让新娘和我合影，咱也是大方的人，来，拍吧。

又路过一个山坡上的村庄，沿很陡的进村小路开了上去。在村庄里转了两圈，最后的目光落在村头坐在土坎上的两位老妇人身上。她们神闲气定地坐在那里，望着远方，享受着傍晚的宁静。

下午7点半，到了理塘通往稻城途中的又一座高山兔儿山，海拔4696米。远远望去，山顶两个奇特的石柱，酷似兔子的耳朵。

海拔4000米以上，人缺氧，车也缺氧，踩踏油门，车还是有气无力。车内仪表盘提示，发动机动力不足。

晚9点半，抵达稻城。一进城就找到一家客栈——西窗云筑客栈。院子里已经停满车，大门外车辆也一直排到马路边。热情的美女老板跑到大门外帮忙提行李，又问我是否吃过饭，回答没吃，马上为我订了一份盖饭，让我在房间里美美地享用。房间干净整洁，摆设很有品位。

翻看手机，朋友们又有赠诗。

📷 马背上的孩子

📷 尼玛贡神山

📷 强壮的康巴汉子

甘孜掠影 · 39

📷 有爱的情侣送孩子们玫瑰花 　　📷 我的弹跳依旧好

📷 拍婚纱的情侣

📷 理塘赛马场

周觜远先生写道：

洪波蜀藏万里行，
一路山川美景明。
秀色不唯风光丽，
红颜时有意外迎。
车亏动力须油旺，
人满精神源在情。
西天幻境无限好，
花海清空振心旌！

画家贾宝明先生藏头诗：

洪天齐福到甘孜，
波云翻滚巧遇之。
祝愿新人多良遇，
福到无边乐相思。

是日，行程281公里。

📷 路上行人匆匆过

📷 童稚

📷 兔儿山，海拔4696米

7 月 31 日

稻城，阴，气温 11℃，海拔 3750 米。

早晨起得还算早，客栈的房客都还没有动静。这是一个不错的客栈，昨晚漫游到这里，有种到了云南丽江客栈的感觉。

出了稻城向南行进，方向亚丁。清晨的稻亚公路开始车很少，渐渐就多起来，有点鱼贯而入、蜂拥而出的感觉。进出的车辆有时排成长长的车队。

路过一处热乌寺，南宋建，是坐落在对面山坡上的一个寺庙建筑群。

再走下去，到了海拔 4513 米的波瓦山。一群牛在追逐打闹，几个小朋友捧着雪莲花叫卖，说泡水喝的。从一个小女孩手里买了一朵，孩子很开心。

雾总是在山间缭绕，经过湿地，遇见山泉，看到一处久违的炊烟。又见炊烟！这是歌词吧？再见炊烟是很美的感受。停下车，见三个小朋友倚坐在门口，干脆不请自来，进去看一看。这是四郎卓玛一家，卓玛的奶奶正在煮牛奶。屋子里没有开灯，暗暗的，过了一会儿，卓玛奶奶才提醒孩子把灯打开，屋里仍然昏暗。她们很友好。房间里很凌乱，奶奶在灶台前忙活着，孩子们含着棒棒糖开心地玩着，最小的孩子依偎在奶奶身边，炉火映在奶奶和孩子们的脸上，透着暖暖的红。真有些看呆

远眺热乌寺

卖雪莲的小女孩

📷 煮牛奶的奶奶和孙辈

了，这就是一幅生命的油画。

在路上，边走边感慨起人生的遇见。人生会有许多遇见，遇见了，收藏了，或错失了，再遇见，再收藏或错失。有的遇见是美丽的遇见，有的也许是噩梦般的遭遇，对后者，有必要主动说再见，这就是人生的旅程了。

从四郎卓玛家离开，又遇到了起重车辆在占道处理滚落的巨石，迎面而来的车辆和我相遇，我立即停车让路，这是北京人该有的素质。遇到一片油菜花，高原上的油菜花现在还在开放。遇见明朝初年建成的贡嘎朗吉岭寺……在距亚丁景区近十公里的地方，遇见了遇见客栈和相邻的遇见餐厅。早饭还没吃呢，既然遇见了，就在这里吃饭，然后再上山。估摸着今天只能游短线了，明天再把长线游。

遇见餐厅老板是个厚道的康巴汉子，要了两个菜，嘱咐做干净点，其实这是心里安慰，他怎么做，我就得怎么吃。菜挺好吃，咸了一点。吃饭

📷 贡嘎朗吉岭寺

时他一直和我聊天，让我晚上下山找他继续聊。

经过香格里拉镇，驱车来到亚丁国家自然保护区景区入口附近，一位先生跑过来推荐住他们的圣湖美地酒店。一看他挺踏实的样子，就言听计从了。到了酒店前台登记，发现身份证不见了。这身份证到哪里玩去了？也不和我打个招呼。老板人很好，帮我办理了住店手续，让我住下了。在朋友圈发了一个求助帖子，自己也觉得机会渺茫。管他呢，上山再说。丢失身份证是很麻烦的事，但不能影响心情啊！玩起来，尽量忘记身份证的事。

进了山门，乘景区摆渡车，花了一个多小时才到达下车站。在海拔 4000 多米的高度登山，真的很吃力。不过短线的几个景点一个都不能少。冲古寺、珍珠湖、仙乃日、冲古草甸，都走遍了。赏心悦目的精致，让人乐以忘忧。

朋友们来吧，稻城亚丁！

游览结束，匆匆走出景区，身份证的事情如何处理？首先想到的是，没有身份证是进不了西藏的，在西藏、新疆过不了各种检查站，不能住酒店，也不能给车加油。朋友们在微信里给出了各种建议，发现都不能解决问题。趁天还没黑，带上高光手电筒，想沿路去找找，心里设计了一个剧本，那就是在一个地方身份证失而复得。先到香格里拉镇派出所报案，已是傍晚，派出所空无一人，很失望地出来，正巧遇见一位从外面回来的警察先生。说明情况，他从网络上查了一下，得知我是良民，迅速给我开了一个证明，请景区及附近酒店给予方便。问他稻城县城可否补办身份证。他说这里条件差，不能异地办理，需要到省会成都补办。走出派出所，立即往稻城方向走。第一站就回到了遇见客栈遇见餐厅。天已经暗了下来，打着手电在马路边上的一个矮墙边查看，白天的时候从这里跳下来过。然后来到遇见客栈门口，一位藏族女孩问我什么事，说明情况，她立即拿出一个身份证给我看，此刻真有点惊呆了，那就是我的身份证！此处得使用惊叹号。原来女孩是酒店老板的女儿，叫格绒依珍，刚参加完高考，利用假期帮父亲照看客栈，下午在客栈门口拾到了身份证，却不知怎样能联系上

📷 冲古寺　　　　　　　　　　　　　　　　📷 珍珠海

我。在遇见客栈遇见遗失的身份证，这真是不可思议的遇见，神奇得无以言表。和格绒依珍还有他的父亲聊了好久，很晚才离开客栈。这是一个质朴善良的女孩，已经考上成都的一所大学。

一场虚惊，惊出上百条微信留言，更有师友赠诗打趣。

张向午老师赠诗：

格绒依珍同学

　　失而复得非偶然，
　　亚丁自古有神山。
　　人心向善圣灵佑，
　　一路好运定连连。

赵洪刚教授步张向午老师诗韵：

　　遇见遇见非偶然，
　　失而复得赖神山。
　　莫要再存侥幸心，
　　须知福祸两相连。

画家宋志纯先生步张向午老师诗韵：

　　西游失得非偶然，
　　文成依旧在雪山。
　　为迎中原娘家客，
　　小布惊艳曲连连。

大禹先生诗：

> 遇见本是缘，
> 缘有隐线牵，
> 人心若向善，
> 好运定连连。

张虹同学写道：

> 遇见本无意，
> 相识难忘记。
> 多年之后若想起，
> 回忆多美丽。
> 世事如烟雨，
> 朦胧成诗句。
> 聚散来去皆由缘，
> 并非一场戏。

是日，行程 95 公里。

仙乃日神山

8月1日

亚丁，阴，气温14℃，酒店处海拔3170米。

早晨，在大学同学群里参与了一个话题的论战，吵得脸红脖子粗，为真理而斗争毫不含糊，也因而错过了早餐时间。

今天去亚丁长线。

时值建军节，我是敬重解放军的，亚丁有武警执勤，每每遇见，总会问候他们节日快乐。坐在去长线的摆渡车上，藏族司机唱着歌，播放着《解放军进行曲》，营造出欢乐的气氛。

亚丁长线往返需要步行十多公里山路，下着雨，也挡不住游人如织。从洛绒牛场，登上海拔4600米的牛奶海和海拔4700米的五色海，实实在在不是件容易的事，但也不如传说中的那样难于攀登。很多风险、困难往往是人们自己假想出来的，经过传播放大，成为邂逅美好的屏障。山中的雨下下停停，拥挤的攀登小路泥泞湿滑，向远处看去，各种颜色的雨伞和雨衣组成一道流动的人造风景线。牛奶海是一处古冰川湖，雪山环绕，湖水碧蓝，欢快的人们让这方净地闹腾起来。再拖着沉重的脚步登上五色海，一湖如镜，色彩斑斓，高山倒影映于其中。在高坡之上蹦跳起来，直感气喘吁吁的爽。

今天带着两罐氧气、两瓶矿泉水登山，满山秀色可餐，遍地清凉止渴，竟然忘记吸氧喝水，又粒米未进，真骄傲起自己的体力和精力。欣赏美景，也欣赏美美的

牛奶海

人。一路抓拍，很多精彩瞬间在相机里成为永恒的定格。互相搀扶的，互相撑伞的，互相帮忙吸氧的，互相喂饭的，友情、爱情、亲情，淋漓尽致毫不扭捏地表现着。这是除却风景更能感染人的地方。路遇几位冒雨捡拾垃圾的工作人员，虽然他们看上去很朴素，但觉得他们是山上最美的人。山水之美，因美的人的参与而更显灵动。用镜头捕捉美，让美美化生活和心灵。

下午7点多钟回到酒店，为节省时间，立即启程去稻城。买了一个大大的西瓜，经过遇见客栈时送给了拾到我身份证的女孩，略表心意。晚9点半回到稻城，毫不犹豫再度住在西窗云筑客栈。我要的单间已经客满，美女小老板说会给一个能让我惊到的大房间，按单间价格收费。进了房间，果然惊喜了一下。服务台又帮忙订了外卖，免得大晚上跑出去找食。

是日，行程80公里。

📷 我的一跳

48 诗意的远方——西行日记

📷 五色海

8月2日

稻城，阴，气温16℃。

接近中午，离开客栈，穿过稻城县城，简单看看街景。在亚丁天街好粥道粥店吃了一盘红烧牦牛肉，一碗米饭，一碗粥，56元，很是实惠。下一站应该去巴塘。

一出稻城县城，就是尊胜塔林，巨大的洁白的塔体，嵌金的塔刹，在阴云下面依然夺目。

行驶在国道上，随时停车还是方便的。况且甘孜很多公路上隔一段距离就有停车观景点，方便了远方来客。

远望一个山坡上，有一片寺院建筑，便开了上去。几公里弯曲不平的山间小路，把我带到了海拔4100米的稻城县桑堆乡著杰寺。在山下一处油菜花地，一位妇人在拔草，嘴里还念念有词，应该是在诵经。

在稻城和理塘之间有平均海拔4500米的海子山自然保护区，是青藏高原最大的冰川时代古冰体遗迹，嶙峋怪石及大小海子星罗棋布，壮阔与蛮荒结为一体。沿一条小路开车到海子山顶观景台，已是暮色苍茫，仍见无限辽阔的大野在视线中延伸。登上一巨石，做指天拿云状，整出一个舍我其谁、不可一世的假象。

稻城尊胜塔林

著杰寺

田间劳作的藏族妇女

祖孙三人

一位老妇人带着两个小孩坐在石头上，恬淡而安详。

海子山上有一块巨石，刻文：州长戒指记。原来修筑理亚公路时，筑路者因图便利，毁掉一些巨石。时任州长甚为惋惜，称这是毁掉了大自然的戒指，劝导人们爱护大自然。这是一位有远见的州长。

再次经过兔儿山，换上长焦镜头，把遥远的兔子拉到了近前。

再度行至二郎寺，微雨飘落，困意来袭，停车小睡20分钟，精神大好。从稻城到理塘，基本都是在海拔4000到4600米的高度，内地人处在这样环境，总会觉得气短。打开车门走走，前日在此处拍婚纱照的佳人已不知何处，不免心生一丝失落，能再次遇见该有多好。

今天必须要说一下牦牛。这里的牦牛太

海子山上振臂一呼向苍天

州长戒指记

狂野，随便跑到公路上，常常把路堵住。前几天就想批评它们了，没腾出来时间。那牛在山坡或草地吃草，缓慢移动的群像可以把景物点缀得很美。出没在公路上的牛群总是目中无人，慢腾腾地行走，这已是司空见惯，耐心地等待也就罢了，而在公路上横冲直撞，就属于招惹是非，制造重重危机了。今天经过俄曲村时，临街的一个房子里突然冲出来一头牦牛，狂奔着横穿马路。赶紧一个急刹车，避免了和牦牛的亲密接触。咋整？听不懂交规不服管理的一群可爱又有点讨厌的牦牛们。前几天在一个山口，看见很多牦牛，就走过去。一头小牦牛连招呼都不打，径直向我冲过来。说初生牛犊不怕虎，这牛犊对人就更无所畏惧。我赶紧后退，并微笑着打着友好的手势，那牦牛好像懂了我的意思，竟然停下了攻击的脚步。

到了理塘，天已经黑了。又是经过前几天路过的赛马场。问路边一位警察，告知四天的赛马刚刚结束。今年是五节合一，规模很大。我也没有继续追问五节是什么，说了我也听不懂。赛马场设在小毛垭草原，理塘刚刚被四川省命名为"四川赛马文化之乡"。开车下到赛马场地，还有一些藏族朋友在跳锅庄。这是四天赛马盛会后的意犹未尽，他们跳得很有意思，人分两伙，互相斗歌。听不懂说唱的是什么，但能感受到他们无比的欢乐。

今天就住理塘了，在一个有停车场的四川小夫妻开的青年旅社落脚，房间条件很差，只能和衣而卧，这让我使劲怀念起稻城的客栈。知足吧，进了西藏，这样的条件也没有了。下楼，沿街走走，找家小饭馆填饱了肚子。

是日，行程 161 公里。

理塘青年在斗歌

8月3日

理塘，晴，气温11℃，海拔3950米。

理塘，一个曾经非常陌生的地方，今天深深地喜欢上了这里。

早晨起来简单吃了东西，就向长青春科尔寺出发，寺院距离市区很近。长青春科尔寺位于勒通古镇，又名理塘寺。常驻僧侣800人左右，为康巴地区第一大格鲁派寺庙，素有"康南佛教圣地"之称，当地也有"上有拉萨三大寺，下有安多塔尔寺，中有理塘长青春科尔寺"的说法。寺院没有几个游人，遇到当地祖孙三代正在游览。一位小姑娘特别乖巧，见到陌生人会甜甜地对你微笑。妈妈说她今年五年级，学习成绩很好，很快就要去北京读书了。

在长青春科尔寺遇见摄影师薛先生，他带着两个女儿在这里拍照。薛先生是摄影界高手，两个孩子也在父亲指导下学习摄影。

从寺里出来，沿寺庙右侧一条小路到了

长青春科尔寺

藏族小女孩扎西措

一个山坡上，天气晴朗，可以鸟瞰整个寺院和勒通古镇。山上有一些藏胞在为故去的亲人祭奠。

勒通古镇值得来看看，一千多年来上千户藏胞聚居在这里，形成了独特的文化、民俗和宗教，集藏族文化之大成。希望了解藏族民俗文化，这里绝对是一个不可多得的样本。

这里的藏族同胞很大方，街巷里遇见一位轻纱半遮面的女士在优雅地行走，上前询问可否拍张照片？她爽快地回答：当然能。于是，她摘下纱巾，露出俊美的脸庞，任我拍照。她的名字叫哲西志玛。

郑子彬兄见此，在朋友圈即刻写诗逗趣：

赞洪波

一路采风一路行，
满目新奇满怀情。
志大方能行高远，
藏女回眸眼如星。

勒通古镇

勒通古镇民居

仁康古屋

在勒通古镇一个临街低矮的平房门口，遇见一位小女孩。她躲在门里，一张红扑扑的脸蛋上有双纯净的眸子。打个招呼进到房内，房间很狭小，墙壁是粗糙的水泥墙，地中间摆放了一张矮桌，两边是木板搭的简易的长凳，大家围在桌前聊天。卧室更为狭小，被子和衣物堆在床上和床下。女主人一个人在忙活着午餐，午餐是面条。一家人只有丈夫帮人建房子，每天收入100元，这样的工作也不可能常有。家里三个孩子上学，女主人找不到工作，弟弟也没有工作，希望外出打工。孩子们见到生人并不觉陌生，嘻嘻哈哈，真是少年不知愁滋味。家里有朋友来一起吃饭，男主人用牙咬开啤酒瓶盖把酒瓶递给朋友，康巴汉子的硬朗显露无余。祝福这一家人，一切都会好起来。

下午离开理塘，和这个从不熟悉到发自内心地喜欢的城市告别，沿318国道向巴塘进发。在理塘境内，是辽阔的草原，黑珍珠一样的牦牛在绿色的地毯上滚动，亮晶晶的河水在草原上弯来拐去，滋润着这片土地和土地上的生灵。

人生总是少不了遇见，这不，走着走着，就和一位前几天遇到的徒步去西藏的那位来自北京的朋友再次相遇了，他的网名叫鹰狼。

在无量河畔一处草原停留。无量河又称理塘河，是雅砻江的一条较大的支流。平阔的草原上，河水忽隐忽现，犹如油画作品上几点高光，与蓝天上的白云呼应。和几位骑行的小兄弟闲聊一会儿，感受那种令人敬佩的勇气。一位来自东莞的大学生曾佩怡同学厉害了，一个人独自骑行去拉萨，她的笑容里透着自信和坚毅。

📷 哲西志玛

进入巴塘，先是领略了海子山和姊妹湖的丰采。据说这里是爱山情海，来到这里的情侣们都忍不住驻足多看几眼。"姊妹湖"也叫"眼镜湖"，在海子山上静静地守候在一座雪山脚下，是否在等待心仪的白马王子？是否在期待着那神圣气派的高

📷 斯郎群措一家和朋友们

山上的婚礼？放飞无人机过去在湖面上探访一番，沉静的姊妹湖并没有给出半点讯息，或许她们太羞怯了，只把静美无言地留给人们。

在巴塘境内，318国道在狭长的河谷间延伸，两侧峰峦壁立，路窄弯急，提醒观察落石的标志牌比比皆是。其实，除了落石的风险，夜间车辆开远光灯的风险尤其可怕。总是有些不自觉的司机，好像是在故意发泄情绪，会车时坚决不肯关闭远光灯。两车交会的一瞬间，眼前所有的景物也随之瞬间消失。

经过那曲河畔的色取岗村已是暮色苍茫，站在路边，看着河水、农田和寺院渐渐隐进夜色里。

晚9点多到达巴塘，海拔降到2600米，呼吸顺畅，感觉舒服了很多。

张向午老师赋诗：

亚丁归来入理塘，
古城风采更辉煌。
街头美女摄倩影，
入室采风话家常。
心喜小镇登坡眺，
身有余力驱巴塘。
一路蜀道多奇遇，
四入西藏更吉祥。

是日，行程172公里。

斯郎群措小朋友

56 诗意的远方——西行日记

理塘西城门

无量河

独自骑行的东莞大学生曾佩怡同学

姊妹湖

8月4日

巴塘，阴，气温19℃，海拔2560米。

巴塘，这是四川甘孜州最西边的县城，西隔金沙江与西藏芒康相邻。清晨，从巴塘县城穿过，这是一个地道的藏族风情小城。没有停车，走马观花。

出城沿金沙江行驶30多公里，经过竹巴龙乡，就到了金沙江大桥。这里在修路、修水库。桥的两侧都有工作人员指挥，单向放行。大约等待半个小时，过了金沙江大桥，也就真正地进入了西藏，进入西藏昌都市所属芒康县。过了大桥，芒康方向也排起长队。想起小时候看过的连环画《金沙江畔》，那时候看得如醉如痴，不知看了多少遍。排了40分钟队，原来是金沙江大桥这一侧的芒康公安检查站在例行检查。

进入芒康地界，真正的考验就开始了。离开北京时听闻这里在修路，比较难走。到了这才知道，岂止是比较难走，是相当难走。318国道芒康段修路，应该有好几年了，目前还在持续建设中，几十公里都是一个大工地，路况无法形容的糟糕，坑坑洼洼，泥泞湿滑，到处都是陷阱。每一个陡坎都是在考验车技和耐心，上坎时仰角大，满目苍天，不见大地，忽悠一下，又车头向下，不见蓝天。车开得很慢，常常时速在5到10公里，时刻提防车拖底盘。第一次拖底，很是心疼了一下，心生忌惮，更加小心。第二次拖底就想狠狠批评自己了，本来可以避免。第三次拖底是已经进入芒康县城，一个根本躲不过去的深

巴塘城区

金沙江大桥

坎，咣当一声颠过去。

在这样的路上开轿车的少之又少，左躲右避，骑坎跨坑，速度肯定起不来。好在路上人们都很谦让和理解，常常有开越野车的朋友，观望我在坑里折腾，给个理解的微笑。时有会车，大家都不会抢道，这也是形势所迫。一旦抢行，都有可能把路塞死，大家谁也走不了。一次和两辆载重大卡车会车，路太窄，只好下车指挥。第一辆水泥罐车顺利过去了，司机嘴里吃着东西就开过去了，距我车应该有十厘米。第二辆红色加长大卡车，司机说过不去，我把左侧石头搬开一些，大车紧擦我的车走，目测仅有两三厘米的距离，那叫惊险！路上发生交通事故的车辆，撞在一侧山体上，对所有经过的司机都是个警醒。

筑路工人在冒雨施工，再有三五年，318国道这段路应该会修好。那时，行走藏地，畅通无阻，该是多么美妙的事。

进入西藏境内不久，318国道在一个拐弯之后，混浊的金沙江迅速在视线内消失，群山也开始呈现出红色，是历经两亿年才形成的。沿途的河叫西曲河，红色的山体把河水染得红红的。又有山水在陡峭的山崖上飞泻而下，山高水长，应该便是这个了。

路上，一位蹬独轮车进藏的小伙子成了一众游人追捧的明星。他是广东茂名信宜市人罗国威，2016年就曾骑行15000公里，今次又骑行西藏，真是勇者无敌。

用了5个半小时走完这段约70公里的颠簸路，开车生涯最不容易的一次经历。

在芒康城边，找到一个洗车点洗车。一路风尘仆仆，整个车身已经惨不忍睹。洗刷之后，又是洁净如新，心情也出奇地好。

芒康路段驾车建议：

一、晕车的朋友千万不要走这条路；

二、开车一定要慢，绝对不能急；

三、礼貌让行，绝不抢道；

四、注意观察，骑行车辙；

五、最好开越野车；

六、一定要在白天通过这条路，夜行不是好主意。

从理塘，到巴塘，再到芒康、左贡，一路向西，是在横断山上穿行，跨越并行的金沙江、澜沧江、怒江三条大江，路在起伏的高山河谷间曲折着向前延伸。坐在芒康的小饭馆里，由今天走过的路引发了一通感慨：

关于路

路，用现在的话说，就是交通的载体。有了路，才有了交流，包括经济、政治、文化的交流。

记得电视剧《西游记》里面的歌词吧？"敢问路在何方？路在脚下。"可是，脚下的路又从何而来？"世上本无路，走的人多了，也便成了路。"鲁迅先生的这句话被无数次地引用。真的是人走得多了，就有了路吗？的确，人们在行走中，不知不觉踩出了一条又一条的路。如今，四通八达的公路、高速路却不是人们用双脚走出来的，而是在工业技术支撑下的有规划的建设。

车到山前必有路，在久远的年代应该是不可能的，现在差不多都成为可能。筑路活动持续进行中，满足了人们各种交通需求。这是社会的进步。

路，人们也常常借用来表示思维活动的方向，比如思路。有了思路，才会在人生追求过程中找到出路。因此，路，成为人们精神和文化追求途径的借代词。

"路漫漫其修远兮，吾将上下而求索。"屈原的理想追求，也成为当今人们自我激励的信条。

路，需要修筑；路，需要践行。风景都在路上。

再写顺口溜一首：

挥手别巴塘，
驱车到芒康。
日行方百里，
颠沛寸断肠。
忧思修路苦，
寄梦天路长。
不待三五载，
重游又何妨。

是日，行程104公里。

📷 向芒康前进

📷 独轮车骑行者罗国威和他的粉丝们

藏疆初度
ZANGJIANG CHUDU

PART 5

8月5日

芒康，晴，气温13℃，海拔3877米。

早晨，绕芒康县城走一圈，观察一眼市容，真的是很整洁，清一色藏族风格建筑，城市被红色的山体包围着。

芒康县是川、藏、滇三省区交汇处，也是川藏线、滇藏线的交汇处。从芒康往南，即是滇藏线（214国道），距芒康县城110公里处是千年盐井。在理塘时，摄影师薛先生建议去看看，答应去的，那就去吧。

出了芒康县城不远，见右侧一个山坡上聚集了很多人，便停车过去看个究竟。原来是加它村的康巴人在驯马。

这些康巴汉子，大多头缠红头巾，英气勃发，威风凛凛。老人孩子，青年壮汉，有的围坐一起喝茶聊天，有的纵马扬鞭。小伙子们的坐骑都不配马鞍马镫，上马都不是件容易的事，骑在光溜溜的马背上却能挥洒自如，风驰电掣，没有常年训练，几乎不可想象。康巴汉子们问我想不想骑，

芒康县城

康巴汉子

像我这种争强好胜的人此刻也心存畏惧，赶紧摆手谢绝。有两个小伙子上马让我拍照，那马原地打转，一点都不老实。藏族同胞人都很实在，容易交往。

芒康到盐井途中，收获了很多美景。有人以前说过，进藏的几条线路，滇藏线最为平淡无奇，看来并非如此。

一处山间流水漫过地面，路上形成一个不知深浅的水面，没敢贸然驶入。停车观望，观察其他车辆从哪里通过不会陷进看不见的坑里，做到心中有数。车速太快，水漫车头，发动机容易熄火，车速太慢，排气管有可能发生灌水。别人的示范，就是我们的经验。车颠簸着从一两尺深的水面通过，明显地感到水的阻力。

经过4200多米的红拉山口，这一带是国家滇金丝猴保护基地。保护区内纬度高，山高谷深，立体自然景观十分突出，从海拔2300米至4448米，不同海拔分布着不同植被，是森林的王国。保护区内除了滇金丝猴，还有很多珍稀的国家一、二级保护动物和名贵药材。走走停停，用清晰度极高的施华洛世奇望远镜在森林中搜索着，当然遇见金丝猴这些小精灵的可能性微乎其微。

涉水而行

红拉山

澜沧江W弯

沿途与澜沧江为伴，在澜沧江大W弯处，从半山腰俯瞰，深谷幽幽，红的山，绿的树，黄的河，蓝顶房子白色的墙，煞是好看。这便是人与自然友好互动的杰作。

澜沧江W弯下游不远处，一个不知名的城镇坐落在江边，伫立良久，傻傻呆望。再向前，从盐井隧道出来，一帘飞瀑高悬百米之上，气势磅礴。

今天的重点是看芒康县纳西民族乡的千年盐井，距芒康县城110多公里，全国重点文物保护单位。1300年来，这里的居民在澜沧江两岸晒盐，是目前我国唯一保持完整最原始手工晒盐方式的地方。这里的盐井和晒盐场，构思奇巧。在江边打深

加达村盐田

澜沧江畔

井取晒盐用的卤水，江边悬崖陡坡上用木桩支撑起一个个晒盐池，许多盐池层层叠叠，紧密相连，光天化日下，熠熠生辉，远望近观，别具风情。至今，这里的人们还是继续沿用古法晒盐。岸上，有古时晒盐人居住的旧屋，在见证着盐井的历史变迁。澜沧江左岸有一片盐井已经废弃，仅供游人参观。从很陡的盐井间隙向下移动，钻到低矮的晒盐池下面，触摸着不知多少年前人们安置的木桩，看着从盐池渗漏下来的盐水又经过不知多少年形成的盐晶挂，脑海里浮现出盐民从江边一桶一桶把卤水提上陡坡，倒进盐池，守候着盐池里的卤水晒干结晶的场面。开车从陡坡下去，江上有一座水泥桥，过了桥来到澜沧江右岸，进入掩映在参天古树之中的加达村。

看天色已晚，就近找了一家藏族人开的客栈，结果又巧了，前天在理塘长青春科尔寺遇到的摄影师薛先生带着两个女儿也住在这里。在藏族同胞的客厅里一起吃了晚饭，这是不是又一桩美好的遇见，薛先生擅长摄影，又去过国内许多盐场，目

标是建一个中国盐场博物馆。很有趣的想法。

夜宿澜沧江畔，窗外江水无休止地轰鸣着，雨声也与涛声一同合唱。

盐井夜吟

涛声时灌耳，
细雨轻打窗。
澜江之何处，
一日已出疆。
千年古盐井，
传承纳西乡。
明日自兹去，
前路何苍茫。

郑子彬兄赋诗：

读游记有感

头枕大江涛入耳，
也有丝弦雨敲窗。
梦里游魂知何处，
衾中怀恋在哪方？
寻访艰难古盐井，
居安其乐今藏乡。
一朝挥手绝尘去，
音容笑貌落苍茫。

是日，行程115公里。

📷 盐池底部盐晶挂

📷 废弃的盐池

📷 俯瞰澜沧江→

8月6日

盐井，晴，20℃，海拔2500米。

这里不论纳西族还是藏族，所居住的房屋都是藏族民居风格。我住的这家民房，是三层小楼，一层饲养牲口，二层有挺大的客厅和自家人的住房。厅里陈设着各种生活用具，客厅兼餐厅，孩子们在看电视动画片，柜子上摆满各种铜器具。三层是客房。三楼楼顶有一个很大的平台，踩木梯可以上去，昨天晚上曾在三楼顶平台放飞无人机，视野非常好。房子紧邻澜沧江，中间隔着一小块玉米地，躺在床上就能看到窗外的澜沧江和盐池。

投宿的民宿

院子里有一棵很大的核桃树，树上结了很多果实。询问男主人，得知这核桃树已经有两百多年了。昨日从对岸看过来，整个加达村掩映在绿色中，这样的大树有很多。

男主人几年前在外地打工，每个月可以赚6000元，现在不出去干活了。房东家几个孩子围着我玩得很乐呵，那个3岁小男孩缠着我不放，以至于守住房门不让我走了。那就不走了，坐在院子里码点文字。

房东推荐自家产的盐，买了几袋盐和核桃。他们家有40多个盐池，在三月份桃花盛开的季节，每7天就可以晒一次盐，每次能收2000斤左右。这个季节产的盐称"桃花盐"。也得知，他们这里右岸大多晒的是红盐，对岸晒出的盐是白盐，白盐略贵一些。一个桃花季可以晒三四次，其他时段就要花费很长时间了。家里有两头牛，三头大猪，八只小猪。

　　早晨出去走走，房东女儿让我留下电话，吃饭时电话通知我。走出房间看看院子里悬挂的标志牌，才知道这家客栈叫德色丛农家院。

　　此时，村子里还很静，沿着盐池边的山路一直走下去，澜沧江右岸的盐池都已灌满了卤水。与左岸废弃的盐池不同，这里盐池底部渗漏下来的盐水结成晶莹的盐挂更多，有点像东北冬天屋檐下的冰柱。江的对岸人们在施工，加固盐池。有些废弃的盐池，政府也会出资维护，保护这些珍贵的历史遗存。

　　从土路往陡坡下望，见一位妇人正在弯腰用泥巴修整盐池围挡。大约有一公里，走到了土路的尽头，连接土路的竟然是一条新修的柏油路，这里也是柏油路的尽头。土路与柏油路的对接，很有些意思，给人的感觉就像这里是历史和现实的交汇点。先后有两辆车开过来，停在柏油路尽头。土路是单行道，机动车很难走。

　　房东电话响了，喊我回去吃饭。路遇几个小孩儿卖盐，热情执着地向我推荐，只好买了一袋盐和一串葡萄。小女孩高兴了，任

📷 卖盐的小女孩

由我给她拍照。其他小孩儿噘起了小嘴，可是，可是我真的不需要买那么多盐。

　　这里的纳西族民众和藏胞，都是虔诚的佛教徒，大清早就围着佛塔转塔。除了江之涛声和鸟的啼鸣，这里是一个很安静也很质朴的地方，住上一个礼拜最好。

　　早餐吃了一块粑粑（饼类食物，特色小吃），一个鸡蛋，至少喝了五杯酥油茶。孩子们缠着我不让走，可是又不能再留。中午离开农家院，房东告诉我，从那条土路过去，回芒康会比较近。对房东的建议深信不疑，毫不犹豫把车开上早晨步行的土路。行车不到一里地，前方有车迎面开过来，这下麻烦大了。或者我倒车，或者他倒车，只能一车通过。咱是有觉悟的人，我倒吧。迎面来的成都车上下来一个女孩，还有当地一位藏族小伙子一起帮忙指挥倒车。两人一前一后，提示我一点一点挪动。左边是高山，右边是松软的陡坡，别吹牛说不害怕，脚下一用错劲儿，就下

去了。紧绷着神经，用尽浑身解数，终于退了回来。我这倒车的和指挥倒车的都捏着一把汗，倒车成功，三个人高兴地合影纪念。握手拥抱，咱们是朋友。闲聊中得知，那位成都女孩是海归建筑师，一家人从成都自驾来旅游。回到村口，一群人看着笑，不知笑什么，反正他们在笑。还是老老实实掉头转向昨天的来路，开五六公里后出了景区大门。找个地方吃饭，歇歇脚，压压惊。其实昨天在河岸这边从土路下到河谷时，也和一辆车相遇，谁倒车都有危险，还是我倒吧。我在基本看不见路的情况下，参照左侧山体倒车二三十米，让他过去了。那位司机连声喇叭都不给，不太讲究礼数，咱不能学这样的人。正是：

狭路两相对，
趋避已惊心。
临渊羡平路，
新友陌生人。

下午准备去左贡，走着走着就没谱了。见到一个招牌"茶马古道一线天"，直接就开了进去。甫进山门，高岩陡峭，两山之间，把天挤成一线。一条土路，盘旋上升。接受中午的教训，不敢冒进。车停一稍宽敞的地方，徒步走去。路遇一骑摩托车的藏族小伙子，他说车也能上去，并说，沿途山石都有故事，有佛像从崖壁上自然浮出。看来他很信，反正我是怎么都看不出来。开车上山3公里，山门处高崖已在脚下。山坡上零落着几户人家，景也平常，没有什么太大吸引力。找个宽一点的地方掉头。下山一直担心有会车，幸运的是没有。

📷 指挥倒车的村民

📷 成功倒车合个影

再次途经红拉山，只见一只雄鹰在高空盘旋，赶紧拍下来，距离太远，然而也足够兴奋。这是进藏以来第一次看到雄鹰。又遇到一处废弃的房屋遗址，有点古老，就是对古老的东西有偏爱。红拉山上看白云，那云像昂首嘶鸣的战马，不过，一会儿就烟消云散了。214国道多处有飞石和路基塌方，需小心绕过。在昨天涉水处，来自贵州的十几人的摩托车队，刚刚从水中出来，摩托车手的衣裤都已经打湿。晚7点半到了芒康，给车加油，此刻骤雨倾盆，很多人在加油站避雨。去左贡是有些困难，走到哪算哪吧。冒雨上路，径直来到海拔4396米的拉乌山，垭口处见一块标志石，上面有些有意思的文字。在漆黑的山路上行进许久，终于在9点半到了灯火辉煌、酒店林立的芒康如美镇竹卡村，住下。本想感慨一下高山雄鹰，折腾一天了，不玩了。

是日，行程169公里。

📷 小心通过塌方处

📷 茶马古道山顶人家

8月7日

竹卡，阴，气温 21℃，海拔 2663 米。

竹卡村是如美镇政府驻地，跨澜沧江两岸，进藏游人多在这里歇脚。酒店门前就是 318 国道。清晨，打开窗户下望，窗外车队不见首尾，昨夜大雨在地面留下很多积水，几公里长的进藏车队一动不动。向楼下的人喊话，得知进藏方向塌方。既然这样，就不急着下楼了，站在窗前看风景，是无聊，还是有趣？其实是无奈。耐心等待吧，路总会修好的，这信心应该有。今天看朋友圈都在温情款款话七夕，立刻想起《长恨歌》中诗句："七月七日长生殿，夜半无人私语时。"同样说七夕，心境大不同。嗯，中国人的情人节，祝有情人开心过节，我在竹卡等着过车。正是：

> 昨夜不闻窗外雨，
> 一觉天明醒来迟。
> 楼下车阵无首尾，
> 坐待通途会有时。

车流开始慢慢移动了，我在窗前检阅着，远处山边国道上都是车。

那位徒步西藏的北京朋友鹰狼，在朋友圈里感慨七夕孤独，便留言相赠，也算自我安慰：

> 孤独求胜不言愁，
> 看惯人生春与秋。
> 但采白云作玫瑰，
> 赠予陌路也风流。

📷 竹卡酒店楼上看等待通行的车阵

接近中午，从竹卡出发，因上午道路塌方，往拉萨方向的车排成长龙。昨夜所幸没有赶往左贡，一路落石、塌方、泥石流有很多处，路面也常常是坑坑洼洼。目前为止，走过四条进藏的路线，没有很好走的路，指望像内地高速路那样宽阔顺畅是不可能的。

过海拔 3911 米的觉巴山，这里是横断山区的著名险段之一，从竹卡村到登巴村 30 公里盘山路，近 2000 米的相对高差，上依绝壁，下临深渊，险象环生，危机四伏。再过海拔 5130 米的东达山口，这是此次经过的第一个超过 5000 米的高山。山路不再难走，笔直地通向前方。山上开始下雨，倒也不大，远处看去，一道雨幕挂在前面。不一会儿，车就融进了雨幕中，这时该用瓢泼大雨来形容了，雨中夹着冰粒儿，打在车窗上噼啪作响。可怜那些骑行和步行进藏的朋友，在路边急急地穿上雨衣。走出雨幕，乌黑的天空在远处掀开一角，露出一片湛蓝。傍晚，至左贡县住下。见山坡上有一处漂亮的阶梯，步行上去，这里是厦门市应左贡市委市政府要求援建的健身步道。登顶，可见左贡全城，玉曲河穿城而过，有河流的城市总是美的。玉曲河是澜沧江的支流。在西藏，内地对口援建的城市和项目都很不错。

吴彦卿先生诗：

贤弟七夕仍壮行，
风光一路赋真情。
读书万卷行千里，
腕底游记立就成。

是日，行程 112 公里。

📷 觉巴山上

📷 东达山

8月8日

左贡，晴，气温14℃，海拔3797米。

左贡县是昌都市下辖县。从左贡出发，距离左贡45公里有一个果热村，是田妥镇的一个行政村。中国一汽援建的一座吊桥横跨玉曲河，河的左侧有一户藏族人家。在门口和男主人聊了几句，就随其进入房间，坐在桌边吃了一点油炸果子，喝了一杯奶茶，唠了一会儿家常。男主人叫阿珠江才，43岁，一家五口人，房子是自己盖的。他家里有一亩地，种青稞，每年大约收成300斤，其中留下100斤做种子，其余做糌粑。日常吃米面，都是买来的。男主人会外出到拉萨打工，每年大约有4万元的收入。他一再说现在政策好，真心感谢政府。藏族同胞日子好过了，这是不争的事实。他说，1983年还吃不饱饭。家里的摆设虽然并无什么高档家具，却也不觉得生活上太缺少什么。给他们拍了几张照片，女主人不好意思拍，男主人给予鼓励。我说，你年轻时肯定很漂亮，男主人有点得意地说是。藏族同胞就是这样可爱。告别时留下了联系方式，语言交流有些困难，阿珠江才琢磨好一会儿，在地上写下自己的名字。

阿珠江才一家

行进中见美玉草原指示牌，便从318国道上下来，拐上一条不宽的乡间公路。没走多远，就见一辆载重卡车侧翻在路旁。美玉乡是左贡县唯一的纯牧业乡。开曲河流经美玉草原之上，碧草如茵，野花遍地，牛肥马壮，羊儿成群。沿大片花海开了约七八公里，到了一个村子。进村走走，这里的房子多是土坯房，有些陈旧，孩子们在奔跑打闹。在

美玉草原上洗羊皮的人

一处清澈的河水边上，两个牧民在清洗羊皮，把清洗干净的羊皮一块块摆放在草坪上。

从美玉草原出来，继续前进，下午3点半钟，进入相邻的八宿县邦达镇。邦达镇是318国道和214国道交汇处。停车稍事休息，买了5斤桃子，可以吃上一阵，再往前，水果就更难买到了。和卖水果的先生聊天，得知他是成都退伍军人，为补贴家用，做起了从成都到这里贩卖水果的生意。这里的生意很好，经过的车辆非常多。他说，开车从成都拉上一车水果，两天可以到邦达，卖掉后净赚7000至8000元，每月跑成都两次。西藏旅游淡季时，就开车去陕西卖水果。家里人都住在成都。

聊了一会儿，就继续赶路，排队通过邦达公安检查站，从这里开始限速40公里。车子慢悠悠爬上了海拔4658米的业拉山垭口。过了垭口，一直下降到怒江峡谷，落差约2000米。业拉山上著名的"怒江72拐"，又称"天路72拐"就在眼前，坡陡弯多，地质结构复杂，有"魔鬼公路"之称。在这里停车逗留了一个多小时。从高处眺望着曲里拐弯的盘山路，到底有多少道弯？有好几种说法呢。相机超广角此刻有用，最大限度把盘山路收进了画面。

进入怒江72拐往下行进，路面损坏严重，尤其是拐弯处多有裂痕和凸起凹陷。路上发现一个村子，车停路边，走过一个小铁桥，推开横在村口拦堵牲畜的木杆，进到村子里。这个村子太有特色了，石屋土房依地势而建，窗前鲜花盛开，一头毛驴兀自在狭窄的小路上溜达，村子里很少见有人走动。整个村子里挤满了果树，有苹果、李子、核桃等，李子树有的需两人合围。这里古朴沉静，保留了古老的生活状态，与大改大建的新民居比较，更具民族传统特色。过了一会儿，见到一位年轻妇女牵着一个小女孩的手往坡上走。搭讪几句，见她们在一个木门前停下。房间里走出一位中年人，又和这位先生唠开了，并随其走进家门。通过十多米的通道，才进到起居间，房子下面是饲养大牲畜的地方。起居室里四世同堂，刚才路上的妇女也进到屋里和一家人一起吃饭，他们是邻居。一位80多岁的长者，鹤发长髯，面庞刚毅高冷，应该是有经历的人。说话间得知，这个村子叫同尼村，那位中年人就是村主任。

天已大黑，出村继续开车一个半小时，晚10点半抵达八宿县城。

是日，行程215公里。

休息的老人

72 诗意的远方——西行日记

卖水果的成都人

长者

村主任

同尼村

怒江72拐

8月9日

八宿，多云，21℃，海拔3260米。

昨夜抵达八宿县城。八宿县是川藏公路必经之地，位于昌都市中南部，横断山在其东南，怒江上游则由西北向东南在县境贯穿。

昨夜入睡已是午夜1点半，睡前琢磨着今天的去向。上午10点起床，窗外见昨天停满车辆的车场已是空空荡荡，只有我的车孤零零地停在院子里。整理好行李，分两次送到楼下。整理房间的服务员以为我已经退房，两个小学生跟着妈妈们帮忙打扫房间，看见桌子上的两个桃子，以为我不要的，吃掉了。再次回来取行李，妈妈们直给我道歉。这道歉什么呀？我说，孩子们，跟我走。我们一起下楼，又给孩子们拿了桃子，我们一起吃。这里的孩子们吃水果很不容易，妈妈说，这里的桃子7到10元钱一斤，太贵了，平时是舍不得买的。再拿桃子给孩子，孩子竟然非常懂事地一个劲儿地拒绝，说叔叔要路上吃的，不能要。走进酒店餐厅，此刻不是饭点儿，工作人员正在吃饭，招呼我一起吃，蹭了一顿饭。饭后，两个孩子还在围着我转，不想让我走。我说，叔叔必须走了，以后你们来北京找我吧，带你们吃好吃的。两个孩子要哭了，上了我的车，让我带她们转一圈。我请孩子妈妈帮忙，才依依不舍地下车，整得我也心里酸酸的。生活就是这样，生活的过程有几分挣扎的意

📷 八宿县城

📷 和小朋友一起吃桃子

味。旅行，不仅仅是看风景，也在感受着人情世故，感受各种人生状态。

12点20分，出发。在八宿县城，先把车加满油，95号汽油每升9元，这里的油价普遍高一些，主要是运输成本偏高。接受加油站工作人员推荐，花390元购买一套汽油增氧添加剂，说是适合汽车在高原地区行驶。在后面的行程中，似乎没有明显功效，汽车还是时常提示发动机不能正常运行，缺氧症状依然如初。

从八宿县城到然乌镇，不过90公里左右，一路这塞车啊，都不愿意说了。道路状况差，抢行的，车抛锚的了，造成一路塞车没商量。不自觉的人总是有，明明车已经排起长队，还要逆行过去，岂不是想把路彻底堵死。有一处塞车是例外。一辆当地车后轮掉到沟里了，另一辆路过的越野车用牵引绳把掉沟里的车拉出来，这是要给掌声的。途经海拔4475米的安久拉山，5点半才到然乌湖。虽说一路塞车，并不影响观赏美景。八宿一带庄稼和别的地方不一样，青稞都熟了，一片金黄。有个田园风光观景点，的确有点世外桃源的感觉。可是，一路很多这样的美景，用尽全力我也难能用相机收获完这所有的景色。

昨天做了一件错事，需要检讨一下。路上行进中，见前面一个车上丢下来一件垃圾，就追上去批评了那个司机。司机问车里人谁丢的，都说没有。冤枉人家了，原来是另外一辆特殊车牌的车扔下来的。想给被冤枉的人道歉，人家走远了。

拉萨，是多少人寄梦的地方。实现梦想有很多方式，偏偏有些人以苦行僧的方式圆梦。徒步的，骑自行车的，骑摩托车的，拉两轮车的，等等。每见于此，顿生

📷 救援中

赞佩之慨。今天路遇福建步行到拉萨的一位先生，他路上结伴另一位徒步者，一路可以聊天解闷儿。更有趣的是有来自广州的父子三人，他们从成都开始骑行，父亲满运行说，大儿子14岁，去年就嚷着要骑行拉萨，今年满足了他的愿望。这男孩和父亲一样，面庞黝黑，但清瘦结实，父亲骑车驮着9岁的小儿子。父亲说，大儿子体力很好，冲坡比他还厉害。那个9岁的小男孩，手里始终拿着一个电子玩具在玩，行

进中坐在父亲的车后座上也在玩。佩服这位父亲，看到他，我很自责，我应该对自己的儿子再好一点儿。有来自甘孜的7位藏胞，徒步去拉萨，一路嘻嘻哈哈，乐呵着呢。一对从丽江拉着两轮车走了一千多公里的小夫妻，已经走了38天。两人脸上肤色反差很大，我说，你夫人没晒黑。那位先生说，她已经晒黑了，以前可白了。哈哈哈！不经意间把自己老婆夸了一回。在安久拉山遇见大连理工大学骑行西藏8人团队。他们都是咱辽宁老乡啊！一见如故。大弟弟是大连理工大学毕业的，今年有个侄子也考到大连理工大学，这关系多近啊，一起合个影吧。不论路上是男是女，是老是幼，都是西藏的魔力和魅力把大家吸引过来的。

　　傍晚抵达然乌湖。然乌湖位于昌都市八宿县境内西南角的然乌乡，是由于山体滑坡或泥石流堵塞河道而形成的堰塞湖，海拔3850米，四周雪山的冰雪融水构成了然乌湖主要的补给水源，湖水向西倾泻，形成西藏著名河流雅鲁藏布江的重要支流帕隆藏布的上源之一。从然乌湖东侧的201省道向南行驶，来到一处观景台，人们都聚拢在这里找寻着自己的观察视角。天色暗淡，湖水浑黄，远山隐在云雾里，雪山也沉浸在暮色中。

　　逗留约半小时，决定南下去察隅。201省道也是沿湖公路，走了大约七八公里，遇见一个叫康沙村的村庄。村庄附近山顶有一寺院——休登寺，便沿着村庄土路开车上去，

📷 来自福建的徒步者（左）

📷 来自甘孜的藏胞

📷 丽江走来的小夫妻

📷 大连理工大学师生骑行队

这里是一座有 500 多年历史的寺院。寺院很寂静，车子从一侧开到寺院里面。进入寺院大殿瞻仰一番，空寂的佛堂有些昏暗，值班的僧人待我出来便关上了大门。走出寺院外，来到悬崖边，俯瞰然乌湖，哇！太美了！然乌湖畔草原被各种田地分割成棋盘一样的方格，多色彩的村庄和一座白塔镶嵌在田野上，雪山慢慢躲进暮色里。逗留许久，今晚察隅是去不成了。返回然乌镇住下。

诗人周觜远先生赠诗：

<blockquote>
一路艰辛一路难，
时有塞车时有骞。
欲将美景收眼底，
且进且退总踌躇。
驱行劳累心无怨，
偶遇靓妹最开颜。
满怀激情川藏去，
个中滋味苦与甜！
</blockquote>

是日，行程 124 公里。

与满运行父子合个影

然乌湖

帐篷 牦牛 浣纱女

藏疆初度 · 77

8月10日

然乌，晴，气温12℃，海拔3923米。

上午离开然乌镇，再度游览然乌湖，照例登上康沙村的高坡，在悬崖上俯瞰晨光中的然乌湖。晨光里的然乌湖比昨日暮色中的色彩更加动人，坐在悬崖上真的不想离去。

下一个目标是来古冰川。距离不远，大约30公里，一会儿就到了。问题是，入口处不准车辆进入，只能步行或租借景区提供的马匹。真是有些忌惮藏马了，被摔过两次的过往依旧耿耿于怀。问工作人员，步行到观景台需要多久？答：20分钟。呵呵，这还算事啊！抬腿就走，一会儿就到。

来古冰川为世界三大冰川之一，是帕隆藏布的源头，冰雪融化后流进然乌湖。步行大约一刻钟，来到一个冰碛湖边，游人们都是到此观光。湖的对面便是古冰川，露出水面的部分横断面是古老的冰壁，冰壁之上覆盖着石土，与普通山体无异。湖中凸起的晶

📷 然乌湖畔康沙村

📷 冰碛湖

莹剔透的冰块，犹散落在泛黄的湖面上的宝石，受光线影响，湖水就是这个颜色。

湖边有一大片巨石阵，我肯定是不走寻常路，从远古留下来的巨头上跳上跳下一两百米，艰难地来到一个瀑流前。湍急的水流轰鸣着下泄，又钻进脚下的巨石扑进湖中。石头阵里零落着一些不知名的植物，顽强地生长着，它们不缺水，但却缺少土壤。偶见一只老鼠，贼眉鼠眼地盯着我，等我举起相机，它咻溜一下没影了。还有两只蝴蝶飞来飞去，几只苍蝇也跟着起哄。这里有生命已是奇迹。

从石头阵里终于爬出来了。顺着山路往上走，哇！上面的风光更为奇妙。游客们一般都被牵马人送到第一个湖边，都不会来到上面这个湖，还有几公里山上的一个漂亮的村落来古村。来古冰川就是以这个村子命名的。几公里的路程，150米的相对高度，走起来真的十分吃力。到达海拔4200的来古村，已是气喘吁吁，双腿发软，衬衣如浸过水一般。站在来古村的高坡上，拍下冰川的特写，冰川之下是山谷中很宽的河道，河道上布满一道道像手掌纹路的深深浅浅的水线，最后汇聚在一起，流向下面的湖泊。当然，这里最让人顾念的却是这古老藏寨和世外桃源般的田园风光。蓝天白云下，村子里有人在地里割草，有的在用摩托车驮着大捆的草运送，再费劲地搬到专门晾草的架子上，留待冬天喂牲口。孩子们骑着拼装起来的小自行车，歪歪斜斜地从坡上往下滑，开心地嘎嘎地笑着。牛们懒懒地卧在树下。这里一定是少有外面的人进来的世外桃源。

下山比上山舒服多了，腿不再像灌铅一样沉重，可是老天看我舒服有些不爽，一阵阵雨追着我走，最后干脆跑起来，不为别的，只担心兢兢业业为我服务的照相机被雨淋了。还好，跑得快，雨也没有继续追。

从山上下来，已是6点，整整在来古冰川逗留6个小时。趁着天还没黑，抓紧时间往察隅县赶，说好不走夜路的。一路走，一路看，结果还是在特别黑的夜里跑了两个小时。经过4900米的德

来古村

姆拉山口，径直下降 1000 多米，然后进入大山中的黑黑的大森林，车在高密的树林中穿行。这是 201 省道，比 318 国道还是好一些，偶尔也有小麻烦。森林中的路不是很宽，关键是黑得出奇。黑暗中两次躲开卧在路上的牛，一次幸运地躲开路中间一块脸盆大的石头，着实吓了一跳。看下导航，是在多登桥附近，时间是 21 点 14 分。有点悬，但躲过去了。10 点多到察隅县城，住下。

是日，行程 194 公里。

来古冰川

来自拉萨的藏族导游

康沙村年轻人

PART 6 藏地江南

ZANGDI JIANGNAN

8月11日

察隅，阴，气温17℃，海拔2325米。

早晨起床，先向其他自驾的朋友请教，最后确定走下察隅和上察隅。所住的平安大酒店，院子里有个挺大的停车场，很多自驾的朋友都会住在这里。热心的酒店老板告知，去下察隅和上察隅需要去县公安局边境管理大队在边防证上盖章。这个提醒太必要了。自驾的朋友注意，并不是有了内地公安局开具的边防证就可以通行察隅。这里政府机关是9点半上班，到了才发现，今天是周日，不办公。5个杭州来的自驾游客和我一样失望地从公安局紧锁的大门外离开。转了一会儿，还是不死心，带着证件又过去想碰碰运气，见一位警察在院子里经过，就赶紧喊住，说明情况。他隔着大门看了我的所有证件，告诉我把身份证正反面和边防通行证复印在一张纸上，回头交给他。照做后，提交。还给我时，边防证上多了一个察隅县公安局公章。此刻

察隅县城

只有感激，可以放心地走了。

　　沿桑曲河边的 201 省道行进，美得没法说。昨晚摸黑走过两个小时，可惜了。这里的居民的房子都很讲究，院子里都会栽种很多花草，感觉生活很有品位。

　　察隅县归属西藏林芝市，林芝有"西藏江南"之称，而察隅更是郁郁葱葱，山青水丰。说察隅是西藏江南，其实这里和江南又有区别，这里峰岩料峭，树密林深，高大的松树，挺拔向上，河水汹涌澎湃，呼啸而下。这里的美，少了江南山水的秀美，而是雄赳赳、气昂昂的壮美。几座后修的跨桑曲河的桥，都保留了旧桥，古桥和新桥并存，立新未必破旧，是正确的选择。

　　过了江妥大桥，发现桥下的水突然变得清澈，原来这就是清水河，再往下就和浑黄的桑曲河汇流。

　　来到两河汇流处，只见清水河碧绿清透，欢快地奔涌，很快与桑曲河交汇一体。开始还是泾渭分明，绿色黄色清晰的分界实属罕见。再往前 100 米，那么波澜壮阔的清流却低吟着隐进桑曲河的浑黄里，完全失去了踪影。

　　到了下察隅陆军边防检查站，这里管理很严，折腾了好一会儿，放行了。

　　进入下察隅镇，吃了午饭。饭后询问饭店老板，去僜人部落怎么走。老板说，往左拐上山就到。沿着密林遮掩的小路上山，开了两公里左右，来到这个神秘的僜人集中居住的村落沙琼村。紧挨着部落大门，有一家农家乐，走进去看看，原来是老主任阿鲁松家。院子很大，房间里陈设讲究，两位女士在扫院

清水河

清水河与桑曲河汇流

子，其中一位背着 7 个月的婴儿，婴儿在母亲扫地的摇晃中熟睡着。这位女士很健谈，读过小学二年级，大概是村主任的女儿或儿媳妇，没有多问。请她说几句僜人语言，她大方地说了，又和其他两位女士一起用自己的语言说起家里的事，她们说什么我都全然不知，只是好奇地听着这从来没有听过的语言。路遇一个小男孩，有些扭捏，倒是有两个女孩，嘻嘻哈哈，有问必答。

僜人部落　　　　　　　　　　老村主任阿鲁松（中）

走到整个村子的最上边，进了一个院子，问了男主人很多问题。他以前在外面打工，用打工收入盖了新房子，还没有最后收拾完。进去看看，房间敞亮。他说，现在不打工了，收入也就有限。对面一家正在盖房子，因为资金不足，一直没盖完。

往坡下走，看到一个木板房，喜欢这样的有特点的房子。房子有挺高的石头围墙，院子也大。两位妇女坐在木房子门口聊天。我则登上围墙，边夸她们的房子好，边拍照，被夸总是开心的。这时房间里走出一位先生。从墙上走过去，直接把自己当老熟人了。男士请我坐小板凳，女士请我吃西瓜。哎哟，这可是特别想吃的。不用客气了，都自家人。聊吧，畅所欲聊。聊起年龄，三四十岁以上的僜人都不清楚自己的准确年龄，自己的父母也不知道，只知道个大概。他们不信任何宗教，学生上学使用汉语和藏语。他们也与外族通婚。这时，一位老人家从他家门前缓慢走过。那位先生告诉我，这位老人是村里唯一的长者了，八十几岁。我刚才看到她在一家门里和一位妇人说话，倒不知道她的身份如此特殊。我说我去给她拍张照片。先生说，她走远了，估计就能拍个背影。我说，看我的身手。噌噌噌，像猴子一样窜出大门，这回不用翻墙了。追上老奶奶，老奶奶嘴角露出不易察觉的微笑。然后夸老奶奶健康，问她高寿几何？老奶奶竟然能说几句汉语，用手比画着说八十，然后不知道自己八十几了。趁老人家还没不耐烦，快速给她拍了几张照片，耳朵上那个大大的耳鼓特别显眼。和老人家告别，再次回头堂而皇之推开那家大门，又聊了一会儿。不论和谁聊，我总是不厌其烦地啰唆着，跟人家说，千万不要把僜人自己的语言丢了，那可是宝贝。谁知道人家信不信。僜人的服饰很有特色，妇女一般戴一对银制喇叭形耳鼓，颈项挂串珠或银饰；男子头上盘着长长黑帕，挎五六十厘米长的砍刀，十分威武。据说刚才见到的老奶奶是现在唯一戴着耳鼓的人。

僜人目前只有 1300 多人，他们有自己的语言，没有文字。按照先贤关于民族共同体的定义，应该具备 4 个条件：共同的语言，共同的生产方式，共同的聚居区，共同的心理认同。从现在僜人的情况看，共同的生产方式和其他民族已无区别，随时代发展，各民族的经济生活已经趋同，不仅僜人部落。共同的居住区，这点他们还具备，但随着社会的进步，族群之间的交流日渐频繁和紧密，共同居住区已渐无意义。共同的语言，他们有，共同的心理认同，他们也有。所以，僜人部落还是挺像一个民族的。不过，这种自身的特殊性可能会越来越淡化，包括他们的语言。但愿僜人部落能够存续更久一些。民

📷 僜人人家

📷 在僜人家做客

📷 僜人部落最年长的老人

族和文化的多样性，会让这个世界更为精彩。

　　在僜人部落待了两个多小时。出来后，向上察隅出发。走到一个铁索桥边，见塔林村几个字，觉得应该去看看这里的塔林是什么样子。往右一打方向盘，脱离了去上察隅的道路，奔塔林村而去。开了几公里，到了半山腰上的藏族村落。问过村头劳作的几个村民，都说村里没有塔，只是个名字，有些许失望。走在村庄小路上，努力捕捉特别之处，其实也没有什么特别之处。村子里很难遇见人，过了一会儿，遇见了四个小女孩儿，大的8岁，小的5岁，非常健谈，争抢着说话，自称是四姐妹。来到察隅这边，发现这里的藏族孩子和高原上的藏族孩子不一样，他们大方开朗，也很干净，和内地孩子区别不大。想从几个孩子嘴里了解这个村子的情况，也没什么收获，她们知道的还是太少。玩了一会儿，说得走了。她们一脸的关切和不舍，不停地招手，不停地说注意安全，慢点开车，一路平安，说了很多遍。真是懂事的孩子。

　　下山继续往上察隅方向走，在一个陡坡急转弯处，差一丁点儿就和一个快速下

📷 塔林村的孩子们

坡的皮卡撞上。好在我反应灵活，操作得当，躲过一劫。山里很少有车，那辆河南牌照皮卡车司机突然发现我时，已经完全无法刹车。见此情况，心想要撞上了，猛地向右但有限地打方向盘并紧急刹车，不能多打，再多打20厘米就直接掉进深谷下面的贡日嘎布曲河里了。此时，下行的卡车发出紧急制动的刺耳尖叫声，紧贴着我车飙过。那一刻我觉得自己完了，可是命真好，竟然没有撞上。卡车在陡坡下停住，司机对我发出大声指责，我也不知我错在哪里，应该是他没想到这里还会有车进来，也怪我没打声招呼就溜进来了。不斗气，开车走人。

察隅县城到下察隅和上察隅的路很窄，那是从河岸边悬崖上开辟的道路，很多地方很难修筑成双车道，只能修出单车道，允许一辆车通行，这样就需要尽量观察前面来车。隔一段距离就有会车处，进入能容纳一辆车的会车区，等待对面来车通过，再回到路上继续前进。但弯道特别多，等见到对面车再处理就来不及了。拐弯处大家都会不停按喇叭，提醒着对方来车。一旦两车相遇，必定有一方车辆倒车至会车区，否则谁都无路可走。此次虽说有惊无险，也提醒自己要更加谨慎。后来又和一辆藏G牌照载重卡车会车，我主动先倒车，大货司机看还是过不去，就自己往后倒，给我让出能勉强通过的空间。还互相感谢一下，感觉挺好的。

晚8点，到了上察隅镇，这里地方很小，住进一家昨天开业的酒店，酒店里什么都是崭新的。听店主说，我是第三位入住的客人。进入上察隅的游客寥寥无几。

是日，行程125公里。

8月12日

上察隅，晴，气温21℃，海拔1920米。

上午，问酒店老板，进山有什么可以看的，答：都是森林，没什么可看的。哎哟，我就喜欢大森林。上察隅几个不大的村子都坐落在大森林里。

在上察隅镇先吃早点，在镇政府院里问一位政府工作人员，得知，政府人员44名，镇里有20多户人家，上百人。另辖16个行政村，800多户，3000多人。

和加珠大嚼甜梨

通往森林的路上，遇到的第一个村子是米古村。再往前走，见一位男士在自家门口用石头往梨树上扔，打掉下来的梨摔得已不成模样。见我过来，他马上去洗了两个，我俩肆无忌惮地大嚼。梨的滋味很好，新鲜爽口。他说，给你带点吧。说完，噌噌噌就上树了，爬上去七八米高。他从上面扔，我在下面接，开始没接住掉地下几个，后来掌握了规律，都能接住了，甚至单手接了几个，另外一只手忙着给他录像呢。这兄弟叫加珠，有三个孩子，一个大学毕业，一个在上大学。以前上山打猎，现在出外打工。人一看就厚道诚实。临走，给我装了一塑料袋梨，够吃十天了，每天平均俩。

再往前走，遇到一位穿制服的先生，这兄弟是护林员。问他一些问题，他答不上来，就拉我进到一个大院子里，说那位是老支书，知道得多。坐在门前台阶上和老支书聊了好大一会儿。老支书74岁了，当了22年支部书记。说起以往，透着自豪。要给老支书拍照，他马上回到自己房间，戴上绣着党徽的红色帽子，摆出很神气的姿势让我拍。党在他们的心目中是一种无上的荣誉。从他特意挂在脖子上的名牌知道他的名字叫卡布罗。

继续行走在大森林里，这里是绝对正宗的原始森林，四五十米高的笔直的大树随处可见，稀有树种比如红豆杉在这里就如同咱北京街头的大槐树一样平常。三两个人合围的红豆杉足够让人兴奋吧！打开车窗，关闭空调，让原始森林的气息任意弥漫在周围。谁没见过真正的原始森林，就来察隅吧。

过了米古村，然后是巩固村、松林村、西巴村。过了巩固村，路边有个西瓜摊，一个小孩儿边啃西瓜边看手机。母亲说女儿三岁，她们是贵州人，在这里比较容易生存。问西瓜多少钱？3元一斤。一个吃不完，买半个吧。孩子母亲把西瓜切开让我吃。吃了三块，给钱不要了，说自己家种的，不要钱。可是，她是在路上摆摊卖瓜呀！不能白吃，放下10元钱走起。她拿着钱追赶，真是淳朴的好人。

过了松林村，又是检查站，需要本地部队开出的特殊通行证才能通过。过了检查站，西巴村的孩子们在一个池塘里洗澡，一个个都光着屁股，把自己融进这大自然中。

老支书卡布罗

原始森林红豆杉

此刻气温有 27℃，水温应该不会太高。他们说每天都来洗。

路边山坡上有几匹马在吃草，其中有一匹马实在是太过帅气，长长的马鬃，像披肩长发从脊背上飘洒下来，足有 2 尺长，见到生人，奋蹄跑开，奔跑的姿态堪称优美。其实，它是被我手里的相机吓到了，不知对着它的黑乎乎的相机为何物。

一路都是穿行在原始森林中。荣玉村村头一棵撑起巨伞的大树下，村民们坐在一起悠闲地聊天，古树上拴着一头牛，那场景活脱脱就是一幅画。凑过去和他们搭话，藏胞对大山外面走来的客人都还热情。

再往前走，见山上垂下一条瀑布，足足有百米高。停好车，向瀑布走去。从公路到瀑布看上去也就几百米远，但是被原始森林隔住，高大的树木和杂草遮挡着，根本无路可走。几经周折，终于发现一条若隐若现的牛道，循之而上。甫到瀑布附近，风扬水雾，弥漫山间，顿感清爽，惬意宜人，只是无法拍照，相机举起，镜头立湿。一群会享受的牛趴在瀑布前的草地上避暑，见有人来，腾地起身跑开。瀑布前的草地整日被水雾笼罩，一脚踩下，鞋子已经湿漉漉的。如果这里被开发成旅游区，不知该惊艳多少人。追着跑进森林里的牛拍了一会儿，该下山了，却发现找不到回来的路了，甚至看不清方向，齐腰的草把人缠住，有点寸步难行的感觉。原来，在深山里迷路是这么容易的事。折腾了好一会儿，辨别着瀑布的声音，向相反方向折腾，最后还是折腾出来了，身上已经挂满了苍耳和带刺的叫不上来名字的其他植物。

进山的路，有 25 公里在修路，坑坑洼洼，车拖底三次。筑路工人开山劈石，承担着边境道路的建设，问过工人师傅，他们多是四川人。建设者，从

帅气的骏马

荣玉村村头

来都是伟大的。是不是要去最后一个村子,有几次犹豫。边犹豫着,边往前开,那种犹豫不决的心态简直是一种自我折磨。进,很艰难,不进,很遗憾。

傍晚6点多,终于来到了边境的最后一个村子布宗村。离村口不远,见一位妇女在自家院子里摘苹果,那一树苹果鲜红鲜红的。她拿了几个苹果从栅栏里递出来给经过的邻居,又送了两个给我。女儿在成都上大学,儿子今年高考,等待录取通知书。男主人叫萨吉。顺便说一句,很有趣的是,女主人是米古村送我梨的加珠先生的表姐。今天好几个人都和加珠扯上了关系。

瀑布

从萨吉家出来继续前行,终于走到路的尽头。从上察隅镇到这里整整64公里,路就在一座大山前戛然而止。慰问一下战士,吃了战士给煮的面条,说声再见,走了。离开军营是8点钟,晚上山里黑得早,8点半时已经漆黑一团。经过一个地方,突然从黑暗处走出一个人,明晃晃的手电光吓了我一跳。那人想要搭车,我真没敢停车,隔着半开的车窗拒绝了他的请求。记得在理塘让我拍照的那位女士的叮嘱,路上千万别随便让人搭车。也许他真需要帮忙,但我真不能帮他,虽然心里纠结,可是安全意识占了上风。这深更半夜深山老林的,连个鬼影都没有,不可放松警惕性。

回程也60多公里,烂路可以慢慢开,最麻烦的是路上的卧牛。很多牛睡在马路中间,每次把牛叫醒,牛都慢腾腾地爬起来,不情愿地伸伸后腿,伸伸懒腰,再按几次喇叭,才拖拖拉拉地挪到路边。这山里的牛,晚上统统都睡在路上,十个八个拥在一起,这样它们是不是会有些安全感?上察隅的高山峻岭中有虎、豹、熊、鹿、鹦鹉等各类国家保护动物,那些猛兽应该就是牛的天敌,我是这么猜想的。路上前后一共遇到四辆车,和一辆大卡车会车,麻烦了好一会儿。在深山里完全看不到后面的路，谁倒车都是很不容易。那位司机师傅很友好，先是主动倒了一下，长长的车体让他完全看不到后面的路况。两人下车商量了一下，决定我倒车，他开车灯给我照明，我后退100多米才好歹过去。会车成功后，互相给个喇叭表示感谢，那声音在漆黑的大山里还真有点瘆人。随后又遇一辆河南牌照的车，我倒车10米，也不知道是不是昨天差点相撞的那辆河南牌照车。到了检查站，把布宗村买的苹果送给战士，又查验了通行证，很友好地放行了。晚10点20分，回到上察隅镇，在昨天住的酒店住下，老房间。

是日，行程126公里。

布宗村

劈山开路

藏地江南 · 91

📷 萨吉和他的儿子在刷漆

📷 吃苹果的女孩

📷 大山里的孩子

📷 摘苹果的次仁的妈妈

📷 大学生次仁和她的母亲

8月13日

　　中午，路上见一道清澈的山泉漫过公路，正好在山泉边把脏兮兮的车子洗洗。又用山泉水洗了昨天米古村加珠送的大梨，津津有味地吃着。过了一会儿，见一老人，身背大捆树枝，沿山泉边一条不像路的崎岖陡峭的小路往上走，很快就隐于一片绿色之间，不见了。吃完梨，带上照相机，沿小路上山，走不多远，一个岔路，判断应该往左走，蹬着一个木梯翻过一道墙，上面是一块比较平整的土地，一块一块的菜地分布其上。转了两个弯，见到一个窝棚，喊了几声："有人吗？"一会儿，先前上山的那位老人走了出来，邀请我进到窝棚坐下。近看老人并不很老，今年68岁，名洛贡。老人见我不请自来，看得出很高兴，从箱子里翻出一盒饮料递给我，还说，别人来是不会给这个招待的。聊天中得知，他姓龚，四川人，40多年前过来帮助部队盖房子，就留下来，娶了藏族姑娘，生了5个孩子。他平时不住在村子里，大多时间在窝棚这里住，种种地，浇浇水，他说这里的山泉水特别干净。老人读过六年书，在这个年龄的人中就算很有文化了，老人说，你吃黄瓜吧？我不客气说吃。他马上跑起来，到另外一个地方摘了两个短粗的黄瓜给我，又拿来镰刀让我削皮。镰刀带着锈迹，黄色的锈迹蹭到黄瓜上。老人说，把镰刀擦一下，我说不用。其实擦也擦不干净。削完皮，就吃下去了。老人给我介绍他种的蔬菜，还有两棵小叶紫檀，一棵八年，一棵六年，说叶子能治病。又从一个筐里拿出两个干叶子，说闻起来很香。临走又要给我带土特产，这个怎么能要？婉谢。走出窝棚下山。老人送到小路上，还要继续送，我劝阻了。打开车门上车，发现老人追到了车边，和我摆着手。再见！洛贡先生。说实话还真是有些依依不舍。

返回察隅县城的路上，在上察隅镇吃了下午饭，过贡日嘎布曲大桥不远处，见一北京牌照车停在路边，立马停下聊了一会儿。阙先生带着年迈的父母出游到这里，也准备去下察隅。问过他是否有县公安局盖章的边防通行证，答没有。我跟他说肯定过不去。阙先生抱着试试看的想法开车走了。

京城阙先生去上察隅没能如愿，也已返回县城，邀请共进晚餐，欣然前往。

入住酒店。

是日，行程 124 公里。

📷 洛贡先生

📷 山里采药的人

8月14日

察隅县城，晴，气温17℃。

上午从县城向然乌方向出发，没走出10公里，便有后车想超车。见其按喇叭示意超车，便向右靠让路。谁曾想后车的后车要超后车，只听"咣当"一声，两个车撞上了。这种情况真的同情不起来，后车的后车超得实在没有道理。

📷 罗马桃花村

进入古玉乡境内，有罗马桃花村，在旅游地图上也有标示。一条湍急的河流上搭了一座简易铁桥，过了桥不远就是桃花村。这个季节花期已过，一个游人都没有。站在村外路边高处，桃花村农田平整，一棵棵百年老桃树点缀其间，村民居住的木屋乡味十足，却比不上上察隅的木屋。上察隅的木屋是建在原始森林间，那里的木材资源丰富。村口一位老实的农民在干活，和他打了个招呼，进到院子攀谈。他的汉语不是很好，彼此能了解大概意思。他说，房子是他自己20年前盖的，有14米长。踩着6级水泥台阶走进他的屋子，只管欣赏我所喜爱的大木头的质感，对很乱的房间也并不在意。房子下面一米多高的空间储放农具等杂物。

进到村子里，来到村委会二层楼下，一位小伙子热情邀我去楼上办公室坐坐。小伙子姓王，30刚出头，汉族，甘肃人，大学毕业报考公务员来到察隅，被下派到罗马村当党支部书记，已有数年。适应这里的生活是需要一点自我牺牲精神和自我重塑的过程，也是真不容易。语言不通，生活不习惯，文化娱乐生活就更谈不上，几年前在那个小铁桥修好之前，这里是与世隔绝的。经过挺长时间，心理状态才慢慢调整过来，现在他已基本接受并适应了这样的生活，把自己当作了罗马村的一员。

据小王介绍，罗马村全村 71 户，374 人，每到春季，桃花盛开，这里就是世外桃源。言语之间，已经有了一点点小自豪感。村委会办公楼是二层小楼，一层为水泥结构，二层是木结构，设有党团活动室和农家书屋，4 个书架的书也算是不少。虽然没有在桃花盛开的季节来到这里，但可以想象出春天来了的时候，整个村子都开满粉红的桃花，桃花丛中错落着一幢幢木屋，花瓣儿在风中吹落，铺满村里的小路，行走其上，扑鼻的馨香，那是一个怎样令人陶醉的景象。

小王陪我在村里走了一圈儿，村民见到他都热情打着招呼。他说，村民和他关系都很好。一次，在他刚来这里不久，语言不通，村民也不是很配合工作，情绪不高，心里压抑。他在村民大会上讲，我来这里也不是图升官发财的，是来工作、来帮助大家的，言语中不无委屈。本来他的汉语村民也就能听懂百分之四十左右，但当他讲完这话，看见村民在下面开始低声说话，有人开始抹眼泪。那一刻他知道，老百姓理解他了，老百姓是通情达理的。我能看出他已经深深爱上了这里，他和我聊着村子开发旅游的设想和规划，对这里的未来满怀憧憬。

罗马村的桃子大多是不能吃的，都是长不大的山桃，少数桃树结的果子才可以吃。

📷 古玉乡的孩子

📷 民居

📷 村干部小王摘桃子

走到一户院墙边，有村民的桃树枝探头出墙，炫耀着自己，他说摘两个给我吃。选了两个摘下来，用水冲冲，我俩一人一个吃了。嗯，有我小时候家里房后父亲种的那两棵桃树结的桃子的味道。他说，党员干部不能拿群众一针一线，但随便吃几个村民的桃子，他们可高兴了，彼此不见外的意思。

离开罗马桃花村，经过察隅大峡谷，这是前几天夜行经过的地方。过了古玉乡公安检查站，在古玉乡一个很简陋看上去也不干净的饭馆坐下。大学生村干部小王告诉我，古玉乡有几家饭馆还行。看来他们的要求并不高，我的要求也不高。

站在古玉乡公路边，便能看到不远处山顶的塔巴寺和嘎厦政府遗址，可是走起来就

塔巴寺

嘎厦政府遗址

是另外一回事儿了，在只能容一辆车通过的山间小路行进9公里，抵达山顶的塔巴寺。寺院大门关闭着，自己下车推开进入。这座寺院，有400多年历史，为察隅县第一古刹。寺院里只有一人在打扫院落，任我自由参观。围绕寺院看了一看，从后面一个小门进去，登上又陡又窄的梯子来到二层，里面是清一色的木结构。又来到寺院上面不远的嘎厦政府遗址，残存的几堵墙壁上，还能看到三层窗洞，推断原来应该是三层楼的建筑。这处荒芜落寞的古建筑，与西藏历史变迁紧密相关。围墙外有一匹马正在和马一样高的深草丛中吃草，见有人来，突然抬起头，倒是把我吓了一跳。

从塔巴寺向山下眺望，是一个村落和遍地金黄，这是一个丰收的季节。

下山3公里左右，就是从山顶上看到的村子，村边是平阔的田野，人们正在收割麦子。坐落在麦田边上的人家，都有一个通往田野的大门，如想进入麦田，必须从人家的大门通过。这样丰收的场景是我从来没有见过的，刚想从一家大门进去，一条黑狗噌地跳上大门边上的石墙，对我连吼带叫，把我逼退。里面的人示意我从另外一个地方跳进去，按照他指的方向，登上一个石墙，刚想跳下去，墙下麦子里

隐蔽的一条黑狗突然冲出来，不怀好意地盯着我。别向狗挑战，人不占优势。悻悻从墙上下来，又走了一段路，和一位村民说要进地里，他热情地带路，七拐八拐就进去了。

丰收的场景太适合拍照，本来热火朝天的劳动场面被我搅和得成了娱乐活动，笑声，打趣，不同家庭混在一起，一个淘气的哥们儿，把自己脸涂黑让我拍照，还把另外一哥们儿脸也抹黑了，闹腾得天翻地覆。打闹并不影响秋收，大家在把割下来的麦子打成捆，一趟一趟地抱到拖拉机前，用力往上扔，上面的人接住码好，每个拖拉机都码得老高。往上扔的人和上面接麦子的人，看着就是那么洒脱，也有人在地里捡拾着落地的麦穗儿。我也参加了劳动，从来就不拒绝劳动，帮忙把麦子抱到拖拉机前，奋力往上抛，还是勉强可以抛上去的。劳动很快乐，劳动让人变得简单，劳动也让人们轻易地打成一片。这个村子叫布玉村，29户人家，每户可分20来亩地，有一家分了26亩。

正在热闹着，村主任来了，40多岁的样子，脸上的笑容特别真实。给每个人拍照，都抱着一捆麦子，姿势都差不多，实在是有些雷同，不过等我把照片发给他们时，自我欣赏就会觉得个性十足了。

置身在麦田收获的场景里，怎么都会想起米勒的《拾穗者》那幅印象深刻的油画，1995年在法国奥赛美术馆见过。午后的麦田，一片金黄，三位妇女弯腰捡拾地里的麦穗。秋季微凉，冬天不远，又平添几分惆怅。可是，今天在麦田里怎么也找不到米勒油画中的感觉。这里的人们在欢快地劳动，收获着丰收的喜悦。变了，时代不同了。

告别布玉村的村民，继续赶路，今天的目的地本来是波密，走着走着就耽搁了。察隅县城海拔2200多米，傍晚就来到4900米的德姆拉山，爬升了2700米，感觉气短，这

近观德姆拉山冰川

是第二次经过德姆拉山。在垭口观景台区域停车，走上第一个山包，不由自主地登上第二个山包，结果上来后发现还有第三个山包，这就是所谓山外有山吧。迈着沉重的脚步，喘着粗气，登了上去，又平行数百米，竟然走到了德姆拉山冰川下。冰川下半部被一些黑灰色的尘埃覆盖，上半部则洁净如新。估计没几个人会这么折腾自己跑到这里来，不过，征服后的快感非同寻常。在冰川下待了一会儿，最后一抹夕阳已在远山隐去，一块积雨云拉着雨幕小跑着向我移动，我也赶紧加快了撤退的脚步，但还是来不及了，雨噼里啪啦打在我那骑士帽上。乌云下的天空更黑了，都说前怕狼后怕虎，边下山边不时回头看看有没有狼在跟踪。没有，安全下山。这一会儿登山相对高度 100 米，往返 2 公里，每走一两步都是跟着一个大喘气。好了，再往前，一轮明月照着我回到了然乌。

是日，行程 187 公里。

参加劳动

藏地江南

和藏族同胞在一起很放松

秋收忙

丰收的喜悦

村主任

入仓

8月15日

我在西藏旅行，儿子在北京参加夏令营，勇敢的小家伙，和一帮大哥哥玩得一样猛。10多米的高杆攀爬，晃悠悠的木板行走，儿子告诉我，都完成得很棒，先给儿子点赞。

然乌，晴，气温11℃。

上午从然乌出发，沿然乌湖

儿子（前排穿黄T恤）和大哥哥们在夏令营

还要走上一段。然乌湖的西端一股水流泻出，这就是帕隆藏布江的发源处。帕隆藏布江是西藏最大河流雅鲁藏布江的主要支流。然乌湖北侧，又设有一处游人观景处，名西藏然乌国际自驾·房车露营营地，设计新颖，设施完备，很多游客在此观光逗留。今天上午的天气很好，蓝天白云被平静的湖面复制出来。

中午来到米堆冰川，停车场已经停满了车辆，转了两圈，见有车辆离场，立即停靠过去。换乘环保车，再步行2公里才能到达，大多数人是步行的，可以穿越古树区、田园风光区和森林区，另一条路是骑马上山。步行山路值得慢慢走走，300株树龄在300年以上的白杨树，昂扬遒劲，见证这里数百年的沧桑变幻。另有大片云杉、雪松、沙棘树等，与米堆村青稞田园构成一路如诗如画的美。只是一路步履艰难，半路已是衣衫湿透。

来到米堆冰川脚下，隔着冰川湖仰望这中国最美的冰川，神清气爽，忘却了一路的疲惫。

有介绍称，米堆冰川位于西藏东南部念青唐古拉山和伯舒拉岭结合部，主峰海拔6385米，雪线海拔4600米，冰川湖面海拔3800米，是我国海拔最低的冰川，其观赏性据说在中国上万个冰川中排在前三名。

米堆冰川

拖着两轮车的步行者

波密

　　在冰川前仰望冰川，七八百米高的冰瀑从天垂落，洁白的冰帽与白云浑然一色，湖水里睡着冰川的倒影，冰川一侧的山体披着绿装，另一侧滑坡则穿着红衣。

　　转悠了好一会儿，体力得到了恢复，不走回头路，从马道回返。一条被马蹄踩踏得坑坑洼洼的坡路铺满尘土，不停有骑马上山的游客，打着招呼，错身而过。下山容易了很多，但风景却稍为逊色。

　　在米堆冰川花掉两个半小时，继续沿帕隆藏布河畔的318国道向波密行进。到波密的路上，绿树成荫，也有悬崖陡峭。从然乌到波密路段，骑行和步行的人多起来。一位陕西汉子拖着两轮车徒步西藏、云南，不知已经行走多久，一脸的坚强。两位藏族年轻人一路磕着长头，更是千辛万苦，因路窄无法停车，没能和他们聊一聊。

下午5点到达波密，城门匾额上写了"藏王故里"四个大字。看看时间还早，穿过波密城，来到18公里外的嘎朗湖和嘎朗王朝遗址。

嘎朗湖很小，一多半的水面被水草覆盖，湖边草坪上应该是当地人休闲的去处，几个年轻藏族小伙子还在烧烤喝酒，森林边上有白塔和锥形的经幡。穿过白塔沿一条窄窄的森林间小路，走到了山的那一边，看到了对面的雪山和雪山下的一条宽阔的大河。走回嘎朗湖，靠近一匹白马拍照，惹得马儿不停地躲避。

来到嘎朗王宫遗址，已经新建起来一座富丽堂皇的宫殿。相传公元五百多年时，因内乱，藏王止贡赞普被谋杀，王子逃到山高路险的波密，并受到当地民众的拥戴，推举为首领，建立起很有势力的地方政权嘎朗王朝，称嘎朗王，或波密王。1240年，嘎朗王修建此处王宫，统治着藏南一带。1930年代，被西藏的最高统治政权噶厦政府打败，嘎朗王率余部逃到印度，嘎朗王朝灭亡。民国后期，王宫被毁，今日复建，供游人回望嘎朗王朝昔日的辉煌。

从嘎朗湖下山开车出了景区大门，路遇几位维护公路的武警战士，顺便向他们请教我的车是否能开进墨脱，告诉我，那条路他们走过很多次，我这车如果开进去，百分之百零碎了，建议一定乘越野车进去。他们的建议，彻底动摇了开自己车去墨脱的幼稚想法。

回到波密县城，在城边的一个酒店住下，首先和酒店老板咨询如何搭车去墨脱。他给了一个电话，电话打过去，告知每个座位单程300元，确定了明天出发的时间地点，当下无话。

是日，行程179公里。

嘎朗湖　　　　　　　　　　　　　复建的嘎朗王宫

8月16日

波密，晴，气温 24℃，海拔 2700 米。

波密县位于西藏东南部，喜马拉雅山脉北麓东段，帕隆藏布江北岸，地处冲积平原，是西藏商品粮基地县之一。来波密，也是要去墨脱，从这里向南，便是墨脱。

波密到墨脱公路，对进入墨脱的人和车辆来说，必定是畏途。人们可能走过很多路，有的遗忘了，有的淡忘了，不过我相信，走过波墨公路的人这辈子应该不会忘记，想忘太难。

众人皆知，墨脱县是中国 2846 个县级单位中，最后一个通公路的县。由于墨脱西、北、东三面被喜马拉雅山与岗日嘎布山阻隔，雅鲁藏布江大峡谷和帕隆藏布峡谷从一侧分割，地质条件极差，一路上可能遇到雪崩、暴雨、塌方、沼泽，路修了几十年，常年处于边修边塌状态，2013 年开通，据说第二天就瘫痪了。每年大约通车半年时间，每个月平均半个月封路修路，半个月边修路边通车。我是属于幸运的，之前有半个月封路，前天刚刚解封通车，结果当天塌方再次封路，昨天恢复通车，今天算是这个月的第二个通行日。当然，要来赶紧来，进去了也得赶紧出来，本月 28 日又要封路，这个短暂的窗口期算是赶上了。

按约定时间到达乘车地点，司机和几位大汉正在往后备厢里塞货物，整个后挡玻璃被遮挡得严严实实，看来，进入墨脱一次，他们都会利用任何空间带东西进去。6 个人搭一辆丰田霸道，是这里的规矩，可是座位安排上却出了点问题。前排一人，中间四人，后排座位上放了满满的行李，挤出一点点位置坐了一人。把我安排在中间一排左侧靠窗座位，和一位胖乎乎的藏族小伙子挨在一起，他的右边是两位女士，一位是他老婆。可以想象，这 120 公里路程、5 个半小时是什么样煎熬的感觉。车在剧烈的抖动摇晃中，胖乎乎的藏族小伙子几乎把我挤压得喘不过气来，人也成了贴在车窗上的肉饼。加上路上灰尘很大，很多时候需要关上车窗，车里的气味实在不好形容。

同车有 4 位乘客都是在当地工作的，说这种情况都习惯了。朋友们说我喜欢藏族同胞，这回可好，亲密接触零距离，直让我想起小时候在东北炕上孩子们玩挤香油游戏的情景。

电话里司机说要早点出发，提前到检查站等候，可以早些抵达墨脱。一般在波密检查站往墨脱方向放行时间是下午 2 点钟，墨脱方向向波密方向放行时间是上午 10 点钟，这样就能尽量避开对向车辆的会车。中午 12 点 50 分从波密出发。路况该怎么描述呢？简单用惨不忍睹四个字就够了。做个补充，轿车根本不让通行，一路经过三次公安检查，在出波密后的第一个检查站，轿车就会被拦下来，不准通过。想必是轿车路上趴窝的可能性超过百分之百，一辆车趴窝，全路塞死，是大概率事件。

波墨公路上的 80K 游客接待中心

丰田霸道就是皮实，过沟过坎，并不减速，从两尺深的水里蹚过，河里的石头把车抬起又摔下去，车像船一样冲过去，激起水浪，车上的人也随着车劈波斩浪向前冲。藏族司机朋友绝对是老司机，遇有会车，看着几乎过不去的地方，竟能神奇般地通过。颠簸让人胃里直翻腾，那位藏族小伙子的老婆先吐了。路上需要多次停车，塞车情况频繁，有时长时间塞车，人也可以下车活动一下胳膊腿。这路上停车是随时要准备开车的，稍晚几秒钟，车就可能插不进去车队了。

路上风景实在是没法看，车子的颠簸让景物在眼睛里剧烈地跳动，拍照更是困难，快门速度放到 2000 分之一秒，勉强可以，最好的时候就是在塞车时拍几张作为记录。在朋友圈里，有朋友建议拍照时找好角度再按快门。在左摇右晃的车里，手探出车窗拍照，哪里还能考虑构图。就这样，相机镜头盖还是震掉路上了。

沿途是被绿色植被密密实实包裹的群山，时而有飞瀑从

行路难

山上飘落，接近波密的高山地带是高山针叶林，随海拔降低，接近墨脱则是阔叶林，香蕉树也渐次增多。一路都有筑路工人在修路。途中在 80K 游客接待中心做短暂休息，终于在下午 6 点半到达莲花圣地墨脱县城。

在下车的地方就近住进圣地酒店。放下行李，在一个山坡上的公园转了一转，这里可以更清晰看到墨脱街景。盘桓许久，突然灵光一闪，何不先去雅鲁藏布江大拐弯看一看？说着话就开始找车。最后遇到一位司机，愿意收 200 元带我过去。上车，走人。十多公里，不久就到了，可惜此时已是晚 9 点多钟，暮色里在山顶俯瞰奇特造型的雅鲁藏布江大拐弯，一个圆圆的孤山（不知其名，暂且称孤山），几乎被雅鲁藏布江环绕，据司机师傅讲，孤山上种植着茶树，墨绿的孤山像极大块的绿松石镶嵌在江水打造的银环里。因其形状又像棒棒糖，又有果果糖大拐弯之称。

📷 波墨公路沿途风景

回来路上，这位藏族师傅希望后天我回波密能搭他的车，我说我已经答应搭下午来墨脱的那辆车的师傅，对他不好交代啊！师傅说家里生活不宽裕，恳请帮个忙。我这心软，只好答应了，反正都是藏族同胞，帮谁都一样，给了自己一个变卦的理由。

📷 筑路工人

回到县城，又在莲花圣地公园转了一圈。漂亮！夜色里，荷花、平湖、建筑，在灯光照射下，变幻着色彩展示着美。晚 10 点，吃饭。

是日，行程 120 公里。

📷 暮色果果糖大拐弯

8月17日

墨脱县城，晴，气温30℃，海拔1100米（雅鲁藏布江墨脱县城段海拔700米）。

墨脱县位于西藏东南部，地处雅鲁藏布江下游，喜马拉雅东段与岗日嘎布山脉的南坡，东邻察隅县南与印度交界，西接米林等县，北接波密。墨脱县是雅鲁藏布江进入印度阿萨姆平原前，流经中国境内的最后一个县，雅鲁藏布江大峡谷主体段在该县境内，是西藏高原海拔最低、最温和、雨量最充沛、生态保存最完好的地方。全县人口一万三千多人，主要是门巴族和珞巴族，他们各有自己的语言，也通藏语，文字使用藏文。

上午，有些遗憾昨晚去雅鲁藏布江大拐弯天色已暗，朦胧不清，决意再去一次。路上拦车，遇见在墨脱县政府工作的4个小伙子，他们都是几年前支边并留下的，很爽快地让我搭车，一直开到昨夜来过的眺望大拐弯观景处，那里已经有几位他们曾经一起在这里支边、现在已经回内地工作的朋友，他们是回来怀旧的。

天气晴朗，烈日炎炎，墨脱的夏天并没

📷 蓝天白云下的雅鲁藏布江大拐弯

📷 支边的大学生们

📷 通往雅鲁藏布江大拐弯路上四桥并列

藏地江南

有希望的那样清凉舒适，而晴朗天空下的雅鲁藏布江大拐弯清晰地展现在眼前。几个小伙子都说，今天来晚了，早一点会看到江上漂浮的晨雾。

从大拐弯回到县城，穿过整个县城，打算去登城南山上的白塔，想必那里可以俯瞰墨脱全景。中午正是小学放学时间，孩子们三三两两地走在回家的路上。问了一下，你们不需要家长来接吗？回答，都不用，大家都是自己回家。孩子们的这种安全感可能来自这里的淳朴民风和极其封闭的地理环境。

经人指点，说有一条石阶路可以直接到白塔，穿过白塔下的一个村子，竟然没找到路，费很大劲穿过茶园和乱草丛，经过一个多小时才来到白塔前。登上尚未完工的三层

白塔上眺望墨脱县城

路塌方，挡住去仁钦崩寺的路

墨脱梯田

白塔，整个墨脱县城尽在眼底，大片的梯田在阳光下炙烤，绿野之上难觅人踪。雅鲁藏布江带着不舍远去，是种故土难离的不舍，不久就会流入异国他乡。一只雄鹰盘旋着，是无聊地玩耍，还是在寻觅猎物？下山时，找到了那条小路，很快就到了山下。路，一旦选对，一切都变得容易。

在一个矮山上有莲花阁，墨脱门珞历史文化遗产博物馆设在那里。不巧，莲花阁正在改建中，博物馆不开放。

下午，那几位学生干部问去不去仁钦崩寺。去呀！这是个叫莲花圣地的地方，人们称墨脱为莲花圣地就源于这里。坐上他们的车，先来到天梯，这里位于县城西北，可以俯瞰墨脱全城。"墨脱天梯"，全长1446米、落差398米、台阶1975级，如步行登临，对一般人是个挑战。另有一条公路可以开车绕行上来，省却了时间和体力。在天梯观景楼阁上，清风习习，炎热此刻被吹走，顿感清爽舒畅。继续前行，遇到路障，指挥交通的工人告知前方山体滑坡，不能通行。情不得已，遗憾返回。

时间还早，回酒店睡了一觉。没有什么去处，和师友对诗唱和，玩得很嗨。依序罗陈，趣味盎然：

张向午老师诗：

夜半忽醒，闻雨声有感，口占一绝赠小友夜阑听雪：

夜阑听雪雪有声，
轻敲诗扉到天明。
文思如潮翻作浪，
掷笔成章令人惊。

杨洪波和诗：

寄宿墨脱雅鲁藏布江畔，昨夜三更未眠，乌云遮月，孤旅愁思。读张向午老师诗作，步韵逗趣耳。

夜半又闻江水声，
推窗不见星月明。
孤旅愁思翻心浪，
诗赋常吟可压惊。

郑子彬同学诗：

和洪波

大江藏布去有声，
洪波震烁胜月明。
且将孤心掷入浪，
何人感应何人惊？

杨洪波和诗：

和郑子彬兄

大江去国泣有声，
壮士徒对圆月明。
拔剑击流声声浪，
神州重铸天下惊。

张向午老师和诗：

勇士将行默无声，
拔剑轻抚月正明。
日出扬帆破巨浪，
东海斩蛟世人惊。

杨洪波和诗：

　　下午出游，酷暑炎热，回酒店稍息，酣梦初醒，天色已晚，见张向午老师和诗，再和一首。

客舍香梦笑有声，
惺忪懒见天半明。
隔帘犹看飞云浪，
莲花圣境令嗟惊。

张向午老师和诗：
借洪波雅兴，再凑四句。

凌晨忽闻惊雷声，
隔帘已知天色明。
滚滚乌云如涌浪，
电光一闪让人惊。

杨洪波和诗：
中午登上墨脱白塔，见雄鹰盘旋，蝉声一片，绿野麦浪，红屋碧树，滚滚雅鲁藏布江绕山而过。又见张向午老师和诗，再和之。

雄鹰穿云寂无声，
绿野平阔景色明。
滚滚大江追麦浪，
跻身秘境莫眈惊。

姜桐福先生诗：

藏南圣境看墨脱，
门巴文化有传说。
雅江不舍鹰犹恋，
三桥并列一首歌。

杨洪波和诗:

和姜桐福先生

舟车顿挫到墨脱,
探秘寻幽任絮说。
门珞藏南谁作画,
神州共唱欢乐歌。

张向午老师点评:

　　洪波诗皆一路所见所感,源于生活,因之格外鲜活,绮丽,激荡着藏南粗犷的大自然清新气息,洋溢着乐观豁达进取之浩然正气。让人读来精神为之一振,心胸开阔,如同读唐人塞外诗。

放学路上

8月18日

墨脱，阴，气温 26℃。

清晨，墨脱满脸的不开心，阴沉着脸。坐上回波密的车，回波密车多人少，司机在等人。友情提示，墨脱物价是相当的贵，什么都是汽车运进来的，包括水果。每月只有半个月通车，还需要历尽艰险。

从墨脱出发，司机驾驶的是三菱汽车，据说在冰雪路面有优势，但在不平坦的路上行驶，颠簸更加厉害。司机是位 57 岁的藏族汉子，着急尽快赶回波密，准备再从波密返回墨脱，多拉一趟活。于是一路狂奔，只用了 4 个半小时抵达波密。看时间还早，觉得不该住在波密，临时决定去鲁朗。和波密那家酒店老板说好回来还住他那里，车停在人家院子里两天，给几十元停车费吧，老板挺高兴。老板说，这几年效益不好，只能在维持。

去往鲁朗的 318 国道上，多处泥石流或塌方，一处有武警在抢修，等候半小时左右通过。路上经过巴卡旅游特色村，开车进去，在没有一个游客的巴卡邬金密宗寺院转了一圈，再进入到一个自驾营地。哇！这才是世外桃源，不多的几辆车和旅行者，很悠闲地在草坪或木屋前消遣，一棵千年的白杨树挺拔向上，巨大的树冠形成巨大的绿荫，每家客栈都装饰得别具一格，鲜花爬满房前屋后，草场上牦牛在慢悠悠地吃草。

再走一会儿，又到了一个叫藏王洞的地方，洞很小，传说这里是第一代藏王出生的地

巴卡邬金密宗寺院

自驾者客栈

方，又传说是第一代藏王打猎休息的地方。有人到此就会在藏王洞周围树上系上祈福的红布条，红布条倒成了这里一景。

逗留片刻，继续前行。经过通麦大桥，这里是318国道上著名通麦天险路段上的咽喉工程，在同样的位置排列着不同历史时期的三座跨江大桥，较早的两座已经禁行。

📷 藏王洞

8点左右，进入鲁朗。扎塘鲁措湖下泄处形成一个小瀑布群，一架吊桥连通两岸，一排藏族毡房在暮色中依然抢眼。从湖面看开去，夜色中的鲁朗小镇，恰似夜空中掉落在高原上的一颗闪烁的明星。

开车来到一个坡上，住进"累了客栈"，整个客栈只有我一个客人，生意惨淡。在然乌、波密，酒店的老板都说，从2012年以后情况就开始越来越差，这种状况是普遍的。有一个特例是墨脱，在墨脱做生意的人（旅游业除外）觉得生意没受什么影响。其实道理也简单，他们的生意对象是比较稳定的墨脱本地人，政府对这里的财政支持是不会因为经济形势不好而明显减少。于是，当地人的收入稳定，做生意的人也会感觉营业收入比较稳定。墨

📷 通麦大桥，三桥并列

📷 鲁朗之夜

脱的旅游业也保持着相对稳定的客流，想来的很多，能来的有限，旅游从业者没感觉到客流的大起大落。放下行李，从酒店窗户看出去，小镇安静而明亮，忍不住拍下一张夜色鲁朗。9点多钟出去吃饭，饭馆里播放的电视节目让食欲大受影响。于是狼吞虎咽，速战速决，逃出来了。明天好好欣赏鲁朗的美景。

是日行程，墨脱波密段120公里，波密鲁朗段157公里。

诗意的远方——西行日记

8月19日

鲁朗，阴转多云，多云转晴，晴转多云，气温14℃，海拔3400米。

鲁朗归属林芝市巴宜区，有鲁朗花海、鲁朗林海、扎西岗民俗村、色季拉国家森林公园等旅游资源。

上午，先去鲁朗林海，这里松涛翻滚，绿波起伏，翠鸟鸣叫，山风微拂。

沿原路返回，至鲁朗花海。往返约20公里，不知是不是大脑缺氧让自己变得蠢笨才这么走，鲁朗林海就在去林芝的路上，本来可以去林芝经过时再参观。

鲁朗花海实际是个草原牧场，游客多聚集在这里，骑马射箭，赏花看云。

这里的马看着就喜欢，喜欢到人不长记性。两次被藏马摔下来，可看见马还是控制不

鲁朗林海

收割牧草

住跃马扬鞭的欲望。骑了两圈，马听话地奔跑着，草原小，跑不开，也担心撞到游人，见好就收。射箭是个好游戏，拉弓，屏气，放箭，直奔靶心去了。开心的笑里，有种忘我的愉悦。

　　向草原深处开去，两侧山坡芳草萋萋，一条清澈的河流在草原上流淌，一两处房屋完全藏在高树和花海中。在一处草场，一家人配合默契地在收割牧草。男主人背着汽油割草机割草，女主人和儿子、女儿打捆搬运。最后儿子爬到草场边一棵大树上，把草一捆一捆搭在树杈上，一棵大树远看就是一个大草垛。看得出他们生活得平静安宁。

📷 在藏胞家做客

📷 现代化小镇

📷 鲁朗扎塘鲁措湖

在一个当地人家里坐了一会儿，就是想看看他们家里的样子。和男女主人聊了一会儿，喝了两杯酥油茶，心满意足地出来。

回到鲁朗小镇，在街里走走，这里已经是一个充满藏族风情、圣洁、宁静、富有诗意的现代化小镇，被称为神仙住的地方。街里有很多石锅鸡饭店，对我这样对吃没太大兴趣的人倒也没有什么吸引力。

再次来到扎塘鲁措湖，态度认真地好好地玩了一会儿。上午阴阴的天，此刻已阴转多云，大团的云朵挂在与天同色的湖面上空，昨夜这湖犹如天上的星辰坠落，这时就是蓝天的一角搭在了高原之上。几只牦牛从漫水的湖坝上悠然走过，踏起一串串水花。

鲁朗的云海、林海、花海、草海，轻轻装进了心海，但仍有些许不满足，这里适合住上一周，慢慢品味。

鲁朗的胡服骑射，让朋友圈的朋友们也乐呵了一下，师友诗情配鲁朗画意，也倒是很有些意思。

张向午老师诗：

又见当年骑术功，
纵横草原快如风。
烈马嘶嘶一声叫，
收缰跳下气从容。

杨洪波和诗：

步韵和张向午老师

当年草原练骑功，
扬鞭最爱马蹄风。
老乡心焦连声喊，
夺缰呵斥动怒容。

（某一年在北京康西草原骑马，骏马飞奔如箭，大汗淋漓。牧民心疼爱马，追上夺过缰绳，大声抱怨，不许再骑。)

张向午老师诗：

轻展猿臂拉满弓，
箭似流星弦带声。
十支竟有三破的，
但笑不言当年勇。

杨洪波和诗：

和张向午老师

凝神屏气箭上弓，
镝鸣又撞中靶声。
三扎白羽多破的，
当年不见这般勇。

周觜远先生诗：

一抒劲力弦上弓，
不让当年赵武兵。
百步射穿心靶处，
原来人老志如虹。

杨洪波和诗：

和周觜远先生

强作硬汉笑挽弓，
垂老无意做新兵。
抖落凡尘入仙境，
懒卧花海看雄虹。

吴彦卿先生诗：

沙场轻骑展雄姿，
边关驻守任飞驰。
平敌马作的卢快，
护国先锋有壮士。

刘廷奇同学诗：

赞洪波骑士

狂傲龙驹腾云起，
飞沙走石马蹄疾。
胸怀壮烈任驰骋，
风花雪月怎称奇。

时间已经不早，离开不愿意离开的鲁朗，往八一镇进发。到了海拔 4720 米的色季拉山口，这里是西藏观看南迦巴瓦峰最好的两个观景点之一，可惜天边布满厚重的云，无情地把南迦巴瓦峰遮住，等待不下两个小时，白云转乌云，乌云越来越沉重，我和所有满怀希望苦苦等待的摄影爱好者一样，最后失望地离去。

夜宿八一镇，明天再来看南迦巴瓦峰。

是日，行程 135 公里。

藏地江南

📷 牦牛走在湖坝上

📷 把牧草晾晒在树上

📷 色季拉山口

8月20日

八一镇，多云，气温19℃，海拔2989米（住地位置）。

林芝，古称工布，位于西藏东南部，雅鲁藏布江中下游，风景秀丽，被称为西藏江南。林芝所处特殊的地理地貌，形成了这里独特的气候特征。喜马拉雅山脉和念青唐古拉山脉由西向东平行延伸，东部与横断山脉对接。东南低处恰好面向印度洋敞开一个窗口，顺江而上的印度洋暖流与北方寒流在念青唐古拉山脉东段一带会合驻留，造成了林芝的热带、亚热带、温带及寒带气候并存的多种气候带。八一镇是林芝市政府驻地，是林芝市政治、经济、文化中心，也是西藏重要的交通枢纽，318国道、拉林高等级公路、306省道通过八一镇。

昨日，色季拉山上的苦候而不能与南迦巴瓦峰相遇，遗憾得不行。假使遗憾还有机会去弥补，就一定不要放弃。上午，开车50公里再上色季拉山，以程门立雪的虔诚，期待南迦巴瓦峰的接见。

天阴阴的，整个天空被阴云笼罩，人说高原上的气候多变，这时就希望天气能突然变得好起来。看着南迦巴瓦峰方向的云朵，像睡着了的蜗牛，半天不见挪动，偶然从云缝里射出一道光芒，就会觉得一定会云开雾散。等啊，等啊，两个半小时过去，别说南迦巴瓦峰的影子，就连其他的山也渐渐模糊起来。这时决定放弃了。

从色季拉山上下来，见半山上有一处尼洋河观景处。众人聚集在马路边向山下眺望，尼洋河两岸被绿色植被覆盖，注定这里是一片沃土。

来到山下，这里是林芝镇。尼洋河畔有一村庄，开车进去，村庄

寺院花丛中的孩子

里有一座不知名的寺庙，几位老妇人在寺院里静坐，孩子们则在花丛中玩耍，一位僧人坐在寺院前的草地上，告诉我那棵巨柏已有上千年，树的顶端曾被雷击断。

天空淅淅沥沥下起小雨，冒雨来到世界柏树王园林景区，只为看看这里的千年古柏。2002年曾经来过这里，对这里的巨柏印象深刻。雨中，游人稀少，山坡上多了木板游览栈道，一棵棵历经沧桑的柏树，直径达一两米，其中最大的一棵高50米，胸径14.8米，树龄3200多年，需12个成年人合围才能抱住它，被誉为"活的文物""世界柏树之王"。人们羡慕松柏的长青和长寿，崇尚其不畏风寒的坚强。传说苯教开山祖师辛饶米保的生命树即是巨柏，这里历来是当地藏族群众心中的圣地。

看还有一些时间，快速驱车跑到措木及日湖，这是一个古冰碛湖，因冬季湖面会结一两米厚的冰层，又称冰湖。措木及日藏语的意思是观音菩萨的眼泪，也是比日神山国家级森林公园的核心区，这里流传着不少神话传说。在游客中心，没有乘景区观光车，去一个办公室签了自驾责任书，自己开车18公里，沿狭窄坡陡弯急的山路来到海拔4100米的山顶。还是来得比较晚了，光线不佳。有两个景区观光车带上来的游人在抢着拍照位置，场面稍微有点乱。乘工作人员不注意，翻过一个隔离板墙，溜到了一个废弃封闭了的栈道上。这还有点意思，一个人溜溜达达，慢慢游走，栈道有几处破损，小心过去，安然无恙。走完栈道，又来到一个写着未开发区禁止入内的牌子前，游人已经下山，只有一个卖东西的藏族妇女还坐在那里，和她打个招呼，就大大咧咧地进去了。一条紧挨着湖的山间牛道，一直通到很远的地方。寻个地方下到湖边，湖水非常清澈，看上去水很深。用这高山冰湖之水洗手洗脸，一个爽字了得。都说这湖水是菩萨的眼泪，洗了脸是不是从此也变成菩萨心肠了。

📷 树龄3200年的柏树王

晚7点半，还在湖边发呆，忽然听见有两条狗在上面狂吠，狗的叫声急促而高昂，难道是狗们发现野兽了？循木阶梯走上来，一条黑背大狗冲着我又叫了几声，就不叫了，安静地从湖区入口处走开。原来，这是景区的狗，看见天色已晚，停车场只有一辆车，知道有人还在湖边，就跑过来很尽职地吆喝我回来。我一向不喜欢养狗，不过今天这狗真是懂事。到了车上，拿了饼干给狗吃，闻闻，不吃；又给它红枣，闻闻，还是不吃。没带香肠，真对不起了。

返回到八一镇，有朋友说这里变化是翻天覆地的，这个我相信，2002年来这里时，这里就像一个乡镇。现在已经变成让人炫目的新兴城市，骄傲地坐落在尼洋河畔，只有以前来过的人才能体会这种巨变。林芝的夜色比白天更加美丽，整洁的街道在灯光映射下，显得有些雍容华贵。找到一个摄影工作室，竟然买到了在墨脱丢失的那款相机镜头盖，不容易，帮了一个大忙。

是日，行程151公里。

林芝夜色

措木及日湖

8月21日

八一镇，多云，气温18℃。

林芝市内，尼洋河畔是适合散步休闲的地方，也有一些人在跑步，碧绿的河水与河滩上大片的格桑花互相映衬。

从林芝出来，往卡定沟方向行进。卡定沟，一个很不错的游览去处，地方不大，风景独特。奇峰怪石，千姿百态，秀竹碧水，古木参天，一帘飞瀑，名曰天佛，飞流直下200米，气势恢宏磅礴。天佛瀑布之下，水雾清凉，抬头仰望，神似大佛在瀑布的水幕中若隐若现，很多游人都是冲着这个天佛瀑布来到这里。

已是下午两点，赶往巴松措，这是今天的重点。2002年第一次来巴松措，远处高山覆盖白皑皑的冰雪，正值雨后，一道彩虹横空跨湖两岸，从湖心岛穿过彩虹的穹窿远眺雪山，那情景依然记得。也许还不到高山多雪的季节，远山之巅并没有很多雪。景区摆渡车把游人先送到更远的结巴村，上次来时这里没有开放。结巴村藏在巴松措湖深处的高山峡谷里，很多人说这里是被遗忘的人间仙境。依青山，傍碧湖，木屋古朴，石墙沧桑，一位老人徐徐走过，目光对视时看到的是善意慈祥。这里有两座雪山：国王的宝座和燃烧的火焰，被云雾缠绕。

巴松措又名措高湖，藏语意为"绿色的水"，最深处达120米，海拔3480米，湖心有一小岛叫扎西岛，岛上有一个建于唐代末期的寺庙措宗寺，湖水不停拍打在

卡定沟天佛瀑布

小岛的乱石上，发出哗哗的声响。湖水是碧绿的，其实随着光线的移动，湖水又会变成湛蓝。湖边已经修建起长长的木栈道，可循栈道观看周围的湖光山色，也可以观望到两处仅露尖尖角的雪峰。有游船可以搭乘，据介绍可到达一个拍摄雪峰最佳位置，算了，还是在湖边慢慢感受更有意思。

走走停停坐坐，呆呆地放空大脑，景区游客已经散去，一个人在湖边徘徊，希望能遇见晚霞，有些小失望了，太阳从西边高山后面快速落下，天空的云朵尚未染红就暗淡下去。搭上最后一班观光车出了景区。

离开巴松措，天已大黑，一场大雨陪着一路回到八一镇。在西藏也不是都有这样大雨的，只有在西藏江南林芝才会这样雨水丰沛。从巴松措到林拉公路，需要走约40公里的山路，限速40公里。上了林拉公路，行驶非常平稳，路况极佳。近11点回到八一镇。

是日，行程247公里。

📷 结巴村

📷 措宗寺

📷 巴松措和扎西岛

8月22日

八一镇，晴，气温18℃。

从八一镇沿318国道一直向西，经过工布江达县，翻越米拉山口，再经墨竹工卡就可以抵达圣地拉萨。因要去雅鲁藏布江大峡谷，需要向南经林拉公路、米林机场公路，再向东转向岗派公路。从这里又可以进入山南市。

📷 尼洋河与雅鲁藏布江汇流

上午10点，从八一镇出发，目标派镇，去游览雅鲁藏布江大峡谷。一路尼洋河的风光旖旎，令人沉醉。离开八一镇大约35公里，尼洋河和雅鲁藏布江相遇了，碧绿的尼洋河在这里很快被西藏第一大河流雅鲁藏布江浑黄的河水吞没，转眼之间，尼洋河连影子都没有了。

进入米林县丹娘乡，有一块古老的朗嘎石碑立在山坡上。"文革"遭到损坏，现经修补，其文字无人能识，这是考古学界至今尚未破解之谜。丹娘乡附近雅鲁藏布江边还有一处佛掌沙丘，由多年的春秋两季劲风所致。

下午3点半，到了米林县派镇雅鲁藏布江大峡谷，景区观光车长驱直入十余公里，车在悬崖公路行驶，峡谷幽深，群山叠翠，大江滔滔不绝，三五村落嵌在岸边，高处看将下去，自觉犹如鹰在空中盘旋，浏览着山水画卷。雅鲁藏布江大峡谷北起林芝米林县，南至墨脱县，围绕南迦巴瓦峰形成一个马蹄形的大拐弯，全长496.3公里，最深处达5382米，峡谷底部河床窄处仅为35米，是地球上最深的峡谷。

深峡壁立万仞高，
扶云百转犹听涛。
群山鼓舞掀绿浪，
只欠雄心筑天桥。

来雅鲁藏布江大峡谷，其中一个最有吸引力的地方，就是看南迦巴瓦峰，这里是看南迦巴瓦峰的最佳去处。前时在色季拉山，那里是眺望南迦巴瓦峰的第二优选位置，两度登山眺望，都是失望而归。今天观光车在几处景点稍事停留，最后直接开到了南迦巴瓦峰山脚下，可是，这有中国最美山峰之名的南迦巴瓦峰，乌云遮盖，隐去真容，不顾远道来宾，闭门谢客，也是固执得极不近情理了，的确是名不虚传的十人九不遇的"羞女峰"。功夫也许不到家，还需更加努力。回到山下，和景区工作人员商量，准备晚上住在大峡谷，需要把车开进来，工作人员还是很欢迎游客投宿大峡谷里面酒店的。明天也许碰巧能和南迦巴瓦峰有个约会。最后一次，

佛掌沙丘　　　　　　　　　　朗嘎石碑

听天由命。

三顾羞女未现身，
奈何情痴对浮云。
精诚堪把顽石裂，
学做前贤立程门。

  傍晚，在雅鲁藏布江大峡谷中的一个餐馆吃饭，翻看一下今天拍的照片，忘记了外面的世界。偶然抬头，看到窗外一抹橙红的夕阳，突然想起是不是可以看到日照金山。赶紧出来，开车就往山上狂奔。被我猜中，南迦巴瓦峰真容毕现，正是日照金山，妩媚空前。山路很窄，这得找地儿停车才能拍照啊！寻一稍宽位置，噼里啪啦拍了三张。镜头是定焦35MM，拉不过来呀！着急。继续开车向上，到了一个不少人在拍照的位置，以最快的速度换上长焦镜头，唉！就差一分钟，金色褪去，回归本色。不能说本色就难看，只是日照金山太难得一见。你说我该遗憾，还是该幸运？在色季拉山，一位四川民工说，他在山上两个月，才看到一次南迦巴瓦峰。今天一位拉萨司机说，他最近来了七次雅鲁藏布江大峡谷，今天是第一次看到。和这"羞女"约会真是不容易。有点遗憾，也有点幸运，这就是生活。

  一个人站在漆黑的大山里，一直拍到9点多天黑黑的。使用高感光度、大光圈、慢快门，哈哈哈，拍到连山的影子都不见了。就因为这么难得一见，也才如此难舍难分。

  南迦巴瓦峰是喜马拉雅山脉东端最高峰，海拔7782米，在大峡谷内侧，是世界

雅鲁藏布江   雅鲁藏布江大峡谷

第十五高峰。"南迦巴瓦"，藏语意为"直刺天空的长矛"。

开车继续上山，来到索松村的初心客栈，客栈只有我一位游客，三层楼的客栈有几十间客房，为什么没人来住，我也是没弄明白，反而是索松其他客栈都是挂着客满的牌子，价格也高出很多，我住的地方才收150元，奇怪吧？明天早上看还会有什么奇迹发生。

　　几度登门几度空，
　　难寻绝色羞女峰。
　　不舍黑昼拳拳意，
　　一睹芳容笑三声。

朋友圈中又是师友吟诗唱和，不亦乐乎。

吴彦卿先生诗：

（一）

　　身后赫然羞女峰，
　　巍峨峭俊壮西行。
　　山重水复风光好，
　　精彩纷呈游记中。

📷 暮色南迦巴瓦峰

📷 夜色南迦巴瓦峰

(二)
贤弟西行尽美颜，
天姿玉质伴身边。
纵然行旅千般苦，
一笑化为万种甜。

张向午老师诗：

冰雪玉容云雾间，
难得落日照金山。
回眸但因缘分到，
原来羞女露真颜。

是日，行程 97 公里。

金色南迦巴瓦峰

8月23日

索松村，阴，气温16℃，海拔2940米。

今天还梦想有奇迹发生，出来30多天第一次设定了闹铃，早起希望能再会南迦巴瓦峰。推开房门，走到廊台上，整个村子还没有苏醒，只有鸡犬之声相闻，不见一个人影。天空布满厚厚的云，群山被云雾缠绕。看这情形，今天没有奇迹了。也是的，昨天侥幸看到南迦巴瓦峰，那属于幸运，幸运永远都不会经常性地发生。

洗漱完毕，到江边走走，遇见几个游客在一家客栈的院子里逗小牛玩，抱着小牛犊的头拍照，便脱口而出：此乃舐犊之情。小美女斜了我一眼，估计一时没反应过来是啥意思。

索松戏牛图

沿着昨日乘景区观光车走过的路线，向大峡谷纵深开去，雅鲁藏布江时而出现在悬崖之下。路接近终点的地方有一个村子叫达林村，大片收割后的色彩斑斓的田野，牛们在悠闲地吃草，远处的村舍在晨雾中苏醒，炊烟和晨雾共舞，烟雾浑然一色。就这样在田野里走着，

炊烟与晨雾共舞的达林村

每当接近牛群，牛便敬而远之，不欢而散。一位老妇人在菜园子里摘菜，看见我走过来，直起身子向我笑笑。

雅鲁藏布江大峡谷游客游览终点是南山画屏，对面就是南迦巴瓦峰，整个山又是云里雾里的，完全看不见。一块平地上有个巨大的锥形经幡，这是藏胞寄托信仰的方式。树林边有一条土路，路边立了一块牌子：前方危险，禁止通行。绕过牌子，顺斜坡走下去，路被一人多高的铁丝网拦住。翻过去，继续走，原来山体滑坡，无人修整，也许这条路用处也不大，于是废弃了。追着雅鲁藏布江涛声的方向向下走啊走，总是不到头。在一片森林里，突然涛声消失了，心里琢磨，这不是离江越来越远吗？思忖着，来到一片经幡前，嚯，原来已经走到了悬崖边，目测百米深的悬崖下就是滔滔不绝的雅鲁藏布江。明白了，直峭的峭壁反射了江水声。这路不能再往下走了，不知道到江边还要多久。

下山容易上山难，垂直下降了200米，走了两公里，再爬上去，真的费劲。下雨了，躲在一个巨石下避雨，巨石下很干爽，显然曾有人在这里休憩。希望以后有人在石头上刻几个字：杨生避雨处。不过抬头看见石壁上已经有

📷 南迦巴瓦峰锁在云雾中

了一些刻痕模糊、风蚀开裂的藏文，不解其意，是不是有人已经捷足先登？不是"到此一游"就好。

呼哧带喘地爬上南山画屏那里的草甸，摆弄了一会儿无人机。这机器有问题，飞离500米，就与手机wi-fi断开，令人失望。不要了，回家就给儿子当玩具。后来看地图才知道，地图上标注的直白村就在雅鲁藏布江东岸，索松村则在西岸，游览雅鲁藏布江大峡谷、眺望南迦巴瓦峰选择一个地方就好。

下午两点半，出了大峡谷向米林出发。走到丹娘乡，路边有工布王雕像指示牌，问了几个人，没人知道在哪儿。路边的山坡上有两个小男孩在一棵大桑树下摘桑葚，吃的嘴角都是紫色。觉得好玩，也爬上坡去，和孩子一起边摘边吃。问他们工布王雕像在哪里，两个孩子说村子里有两个庙，应该在庙里，他俩带路，走了两个庙，

都没有。出村时遇到一个开拖拉机的藏胞，他说在一户人家的房子里。按他指点，敲开了一家大门，一位年轻女子出来开门，院子里有个很大的新房，新房边上有个破旧的石头房。女士带我进到石头房子里，一尊近两米高的石像供奉在里面，这就是工布王雕像。她说，这个房子是她爷爷的爷爷住过的地方，工布王像一直立在那里，将来这里会对游人开放。藏于民间的文物反而保护得这么好，值得文物管理部门思考。林芝地区俗称"工布"地区，历史上属工布王属地，由工布王统领。

经过羌纳寺，闭门谢客。不过从寺院的高处可以清楚看到雅鲁藏布江和尼洋河另一股支脉在此处实现江河汇流。

将近晚上6点，抵达米林县城。

是日，行程118公里。

丹娘乡的两位小朋友

工布王雕像

8月24日

米林县，多云，气温16℃，海拔2940米。

米林，藏语意为"药洲"，是藏药生产基地。上午直奔米林县南伊沟，南伊沟素有藏地药王谷之称，是神秘的藏药文化重要发源地。离南伊沟景区不远的检查站，身份证需暂存那里，出来时返还，60岁以上的例外。

乘环保车进入南伊沟，在几个停车点停留，任由游客自己游览。南伊沟是珞巴族的最大聚居地，珞巴族也是我国人口最少的少数民族，目前境内总共不足3000人。一条南伊河在山谷中浅吟低唱，轻灵地跳跃在数十公里苍翠的原始森林间。原始森林中，高大的树木或挺拔向上，或遒劲横斜，一处千年沙棘树林，应是历尽沧桑，虽身已佝偻，却依然倔强地活着。很多树上挂着龙须草，把树装扮成耄耋老者，据说挂得越多，证明这树越苍老。

📷 千年沙棘树

📷 南伊沟水色山光

至于山中各种药材，完全认不得。坐在珞巴人的小木屋前喝杯奶茶，在河清木秀、莺歌水唱之间也是醉了。

午后 1 点半离开南伊沟，沿 306 省道向西前往朗县。沿途雅鲁藏布江两岸有些地方沙化了，相对平坦的河床，江流平稳，在太阳的炙烤下，慢悠悠地流淌着，完全没有大峡谷那里的气势磅礴。

位于雅鲁藏布江畔的米林县卧龙镇，有一处奇形怪状的巨石滩，一块巨石上刻写"卧龙奇石"四个大字，游人经过这里，不由会停车逗留。人们根据石头形状，给很多石头起了一些动物的名字，比如，海龟爬行、猴子望海、巨鳄吞蛙、海豹嬉戏、河马渡江、野鸭浮游、海豚护子、巨鲸张口等。石头的来源有一些神话传说，依我看，就是在地震时江边山上滚落下来的山石，经多年江水冲刷而成。到这里看一看，主要是能近距离接触雅鲁藏布江，大江就在脚下。

下午的重点是去看林芝市朗县列村的列山古墓。这是一处全国重点文物保护单位。向列村去的路上，又见一景观，一条绿色河流和一条黑色河流在一处汇合，黑色河流不知是富含哪种矿物质。

到了列村，四处寻找古墓而不得见，一位藏族同胞指着村子后面一条土路，说需要上山才能看到。路遇一位藏族妇女，见我拿着相机，笑着示意我给她拍照，这可是少见的情况。给她拍了照片，让她从显示屏上看看，她看到自己的样子，很开心。她不会说汉语。

穿过列村村子，沿着路况很差的山路来到古墓群，山上是空旷荒凉的，一个人都没有。古墓群没有管理人员，随便进入。庞大的墓葬群散落在山坡上，在夕阳下有几分静穆。这些古墓经考古认证，有大小 184 座。每个古墓呈方形和圆形，有的规模很大，高出地面约十米，长宽数十米。夯土结合石砌，墓穴顶应该是巨木搭建，从一个坟墓上方被盗挖的洞中可以见到仍有腐木露出。真是遗憾，大多古墓已经被盗挖，古墓上方都有一个洞，有的盗洞虽然用土覆盖过，但还是能看出一些痕迹。

列山古墓群

在古墓群中转悠了近一个小时，在这荒凉去处，会想起《古墓丽影》这部电影。古墓上有很多壁虎，比我们平时见过的要大一些，在古墓上哧溜溜地跑来跑去。历史学家认为，列山古墓群的主人是"钦木氏"家族，这一家族曾是吐蕃松赞干布统一政权前"钦木域"邦国的统治者，钦木氏家族与吐蕃王室建立了300多年的联姻关系。松赞干布统一青藏高原后，历代赞普（王）多娶钦木家族女性为王妃，其家族男性则作为赞普的舅家出任大臣、重臣，只有钦木家族才有权势、财力修建如此壮观的墓葬群。

下山后见一位在辣椒地里忙活的藏胞，向他请教列山墓葬群有关情况。他也知道是吐蕃时期的墓葬。问他盗墓发生在什么时间，他说不是现代人干的。那还好一点点，遗憾的程度稍减。

到了朗县，是一个崭新整洁的小城。接近县城时，见中铁工人在施工，这是修拉林高铁，这条铁路据说基本是在大山里或桥梁上穿行，也是不计成本了。在朗县吃顿饭，算在这里打卡。为了节省时间，启程去山南市的加查县入住。

晚11点半抵达加查县。

是日，行程258公里。

136 诗意的远方——西行日记

米林县城

列村妇女

拉林高铁修建中

朗县小城

朗县洞嘎大断层

8月25日

加查县，晴，气温14℃，海拔3259米（所住酒店位置）。

加查县为西藏自治区山南市辖县，位于西藏自治区南部，是雅鲁藏布江中游地区一个多水系、多湖泊分布的县，主要湖泊有拉姆拉措、雍措、江斯拉措等大小湖泊160个，多是堰塞湖，其中最有名气的当属拉姆拉措湖。

加查县城

拉姆拉措在西藏是最具传奇神秘色彩的湖，藏语的意思是"天女之魂湖"，又称圣姆湖。湖面很小，但在班禅等大活佛转世时，要在这里从神湖的幻象中得到神示，以确定转世灵童所处方向。来这里的善男信女，只要虔诚地向湖中凝望，据说可以从湖水的倒影中看到自己的前生和未来。如此神奇神秘的神湖，吸引了很多藏族同胞来这里朝拜。

从加查县城出发，抵达60多公里的崔久乡拉姆拉措景区入口，身份证需暂存在检查站，继续开车50多公里。沿途是拉姆拉措国家湿地公园，一条河流从海拔5000多米高处流下来，滋润了一片青翠的湿地。小河清清，欢快地流淌，牛儿马儿在点缀着野花的草甸上逍遥自在地踱着步，一头牦牛站立在山岗上，有蓝天衬托，显得器宇轩昂，威严伟岸。不停有旱獭从草丛中跳出来，追着旱獭跑过去，旱獭躲躲闪闪，忽逃忽停，或立起前肢张望，或哧溜一下钻进洞里。草甸上到处都是旱獭洞。

拉姆拉措国家湿地公园

黑鹰

牦牛

一只黑色的雄鹰从路边掠过，眼神炯炯，双爪锋利，张开翅膀，威风八面。原来只是听说黑鹰，果然真有其物。

山间有一个琼果杰寺，"文革"期间被毁坏。1509年修建该寺，经历代修缮扩建，逐渐成为夏季行宫之一，也是人们朝拜拉姆拉措神湖的必经之处。从一大片残垣断壁可以推断，当年寺院的规模宏大。站在废墟上，抚今追昔，不胜唏嘘。

继续前行约15公里，来到拉姆拉措停车场。需要徒步登上相对高度达150米以上的山顶，山顶海拔5360米，这样的高度对所有人都是一个挑战，包括藏族同胞，一些人都在边走边吸氧。到了山顶，眼前一个葫芦形状的小湖被四面大山包围，山脊上摆满朝圣者敬献的哈达。山上大多是藏族人，都默默地静坐或对着神湖磕长头。人们走路都轻轻地，说话则是耳语，山上静得似乎能听到呼吸声。不小心弄出动静，就会被人轻声提醒。因是神湖，没有人从山顶走下去到湖边，都是虔敬地向那里张望。有人或许从湖中看见了自己的未来，我却不能。但，那里神圣的气氛能感染每一个人。这里绝对是值得克服困难来一次的地方，为那种气氛而来。

今天得发一组人物照片，拉姆拉措上的藏族同胞，善良，真诚，友好……他们的形象永久留在了镜头里。

下午4点从拉姆拉措景区出来，沿雅鲁藏布江去往桑日县，跨雅鲁藏布江的藏木大桥正在建设中，巨大的拱形吊梁横跨雅江和公路之上。藏木水电站在不经意间错过了。途径雅鲁藏布江第二大峡谷——达古峡谷，两山夹一江，将雅鲁藏布江挤在狭窄的水道里，水流湍急，奔涌咆哮，这里又有新的水利工程在施工。沿途野猴成群结队，在马路上为所欲为，有时肆无忌惮地跳到车上走来走去。傍晚，见有猫头鹰突然从路边飞起来，比内地的猫头鹰显得壮硕很多。

至桑日县，在县城东约2公里的一处山腰上有卡玛当寺，建于1000多年前。

进入山南市最大的问题是交通限速，30、40、50公里，全路段区间限速，让人着急。晚9点半到达曲松县。曲松县旅游业不发达，整个县城只有两家宾馆，一家藏族人开的，一家是汉族人开的。住在汉族人开的顺鑫酒店，设施简陋，酒店也没有几个客人。

是日，行程246公里。

达古峡谷中在建的水利工程

📷 虔诚地朝拜

📷 拉姆拉措

📷 我也朝拜

📷 颓毁的琼果杰寺建筑

藏地江南 · 141

📷 藏族小伙子

📷 藏族美女

📷 老奶奶

📷 观湖汉族美女

📷 河边少妇

8月26日

曲松县，晴，气温11℃，海拔3880米。

曲松，属山南市，藏语意为"三河"，因色布河、江扎河、贡布河贯穿全县境内而得名。

一早就赶往曲松县城南的拉加里王宫遗址。拉加里王宫建于13世纪，吐蕃王朝结束后，吐蕃王室后裔在曲松一带建立政教合一的地方割据政权，名加里，前加拉（神的意思）字，统治者号称拉加里王。"文革"期间，宫殿里的器物被洗劫一空，王宫（拉康）主楼已经重新修建。令人震撼的是王宫周边有很多残破的房子，衬托着王宫，很强烈的历史感扑面而

📷 曲松县城

📷 重修的拉加里王宫

📷 拉加里王宫遗址中废弃的民房

📷 日果曲德寺

来。这些废弃的民房几百年应该是有的，这里就是西藏历史、文化的缩影，与山下新城形成鲜明强烈的今昔对比。突然觉得这整块地方太有历史文化和旅游价值，在废弃的民房间把几条小路做些整理，把残破房屋做些修葺，游人便可以在历史中穿梭，叩问藏南地方政治历史和建筑历史。

经过桑日县绒乡，见一矮山山顶有一疑似古堡的废弃建筑，半山间有座恰嘎曲德寺，建于16世纪末。经过格鲁派寺院时请教一僧人，得知山上废弃古堡是吐蕃时期建筑。查资料得知叫恰嘎宗，吐蕃时期，是军事重地。15世纪后，归属山南王，始更此名，是山南拉加里王属下最大的一个宗。现今废弃了，没人管理。地上会有一些疑似人工打磨过的石斧样石片，是不是这里曾经生活过石器时代人类，觉得自己好像是在石器时代的考古现场转悠。一位上了年纪的老人背着一大袋子青草在山坡小路踽踽独行，和她打个招呼，她笑了，只是笑容在脸上仅仅停留了几秒钟。两个孩子在家门口用石头摆出房子状，长大了或许成为建筑师，也说不定。

从桑日县到泽当镇（山南市府所在地）去雍布拉康的路上，因修路，塞车几公里，看这情形，估计得等待几个小时。正好被堵在一座新建的还没完工的雅鲁藏布江大桥边，后车是一个大货车，好心的司机跟我说，小车可以从新桥过去。感谢那位司机师傅。这是距泽当镇6公里的新建泽当雅江大桥，全长507米。

从新桥这边的306省道转向雅鲁藏布江另一侧的302县道，可以快速行进了，隔江看着对岸公路上纹丝不动的长长的车队，暗自庆幸。抵达泽当，再过泽当雅江大桥，也是一座崭新的很长的跨江大桥。没有停留，直接穿过泽当镇，去往雍布拉康。

恰嘎曲德寺

恰嘎宗

诗意的远方——西行日记

从泽当到雍布拉康途中，经过昌珠寺。昌珠寺始建于距今 1300 年前的松赞干布时期，是西藏历史上的第一座佛殿。该寺建成后成为松赞干布和文成公主的冬宫。寺内有多个神殿，供奉着不同的佛像，寺内珍藏着许多珍贵文物，其中珍珠唐卡观音憩息图、莲花生八岁等身像、文成公主亲手绣制的缂丝唐卡，为该寺的三大镇寺之宝。寺院楼顶，十几个人在打阿嘎，边敲边唱，多年前我在大昭寺楼顶也参与过。人们在屋顶或地面把泥土和石子混合加水，用夯土工具反复夯打，使其坚实平滑防水。昌珠寺广场上有两个人在捡拾垃圾，爱护西藏环境是所有人的责任，与上次自驾西藏一样，我是带着垃圾袋来到西藏的。一尊文成公主塑像立在昌珠广场上，在默默地注视着这里的变化。昌珠寺是国务院 1961 年公布的首批全国重点文物保护单位。

再往前，雍布拉康出现在雅砻河东岸扎西次日山顶。此前多次见到雍布拉康的图片，此刻来到这里，还是有些震撼。雍布拉康是西藏历史上第一座宫殿，公元前 2 世纪，由西藏第一位赞普（王）聂赤赞普建造的，松赞干布时期改为寺院。顶着烈日，沿登山台阶一步一喘地往上爬，登上百米高的山顶，雍布拉康扑面而来，迎接着每一位来客。雍布拉康经过多次扩建，现在留下来的是重新修缮后的样子。寺院后面的一个小山，拉满了五色经幡，在风中呼啦啦地飘荡，将有信仰的藏族同胞的心愿传递到远方。山顶俯瞰，山下是门德岗社区，山的另一侧是个坐落在高大树木中的村庄，田野上一块块像尺子画出来似的整齐的田畦，正是深绿浅黄，横平竖直。雍布拉康有西藏历史上的诸多第一：第一位赞普、第一座宫殿、第一本经书、第一个村庄、

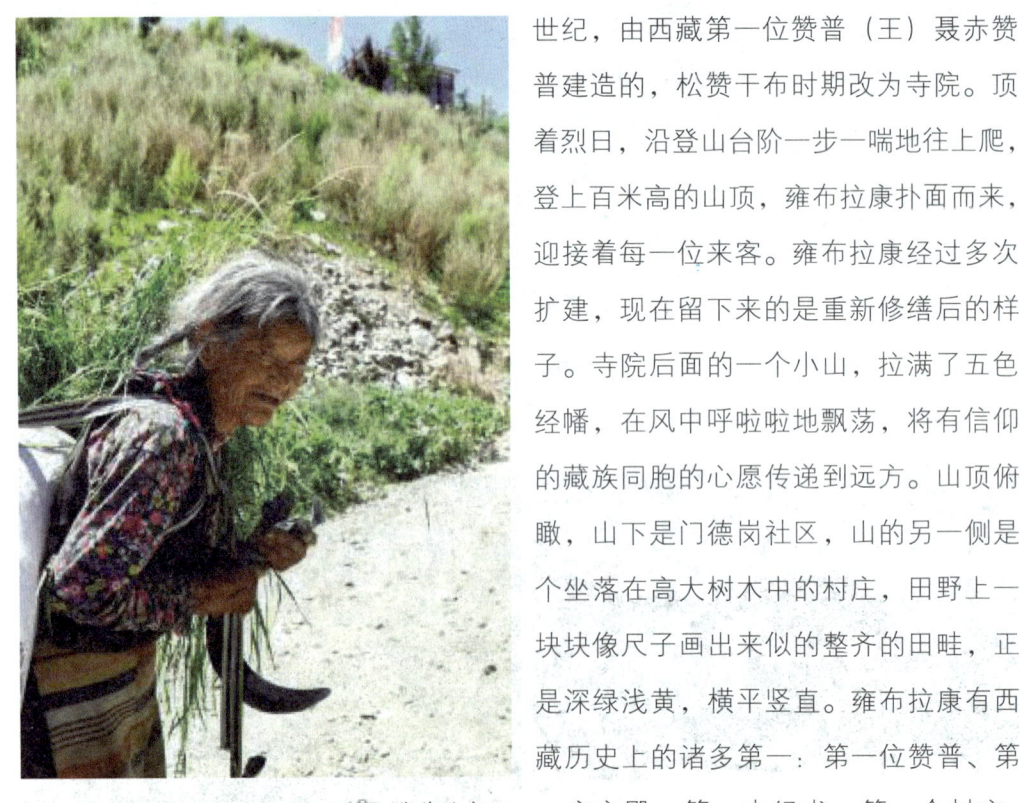

背草的老人

第一块国王御用农田等。

　　山上一位老人家在卖一种很像艾蒿的草，5元一份，在她的指导下投进焚香炉，再将一些水举向空中，洒向焚香炉。这应该是一种敬佛仪式，虽说不懂，有样学样。这时，一位仪态雍容、慈颜善目、一脸阳光灿烂的僧人走上山来。来到焚香炉旁，他也从老妇人手里买了一些香草，准备祈祷。我近前问他，可以拍照吗？他爽朗地说，给我拍，我没忌讳。看见他在虔诚地祈祷，一招一式，有板有眼，念念有词。结束了祭拜，我俩交谈起来，他很热情，也很随意，与我这种俗人没有距离感。边聊天，边互相拍照，我站在雍布拉康的石阶上，他很自信地用我的相机拍照，说自己会拍得不错。约我一同下山，我说还要继续玩一会儿，他说山下等我，送了一张名片，互相加了微信。看了名片：加措活佛。真是到处有佛缘。等我下山，他和他的同伴已经走了，去了昌珠寺。

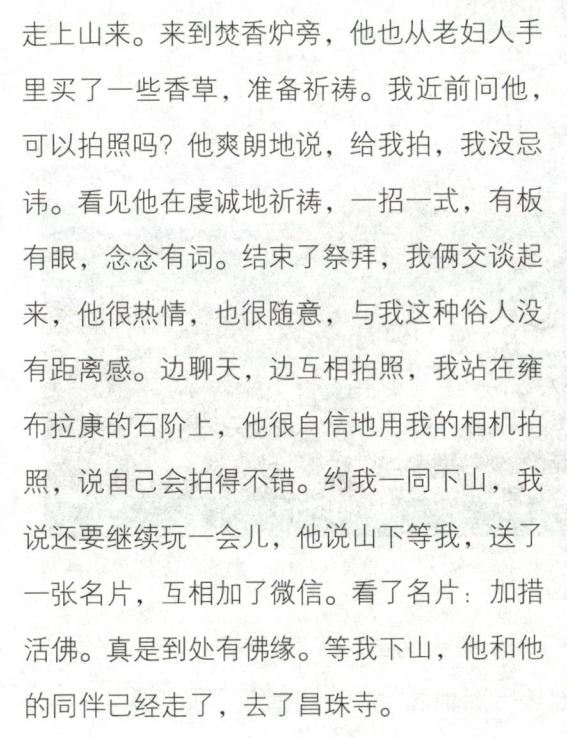

　　网络是个好东西，上网查一下，原来加措活佛是位名人。他是四川甘孜州著名的扎嘎寺活佛、慈爱基金的发起人、"云端道场"和"家庭佛教"的倡导者。他随和开朗，反对把佛教神化，他说："什么是活佛？其实活佛不是神，就是活着修行的人。

昌珠寺

西藏第一座宫殿——雍布拉康

雍布拉康上眺望山下田野

我上辈子是修行的人，这辈子还想修行，喜欢修行，仅此而已。"他热衷于公益事业，关注贫困山区孩子们的教育，每有天灾，就会亲自参与救灾，组织向受灾民众捐赠。他还是位有学问、会写诗的活佛，曾在北京大学学习宗教理论，著有《一切都是最好的安排》等著作。他的诗写得有情有义，浪漫飘逸，选取一首《让光明照亮世界》：

生命本是一场漂泊的漫旅

遇见了谁都是一个美丽的意外

我珍惜着每一个可以让我称作朋友的人

因为那是可以让漂泊的心驻足的地方

有时候会被一句话感动

因为真诚

有时候会为一首歌流泪

因为动情

有时候会把回忆当作习惯

因为牵挂

希望你快乐

不仅此时

而是一生……

📷 山上眺望琼结镇

从雍布拉康下来，下一个目标是藏王墓群。在山南市郊区看到热闹的秋收场面，忍不住又走过去一通乱拍。庞大的收割机轰隆隆地驶过，一年的收成便收入囊中。机器收割，会有很多麦穗掉落地上，女人们就在后面捡拾。劳动场面是热闹的，特别是藏族妇女，会摆出各种姿势让你拍照，当然也有极不愿意拍照的。嘻嘻哈哈，闹成一团。选出一个代表留了我的手机号码，说回去加微信。加了微信一定把照片发给他们，丰收的景象是需要记录，也是值得记录的。

藏王墓群坐落在琼结县境内，为全国首批重点文物保护单位，是唐代吐蕃王朝第二十九代赞普至四十代（末代）赞普、大臣及王妃的墓葬群，包括松赞干布墓、赤德松赞之陵在内，现存 23 座方形平顶陵墓（当地人说 22 座）。庞大的吐蕃王墓，彰显王权至上，松赞干布墓边长 100 米，高 13 米。从松赞干布墓顶部四处望去，琼结县城尽收眼底，大片的秋黄很是喜人。松赞干布墓顶有一个拉康（神庙），神庙内有两位僧人在生火做饭。向墓区里面走，在山脚下一个大墓前有个孤零零的宅院，在这个王陵区域里不会是普通居民，猜想应该是看守墓地的，询问正在门前洗碗的妇女，证实了我的猜测。

傍晚，来到琼结镇，这里是琼结县政府所在地，山腰上是第九代赞普布代贡杰时期开始建筑的青瓦达孜宫，因天色已晚，不能登临。沿小路登山来到日乌德庆寺，夜色里到处漆黑一片。

琼结镇找不到住宿的地方，只好开夜车回到泽当住下。

是日，行程 153 公里。

📷 琼结镇

📷 拾穗者

📷 山坡上的陵墓

📷 松赞干布墓

📷 守墓人家

8月27日

　　山南市，晴，气温17℃，海拔3573米（驻地位置）。

　　山南市，是西藏地级市，北接拉萨，西邻日喀则，东与林芝相连，南与印度、不丹两国接壤，是西藏古文明的发祥地之一。山南边境线长600多公里，有重要战略地位。

　　今天一大早就起床了，是四十天来第二次使用闹钟叫早，因为每天睡得很晚，早上一般都睡到自然醒。在雍布拉康遇见加措活佛，一见如故。昨晚加措活佛又邀请今天早晨一起去敏珠林寺，原来打算在泽当周边再转悠一天，也在犹豫要不要继续南下去隆子县、错那县和措美县，至少应该去一下桑耶寺。接受了邀请，那就应该言而有信，起个大早，开车一个多小时，到了位于泽当西部扎囊县的敏珠林寺。8点半到了，售票处没人，寺院大门敞开，先进去转了两圈。加措活佛还没有到，便走出寺院，在寺院对面的藏餐馆喝

📷 敏珠林寺对面的藏餐厅

📷 敏珠林寺

早茶。见几位藏族朋友坐在一起吃早点，自来熟地端着茶饭走过去，和他们坐在一起边吃边聊，两分钟就混得很熟。几位藏胞很热情，说着半懂不懂的普通话，不会说汉语的就在一边嘿嘿地笑，彼此表达着友好和善意。喜欢藏族同胞的真诚和质朴。

大半个小时过去了，来到寺院，正是阳光普照的上午，登上寺院的楼顶，不同角度审视着这座别具特色的寺院。晨光里，寺院的金顶和金色神鹰在用石片修筑的墙体烘托下，辉煌四射。寺院东北面有一处高大的白塔——降魔塔，白色的塔体被翠柏簇拥着，金色的塔冠插向蓝天。

10点多钟，加措活佛在一干人等陪同下来到寺院，寺院管委会主任和副主任出面接待。从敏珠林寺的主殿——祖拉康到几个小佛殿，都一一走过，管委会主任做着讲解，加措活佛对这里文物的保护称赞有加，对一些壁画尤感兴趣，不停嘱咐我都拍下来。因是贵客，佛殿里可以尽情地拍照，但还会遵守寺规，不会外传。最后，一行来到会客厅，主任将收藏在寺内的不与示人的数十件宝物一一请出，加措活佛接过每件神器，都会双手举起，触碰头顶，口中念经，并以神器放在每人头上做祈福，会客厅里气氛庄重而神圣。这是一次难得的深入了解西藏佛寺的特别经历。最后做交流时，加措活佛说，寺院不仅是宗教活动的场所，同时也是文物保存的重要场所。他当场捐赠，资助修缮保护破损的壁画。加措活佛还是一位细心的人，拉着我和他、寺院负责人合了影，唯恐冷淡了我这位应邀而来的客人。

敏珠林寺是全国重点文物保护单位，始建于公元十世纪末，这里僧人除学习佛经外，还教文化、医学、天文历算等知识，并以文字书法优美、藏香制作精美著称，每年西藏自治区的藏历年表都是由敏珠林寺编写修订，是享誉全藏的佛学院。

随加措活佛参观近两个小时，有意思的是，一个不懂佛教的人，却好像一个虔敬勤奋的寺院义工，抓拍了很多精彩瞬间和寺内景物，也许是学历史专业的缘故，对文物有着特殊的兴趣。感谢加措活佛，有幸见到不少珍品文物。加措活佛一本正经地说，跟我修佛吧。我笑笑，我对佛教一直抱持尊重的态度，尽管没有去信仰，但必须尊重，做一个好人。好人首先是慈悲的人。加措活佛说慈悲：

慈悲，
是内心深处的眷恋与怜爱。
慈悲，

是内心深处的平静与优雅。

慈悲如你，

忘却不愉快的往过，

留下那些欢愉的瞬间。

慈悲如你，宽容是花。

愿世间所有的不如意，

都随风翩然而去！

在敏珠林寺和加措活佛道别，临行又约我到拉萨联系他，结果到拉萨后，时间紧张，就爽约了。下午3点半，到拉萨了，这是第四次回到拉萨。肚子有点饿了，在拉萨河畔的一个藏餐馆就餐，餐馆叫玛禄藏膳第三分店，环境和餐品都很棒，坐在餐厅外餐位，天气虽然有点热，不过看着来来往往的过客和车辆，人很是放松。几位年轻服务员一点都不认生，凑过来让我给他们拍照，把我的相机当新鲜物玩。拍完立即转发给他们，看着自己作怪的样子，一个个乐得前仰后合。

到拉萨，照例先到布达拉宫广场。广场西侧的药王山观景台是必上的去处，平台上游人熙攘，很多人会在这里拿出50元人民币，把人民币上的图形和布达拉宫做比对并拍摄到一起。总有新婚男女在这里合影，拍出一生中最值得纪念的带着满满幸福感的照片，新人脸上掩饰不住的笑容，感染着自己，也感染着他人。布达拉宫夜色是最美的，广场上闪烁变幻的音乐喷泉，犹似珠帘半卷，忽开忽合。广场上遇到三位来自林芝的大学生，她们都在武汉读书，聊起她们的家乡林芝，带着自豪和骄傲。请她们吃了冰激凌，把她们送回酒店，绅士，咱必须是绅士。

回到自己住的虚里客栈，已是午夜。

师友又是一番吟诗唱和，闹腾了好一会儿。

张向午老师诗：

四进拉萨不厌奇，

美轮美奂仍入迷。

不唯日光城色好，

圣洁空灵最心怡。

152 诗意的远方——西行日记

杨洪波和诗：

和张向午老师

再回拉萨探神奇，
梵音空灵使人迷。
凝眸天宫入佳境，
烦忧挥却正欢怡。

郑子彬兄诗：

戏和洪波

我谓君比拉萨奇，
履险蹈难为痴迷。

📷 三位藏族大学生

📷 布达拉宫前的恋人

📷 雄伟的布达拉宫

山光已非心所好，
伸手摩天自欢怡。

杨洪波和诗：

和郑子彬兄

思君念君何日逢，
瑶池落英瘦玉容。
夜半清辉照孤影，
吹花无意人多情。

师弟朱利国诗：

光色顿生情，
红波艳余生。
数睹万人来，
纯净心自清。

杨洪波和诗：

和朱利国师弟

有心亦有情，
情迷效尾生。
平常犹碎念，
终老始心清。

是日，行程 208 公里。

📷 布达拉宫

📷 布达拉宫的夜色

📷 布达拉宫留个影

PART 7 回到拉萨

HUIDAO LASA

8月28日

拉萨，晴，气温 18℃，海拔 3659 米（驻地位置）。

今天主要在大昭寺一带活动，第四次进入大昭寺，与以往不同的是一层转经处已经封闭。大昭寺前各地前来朝拜的人蜂拥而至，磕长头者五体投地，一丝不苟。八廓街转寺的人络绎不绝，大多数是藏族同胞，也有汉族等其他族群的人们在这里一同转寺。为了拍到更多的精彩瞬间，干脆当街席地而坐，搜寻着从身边走过的人们各种有趣的形态和神态。

来过四次大昭寺和八廓街，今天第一次进入清政府驻藏大臣衙门（冲赛康），这里是全国重点文物保护单位。清雍正时期设立驻藏大臣衙门，直接管理西藏事务，乾隆后期驻藏衙门迁到八廓街。内存数块石碑，其中一碑文为和珅弟弟钦命总理西藏事务和琳所撰并书，记载救助天花病患、改变水葬习俗等事，闲时做些考证，应该会有些意思。

下午前往色拉寺。十五世纪初，宗喀巴大师大弟子、被明宣宗封为大慈法王的释迦益西主持修建色拉寺，僧众最多时达 8000 人。从色拉寺穿行过去，来到晒佛台前。以前来过这里，好像不可以登山的。现在新修了一条石阶路通向山上。山上很多巨石，雕刻着佛像，还有很多梯子式样的画面。在西藏，岩石上、崖边，用白色涂料画的像梯子一样的"图画"，请教当地人，多闪烁其词，似有忌讳，猜测是表示直通天堂吧。登上近百米的高度，整个拉萨市尽收眼底，布达拉宫就在城市的南侧。

山上路遇和哥哥来旅游的山西准大学生武同学，高考结束，出来游山玩水。交谈了一会儿，其对未来有些迷茫，遂送顺口溜逗乐：

　　　　三步一叹欲登天，
　　　　色拉极顶眼界宽。
　　　　英雄不走寻常路，
　　　　但把平凡作不凡。

　　下山后再次进入色拉寺，询问得知，晚7点有僧人辩经。辩经是色拉寺最大特色，寺院以一种开放的态度，允许游人在规定区域内用手机摄影摄像。僧人们陆续进入辩经场，分成15组，每组十几个人不等。一位或两位僧人站在圈内，边走边说，还会击掌催促对方回答问题，同时口中高喊着什么，其他僧众也会随声附和。这是他们一种互动而生动的学习佛法的方式。

　　走出色拉寺，下起了小雨，躲在停车场车里，又开始了师友吟诗唱和的游戏。

　　师友唱和，多为信手拈来，写此刻心情和感慨，逗趣取乐，全无章法，或有缺少斟酌和推敲之处，然皆不乏真情实感，写生活，有故事，言之有物，诗中有情，抒情言志，妙味横生，懂得者会心一笑，不逊纯粹写景状物、辞藻华丽之作。

　　张向午老师，年逾八旬，不辞辛苦，每日关注我的西游行程，对师友

色拉寺辩经

清政府驻藏大臣衙门

唱和多有点评：

　　杨君自过金沙入藏以来，走山乡，入密林，攀曲径，登险崖，寻古堡王宫，访名刹高僧，瞻仰神山圣湖，一路穿越大峡谷，溯雅鲁藏布江而上，抵达拉萨，发出布达拉宫精美图片。友人见之欣然命笔，纷纷然赋诗赞之贺之，杨君一一敬和，一时唱和之诗，五彩纷呈，琳琅满目，蔚然可观。虽无流觞曲水、丝竹管弦之趣，亦一时之盛事也。荟而集之，以志不忘，此杨君之雅怀也。以布达拉宫建于红山之上，此一盛事，可谓之红山诗会也。

　　是日，行程14公里。

色拉寺

色拉寺山上鸟瞰拉萨

大昭寺里织地毯的妇女

8月29日

拉萨，晴，气温18℃，海拔3600米。

上午10点出发，离开拉萨。拉萨，再见！也许不会再见。已经到过这里四次，以后还会来吗？还有一种可能性，就是带儿子来，或许带别的什么人来。想想也许以后真的不会再来，有种淡淡的忧伤和不舍。但到底这里不是我的家，只是一个我很喜欢的地方，也是很多人喜欢的地方。

📷 拉萨的早餐 　　　　　　　　　　　📷 再见，拉萨

10点出发，上机场高速向西南方向行驶，与拉萨河并行，拉萨河在曲水县与雅鲁藏布江汇流。过雅鲁藏布江，转上101省道，再转307省道，经停贡嘎县境内雅江河谷观景台。这个观景台是自驾者都会停下打卡之处，远远地望一眼雅鲁藏布江，这里是雅江中游一带，水量不大，河谷平坦，从雅鲁藏布江大峡谷一路走来，在这里看雅江已经兴味索然。和2016年自驾来这里的情形差不多，几位藏胞以藏獒和牦牛招揽生意，游客也多与这高原神犬合影留念。四头看上去威猛硕壮的藏獒，静静地蹲坐在简陋的台子上，眼神已经没有了应有的凶狠逼人的锐气，倒有几分乖巧和温顺，也有些许无聊和无奈，是那种虎落平阳的感觉。

中午 1 点半来到羊卓雍措，西藏著名的三大圣湖之一。这是第四次来羊湖，依旧兴致不减。这里新修了停车场，据说景点要收费了，但实际并没有收，不知计划收费的道理何在。今天的天气适合坐在山坡上，看着蓝蓝的湖水蓝蓝的天，还有云卷云舒。有心躲避开人比较集中的地方，山这么大，寻一处清净去处还是不难。爬上山的高处，选有几朵野花的草地席地而坐，发呆……羊湖在两山之间划出一个长长的弧，近山的青翠清新与远山的墨黛深邃把羊湖装扮得妩媚多娇，而远山之后的雪山，被大片云朵压得很低，若不是用长焦镜头拉近，肉眼几乎看不到天边的那一线雪山。

从羊湖观景台的这一侧山上下来，又登上另一侧的山顶。记得 2002 年第一次来羊湖，是跑步上了这座山，下山时两腿软软的，呼吸极度困难，完全没有在高海拔地区生存的经验。现在懂得多了一点儿，知道在海拔 5000 多米的岗巴拉山上是不能连蹦带颠的，乖乖地一步一步往前走。登上这个山头，能看见羊湖向更远处延伸，湖水也呈现不同的颜色。山上只有四个人，一位女士准备从山顶乘滑翔伞飞越羊湖，当然需要滑翔俱乐部的人带飞，另有两名工作人员帮忙做着准备工作。在空气稀薄的海拔 5000 米以上高度跳伞，的确是一种挑战。记得汶川地震时，15 位勇士在气象和地理环境不明条件下，从 5000 米高空跳伞的壮举。这位宁姓女士来自辽宁鞍山，在拉萨已经生活了数年，和她聊天，看得出她有那种东北女孩所具有的不妥协性格和超乎寻常的勇敢。山上的风总是力度不够，几次起跳都没有飞起来。一次已经离地三五米，还是摔了下来。但是，他们还都在坚持着，等待着合

📷 拉萨河

📷 雅江河谷观景台上的藏獒

📷 羊卓雍措

回到拉萨

📷 我爱羊湖

📷 等待起飞的宁艺子和教练

适起飞的机会。折腾近两个小时，滑翔伞终于飞起来了。我曾在尼泊尔玩过滑翔伞，那里很适合飞翔，教练带着我在空中玩了近半个小时，飞出去很远，在一个湖边降落，再开车走挺长的路返回出发地。而在羊湖上滑翔，因空气稀薄，浮力相对小，滑翔伞停空时间太有限了，几分钟就降落到山下羊湖岸边。

感慨一下羊湖吧：

登高坐坡上，
湖山可大观。
云水成一色，
遐思追远天。
野花迎客笑，
艳阳照丹颜。
迟归难离舍，
重逢待何年。

从下午 1 点半到 5 点钟，都在岗巴拉山口，开车下山走不远的路，就到了次一级观湖平台，在这里又逗留了一个小时。放飞无人机，从高空不同角度再度审视羊湖。傍晚时分，沿着羊湖边上的 307 省道向江孜方向进发，沿途的羊湖侧畔多有铺满野花的

临湖近观

草原，从岗巴拉山口看去很遥远的雪山渐渐逼近，天色也渐渐暗淡下来。经过浪卡子县白地村，车拖底，发动机下面护板被顶出约30厘米直径的洞，破损的护板产生很大风阻和噪声。停车在路边，很不容易找到一根树枝，趴在路基下，用树枝反复触碰坏掉的护板，功夫不负有心人，破损的护板终于折断掉下来。还好，发动机没有伤到，照开不误。

经过浪卡子县，天色已黑，从浪卡子县到江孜县，是让我心有余悸的路。2016年自驾经过这里，手机系统崩溃，导航无法使用，人也跟着崩溃了。没有导航，不知身在何处，也不知前方是哪里，真是有点懵圈。此次出行，记得带上了备用手机，专门用来导航。9点半，来到卡若拉冰川，也是第四次来，黑暗中完全看不见背靠乃钦康桑雪山南坡巨大冰川的模样，只有阴沉沉的夜空中几颗模糊的星星。接近江孜十多公里，见到了2016年停了三辆车的地方，那天，赵剑冰先生等十来位哥们儿姐们儿带着我走出了阴森森的大山。特意在这里停下车，感念陌生朋友曾经的帮助。接近江孜县城，远远就看到灯光照射下的宗山城堡，循着城堡的方向开过去，在城堡前记录下夜色中城堡的英姿。已是夜里11点半，找家酒店住下，放下行李，才出来找地方吃饭。

是日，行程269公里。

夜色中的江孜宗山城堡

162 诗意的远方——西行日记

巡行后藏

PART 8

XUNXING HOUZANG

8月30日

江孜，晴，气温17℃，海拔4025米。

早晨出门前，忍无可忍把腰带剪断了一截。离开家时带了两条皮带的，前些天裤子总往下掉，换了一条皮带，好多了。这几天这条皮带又变长了，不胜难堪。和酒店借剪刀一用，没有，用自己带的瑞士军刀解决了。这是典型的衣带渐宽了吧。

宗山城堡

上午，来到宗山城堡山下，乌云笼罩的城堡有些肃穆。山脚下有江孜抗英纪念馆，从纪念馆进入就可以沿石阶登上城堡。可惜，城堡在维修中，不能登山。今天是一部队院校在纪念馆开设教育基地，很多军人在里面参观。纪念馆里展出一些英军拍摄的旧照片和当时记录战斗场景的绘画、报纸，把人们拉回到当年硝烟弥漫的战场。

看完展览，天空乌云散去，重现湛蓝的本色。这是第三次来宗山，很不巧都没能登上城堡，不免有些遗憾。这里是1961年国务院公布的第一批全国重点文物保护单位，总得想办法上去啊！在山下转悠了一会儿，发现一个施工大门半开，七八个民工在修通往城堡的道路，先送上笑脸，再每人送上巧克力，他们也不好意思阻拦我了。其中一个像小头头的人说，快去快回，不能登顶。满口答应着，挥挥手就大步流星往山上走。城堡依山兴建，高低错落，很多房间阴森森的，石墙木顶，原木屋顶再用土夯实，可以行走。这里是当年江孜宗政府所在地，设有相应的政府机构，如地牢、刑罚场等。钻进法王殿，墙上还有残留壁画，仍可见英军当年留下的枪眼儿。几尊青铜雕塑，还原了当年战斗的场景。在烈士跳崖处静默凭吊，也是真诚地满怀敬意。城堡最高处则有一神庙——斯觉拉康。神庙之上，江孜全城尽收眼底。宗山之下，三面平原，北侧有山与远山相连，可以眺望江孜另外一处名胜——白居寺。江

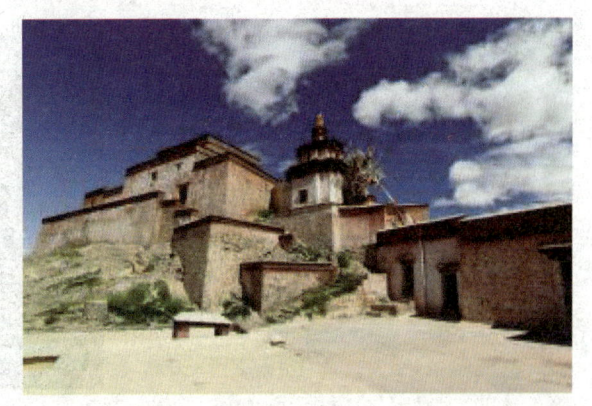

宗山之上

城堡上鸟瞰江孜

白居寺

孜曾经是西藏第三大城市，一路走来，对比之下，这里显得发展并不快，当然，这里也因此更有西藏的味道和感觉。

> 藏地高远阻千山，
> 清廷无力靖边关。
> 英人觊觎两攻战，
> 江孜浴血写鸿篇。

古城老街

下午参观白居寺，白居寺的名气很大，建于十五世纪。1904年江孜抗英战斗中，白居寺也被英军占领，抢掠了大量文物。寺内白塔宏伟壮美，是后藏地区建筑典范。信步走近白居寺，刚举起相机，对着门口全国重点文物保护单位的牌子拍照，一位工作人员快速走过来："你买门票了吗？"买了60元一张的门票又是信步走进大门，走向大殿。到了二层平台，这是户外，刚举起相机，就看见寺院里都挂着牌子：拍照收费20元。出了大殿，来到白塔前，这是可以登上去的。两位僧人守在入口，收费10元可以拍照。没想拍照啊！僧人

紫金寺

紫金寺遗址

说，那需要交出两部相机。实在说不通，只好交出。又让把手机交出来，必须交。要回相机，不去塔上就是了。

白居寺外不远便是加日郊古城老街，已有600年历史。江孜作为交通枢纽，这

条老街成为商人贸易集散地。走在街上，两边的小楼多有标牌，注明当年是哪位富商巨贾居所，包括尼泊尔公馆，是当时第一家咖啡馆。这条街上有几条通往山上的小路，从狭窄弯曲的小路上山，见到不临街的民房非常陈旧，但藏味十足。回到老街，在路边逗逗小朋友，白居寺里的不快随风而去。

白居寺与民居

离开江孜县城，往日喀则方向行驶。出了江孜县城不到10公里，看见一个路牌：第八代藏王宫遗址，立即离开主路上山。车行到紫金寺停下，前方需要步行。不巧停到一个立杆边上，没注意杆子上用铁链拴着一只猴子，噌地跳到车上，往车里张望找吃的。来到寺院前，遇见寺院住持，聊了一会儿，互加微信。住持建议我去看看藏王宫遗址。继续上山的路已经被落石阻断，只能步行。接近山顶，紫金寺原址已经只剩残垣断壁，1904年英军也曾占领这里，并大肆抢劫。据记载，紫金寺有700多年历史，格鲁派大师宗喀巴曾在这里修行三年。王宫遗址所在山头绝没有路，两只山羊立在峭壁上，看着我们怎么样往上爬。四肢并用，手攀脚蹬，很不容易上去了。山顶面积很小，几堵石砌墙壁告诉人们这里曾经是2000多年前的王宫。我们站在逼仄的山顶，很是纳闷儿，当年王公贵族们是从什么位置上来的呢？根本就没有路。一起登上王宫遗址的四人，下山时，手脚依然并用，碰巧看到了悬崖绝壁上蹲着的一只猫头鹰。

在一阵暴雨中穿过白朗县，车已接近日喀则。傍晚时分，一家人在田里拾麦穗。一看到这场景脚就沉，走不动路，除了拍下劳动场面，自己也参与了一下。热爱劳动，真的热爱劳动。

进入日喀则，一条宽敞的新修马路平直地延展开，这是以往没有的城市建设新亮点。

是日，行程105公里。

2000年前藏王宫遗址

江孜早市

和藏胞一起拾麦穗

8月31日

日喀则，多云，气温17℃，海拔3881米。

早晨起床，第一件事是找个修车厂，把发动机护板的破洞补上。没有配件，也是巧妇难为无米之炊。在修车厂里寻寻觅觅，发现一块拆卸下来的破碎护板，和老板商量，能不能用这块破板剪裁下来一块，凑合补到我车的护板上面。老板琢磨了一下，觉得可行。大家一起动手，像缝衣服似的用铁丝穿到一起。这活干得漂亮。顺便给车做了保养，修车店老板很高兴。修完车已是11点左右，找个地方吃饭。发现扎什伦布寺就在饭馆附近。本不想去了，那里已经去过三次，可是既然来了，就去第四次吧，多一次又何妨。

1447年，宗喀巴弟子根敦主巴主持修建扎什伦布寺，四世班禅罗桑确吉坚赞和历世班禅都加以扩建，四世到九世班禅舍利肉身藏于该寺灵塔殿，"文革"时被毁，现存五世到九世班禅合葬灵塔是20世纪80年代十世班禅大师主持修建的。

扎什伦布寺恢宏大气，金碧辉煌，是

📷 补护板

📷 扎什伦布寺

📷 冲达村的孩子 2016年摄

全国重点文物保护单位。在扎什伦布寺偶遇2017年央视星光大道总决赛季军新牧人组合格桑和尼玛夫妇。一首《天路》唱得回肠荡气，一首《珠穆朗玛》唱得悠扬飘逸，藏族同胞的歌喉有着高原上特有的高亢和明亮。扎什伦布寺广场上的铜像每次来都会看一看，特别喜欢那个骑行者的塑像，那是一种精神的展示。

出了扎什伦布寺，在附近吃了一碗米粉，味道不错。

从日喀则向西，方向阿里，那里才是世界屋脊之屋脊，是高原上的高原。穿越阿里，才是真正的自我挑战。

2016年自驾到西藏，曾到过日喀则市萨迦县吉隆镇冲达村，是一个距离公路两公里左右的山间小村落。今天再次经过这里，特意转上山来故地重游，那年和我一起玩的六位小朋友不知现在都在做什么。冲达村有了很大变化，三年

扎什伦布寺僧人

扎什伦布寺　　新牧人组合格桑和尼玛夫妇

前还在建设中高大的楚布寺桐诸塔已经完工，油菜花给荒凉的山野染上了亮丽的色彩。山村里有一个600多年的古寺——楚布寺，进去与僧人聊了一会儿。村子里一帮小不点儿，在晒谷场上穿来穿去，不时做着鬼脸。一头小牛在一个槽子里吃草，小孩们把小牛赶跑，一个个跑过去在槽子边做牛吃草状，天真无邪也就是这个样子了。一位中年人自豪地拿出自己的身份证给我看，身份证对他们来说可能是一种重要的象征。

来这里也是要见一下旺加，旺加是贡嘎扎西的爷爷，那年来这里认识了小朋友扎西，旺加也就时常和我联系，这次一定要见一面。上午给旺加打电话，我说我来西藏了，快到他家了。结果很不巧，他去日喀则看望一个朋友，让我等他回来。先到了旺加家里看看，他的儿子米玛旺拉和妻子在新盖的400多平方米的大房子里接待客人。这房子紧挨着新建成的佛塔，宽敞明亮。主人拿出两筐鸡蛋让我带着，这个可真不能带，后面的行程还远着呢。又拿出一袋子饼，说是用奶油做的，非常好吃，没好意思都拿，拿了一些。米玛旺拉送上洁白的哈达，表达了藏族朋友衷心的祝福和情谊。旺加还没有回来，我得走了，很遗憾没能相见。

晚上到了萨迦县，旺加的两个孙子在这里上中学，孩子奶奶正好也在，请他们吃了一顿饭。有趣的旺加一家人。

萨迦县住宿很不方便，只有几家藏家酒店都已客满，最后走进一家酒店，这里也仅剩下唯一空房，5张床，与四位藏族兄弟合住。被子没有被罩，也没有床单，懒得到车里取隔脏睡袋，便和衣而眠，冲锋衣的帽子一直戴在头上。

下半夜，在轰隆隆的鼾声中仍没睡着，又觉呼吸困难，到车里取了制氧机，首次使用，效果不佳，还是吸了一罐罐装氧气，才感觉舒服一些。

是日，行程160公里。

冲达村的孩子

170 诗意的远方——西行日记

新建的楚布寺桐诺塔

一位藏胞拿出身份证让给他拍照

米玛旺拉夫妇和小女儿

请扎西兄弟和奶奶吃晚餐

9月1日

萨迦，晴，气温14℃，海拔4314米。

萨迦归属日喀则市。公元13世纪，元朝在此建立起萨迦地方政权，统治西藏近百年。兴建于1268年的萨迦寺，是藏传佛教四大教派之一——萨迦派的祖寺，为全国重点文物保护单位。

📷 萨迦寺塔

萨迦县城很小，看一眼萨迦寺，沿一条小河向上开出去，又见山上正在修复的寺庙。沿219国道进入拉孜县，从拉孜县查务乡起到新疆叶城段为新藏公路。再进入昂仁县，浪措在乌云下毫无生气，湖面上飘着小雨，在湖边稍事逗留，继续赶路。经过海拔4710米的帮拉山口，这是新藏公路上18座山峰中的第一座。很快又通过海拔4778米的嘎拉山口。从拉孜县查务乡沿318国道向西南方向行进，从定日县转向珠峰路，就可以到达珠穆朗玛峰。珠峰大本营已经去过两次，加上目前珠峰大本营已经关闭，游人只能到达绒布寺，在绒布寺看珠峰是很打折扣的，于是，放弃了三度珠峰之行。

过昂仁县桑桑镇七八公里处发生了意外，修路工人开挖的维修坑没有任何警示标志，待发现时，只有十几米距离，又碰巧有载重大卡车迎面驶来。心一横，踩着刹车冲过维修坑，车子猛然弹起，悬空中方向盘在扭动，死死抓牢，绝不放手。冲

过坑，车停了，右前胎硬生生撕开一个约 10 厘米长、8 厘米宽的口子。这可是出北京时新换的马牌防爆胎，也竟然爆了。见前方有个村子，晃悠悠开过去，问一老乡哪里能修车。他说，只有桑桑镇能修。听老乡的话，开回近 10 公里的桑桑镇。在镇西头就有两家修车厂，需要到镇里调轮胎。过一会儿，送轮胎的人过来了，是镇里比较大的修车厂的人。带来的不知什么品牌的轮胎就要往上装，说只是比原来的轮胎径大 1 厘米。我说这哪行啊！问哪里有合适的轮胎，说日喀则有，如果今天订货，明天可以送到。好，等着了。距离镇里还有一段距离，车是没法开了，压坏轮毂就彻底完蛋了，在西藏只有拉萨有一家宝马 4S 店，零件都不全。当夜和衣睡在车里，好在天并不冷。

是日，行程 219 公里。

进入拉孜县城

爆胎

珠穆朗玛峰　2016 年摄

9月2日

　　桑桑镇，多云转阴，气温13℃，海拔4581米。

　　桑桑镇归属昂仁县，这里是西藏自治区的湿地保护区。山坡上有两个羊圈，每个羊圈都有几百只羊。日喀则到桑桑镇270公里，轮胎需要顺路车捎带过来，时间没准。反正车轮胎还没到，就在山坡上百无聊赖地坐着，看着羊圈里的羊在与围栏斗争着。羊也是会动脑筋的，拱开一个用破农具遮挡的围栏上的洞，争先恐后地从洞里逃出来。数百只冲出藩篱的羊们撒着欢儿地往山上奔，寻找坡上不多的青草。山下湿地里水草丰茂，估计是保护地，不能在那里放羊吧。村子里的牧民发现羊跑了，急急地向山上跑来，一路追赶一路喊，但羊们没有听他的，他只能眼睁睁地看着羊群跑散。

　　山坡上有一个小寺庙，寺庙前坐满了人，村子里的人们都穿着比较整齐的衣服纷纷聚拢来，有人还自带板凳，有僧人在讲经，持续了很长时间。在村子里面走走，村子空荡荡的，可能人们都上山听僧人讲经去了。

　　傍晚，轮胎终于到了，是其他品牌的普通车胎，没有买到防爆胎，只能凑合了，收费1400元。车开出来就感觉跑偏，开回修车厂，请师傅把车胎放气，出来再试，问题解决了。

　　冒雨西行，到了昨天车爆胎的地方，恶狠狠地瞪了那维修坑几眼。

　　途经海拔4840米的索白拉山口、海拔5089米的愧拉山口等几个海拔5000米左右的垭口，也与雅鲁藏布江支流多雄藏布并行一段路程。晚8点半，过了愧拉山口，夕阳把天地染成一脉橙红，心境也被感染得百般滋味，不由感慨起夕阳无限好，只是近黄昏。人生又何尝不是如此，黄昏的一刹，竟可以如此辉煌，然而辉煌过后，便是无奈的谢幕。人能做的就是珍惜这短暂的辉煌，欣赏并享受这绝妙的精彩。9点多钟，一轮弯月也在渐渐昏淡的晚霞中登场，这算是完成了昼夜的交替吧。

174 诗意的远方——西行日记

晚 10 点，到达萨嘎县城。这里饭店、酒店挺多，可是还是想找到三年前来这里住过的小酒店。凭印象在县城里转悠一会儿，竟然找到了。熟悉的院子，面熟的老板，见是老顾客，给找了一间条件较好的房间，不用像上次来时使用公共卫生间了。

安顿好住处，照例出来找饭吃，很放松的感觉。

是日，行程 184 公里。

金光大道

新月作伴

巡行后藏 • 175

9月3日

萨嘎，阴，气温12℃，海拔4505米。

萨嘎县隶属日喀则市，平均海拔4600米，西南与尼泊尔毗邻，边境线长105公里。

上午9点50分出发，过雅鲁藏布江大桥，沿216国道向东南方向行驶，在佩枯湖附近再转向西南方向，可达吉隆县。在雅江边上，一位藏族货车司机向我问路，要去仲巴。用手机导航演示给他看，他说自己不会用导航，就帮他下载了导航软件，设置好去仲巴路线。小伙子憨憨地笑着感谢，然后各自赶路。

📷 雅鲁藏布江岸的萨嘎县城

2016年曾从佩枯湖向北进入萨嘎，那七八十公里的搓板路让人记忆犹新，真是走怕了。问过萨嘎酒店的老板，说路基本修好，只剩几公里的搓板路了。过了雅鲁藏布江大桥，先上搓板路，车颠簸着绕过一个又一个的坑，盼望着这段路快些走完。经过半个小时的折腾，走出5公里，终于进入新修的平整的柏油路。这路况怎么称赞都不过分。

出萨嘎县不久，进入吉隆县境内。过海拔4571米的门扎拉山口，一片湖泊湿地风光。鹤迈着大长腿在湿地里散步，一群藏羚羊在草原上奔跑，有时停下来注视着公路上的车辆，在观察这些闯进动物领地的人们是不是危险有害。我当然是动物保护主义者，除了不喜欢家里养猫狗，对大自然中的动物们还是怀着满满的尊重。和这些藏羚羊玩了好长时间，有点舍不得和它们告别。

在孔唐拉姆山脚下，开挖孔唐拉姆山隧道工程还在进行中，2016年来这里时就在施工。行驶到海拔 5236 米的孔唐拉姆山垭口，这是太熟悉的地方了。停车四处看看，所有的山峰都躲进云雾里。下山，曲折的山路还算好走。翻越孔唐拉姆山用时约 40 分钟，如果隧道开通，估计六七分钟就能穿越。隧道是双向施工，山这边的隧道施工也在进行中。

　　前行路上，见一块路牌"大唐天竺使出铭"。这是一处全国重点文物保护单位，又是唐朝的遗迹，值得去看看，当年考研时，如果不是吴枫先生当年没有招生计划，我可能就是隋唐史专业研究生了。从主路上下来，沿一条只能容一辆车通行的山路开上去，车行里许，路被挖断，只能步行上山。在一处水渠边上有一座依山而建的小石屋，铭文即刻在小屋内的石崖上，被保护起来了，从窗外无法看清里面石刻。

　　经过吉隆县城所在地宗嘎镇，开始沿吉隆藏布河谷顺流而行。从吉隆县城到吉隆镇还有 70 公里，吸引游人的就是这段峡谷——吉隆沟。这里已经转到喜马拉雅山的南部。

　　出县城不远有加木村，登上土坡，一座漂亮的雪峰在远山后面突兀而起，应该是什么雪山呢？一时查不出来。

　　经过宗嘎镇沃玛村，觉得进入一个如诗如画的美妙世界，应该是画家理想的写生地，回去以后要向画家朋友推荐。其实，路上已经有画家朋友向我索要这些照片原图，希望

藏羚羊

孔唐拉姆山盘山路

石屋内保存大唐天竺使出铭崖刻

加木村遥望雪山

他们画出更美的图画。

经过查嘎达索寺，暂且放过，留待回程时再看。

在吉隆藏布河边，一块巨石刻写"英雄沟"三个大字。再往前，又是中尼跨境经济合作区，从英雄沟到中尼友谊桥都属于跨境经济合作区。

距吉隆县城52公里处，标注"唐蕃古道"。顺小路上山，两侧峭壁之间如一扇开启的窄门，右侧石崖上刻写"招提壁垒"四字。在冲堆村附近，一处清军墓葬遗址散落在山坡上。作为曾经学清史专业的研究生，哪有不去看看之理。弃车走上山坡，在一处处石垒的坟墓中查看，遥想着当年清军与廓尔喀（今尼泊尔）军作战的场景。

吉隆县位于西藏自治区日喀则市的西南部，南面和西南面与尼泊尔相邻，

沃玛村

招提壁垒石刻

边境线长 162 公里，自古以来便是吐蕃与南亚交往的重要通道之一。南部为高山峡谷，属于亚热带山地季风气候区，特殊的地理环境造就了吉隆沟壮美的风景，从北部裸露的石岩地貌，到南部山体被郁郁葱葱的原始森林覆盖，路边悬崖之上，更有开热瀑布从天而降，一阵水雾给人带来清凉。

到了吉隆镇，并没有寻旅店入住，经过镇子，发现一条新修的盘山公路通向乃村风景区，就直接开上去了。这条路可以算是通天之路了，在陡峭的山间盘旋而上，相对高度达四五百米，上山时真有点腿发软。花了 20 多分钟到了山顶，一幅画在眼前铺展开，去哪里找人间仙境、世外桃源，还有比这里更美的地方吗？尽管云雾遮住了周边的雪山，一块平整的调色板一样的田野和错落于山间的村庄在云蒸雾罩中是那么的梦幻。孩子们围着我转，没上学的小不点儿一个个很

📷 陡峭盘山路

📷 乃村小学生

是顽皮，上了学的小学生却都很有礼貌，给孩子们分发巧克力、文具，他们高兴得眉飞色舞，手舞足蹈。看着大山顶上藏族孩子这么开心，我也很开心。

村子里有几家正在盖新房，一些人家已经从以前土坯房搬了出来。在一位藏胞家院子里聊了一会儿，感受着他们的感受。

下山更是小心谨慎，建议刹车不灵的车友就不要尝试走这段路了。下山之后仍然没有进入镇子里，继续向边境线开去。沿途没有车辆，路两侧都是浓密的森林。在一个村子附近遇见两个村子里的年轻人在路上遛弯，告诉我，刚才他们见到了豹子穿过马路。开了大约10公里，到了冲色村，前面就是边防检查站，没有特殊通行证肯定是过不去的。和公安战士聊了一会儿，很友好地告诉我，可以去镇里办一下证件，那样就可以过去了。

车掉头回返，在检查站不远的地方有一户人家，门前挂着"吉隆鲜啤"的牌子。这里住着一家三口和一位尼泊尔帮工。男主人说，他主要批发啤酒，生意还不错。家里有些重活忙不过来，就雇了一位尼泊尔小伙子帮忙。说起来这里的人都有语言天赋，男主人可以说藏语、汉语、尼泊尔语和英语。他说，没办法，不学不行，生意需要。那个尼泊尔帮工除了母语尼泊尔语，也会说英语和藏语。一个四五岁的小男孩，走在地上的积水里，鞋和绒裤都湿透了，看着都那么冷，他的爸妈却说没事。山里娃，皮实啊！

晚9点，回到吉隆镇住下。镇子里有成片的抗震帐篷，还有居民住在这里，应该是2015年受尼泊尔大地震影响搭建的。

是日，行程213公里。

乃村

9月4日

吉隆镇，晴，气温14℃，海拔2800米。

上午，出吉隆镇向南2公里，来到吉普峡谷。吉隆藏布从深达256米的谷底嘶鸣而过，一条瀑布笔直地冲入峡谷，一架钢索吊桥通向对岸吉普村，紧挨吊桥正在修一座钢混箱形拱桥，大桥修好，吉普村就可以通行汽车了。吉普村的石屋木楼零散在山里，不多的田地不规则地嵌在山间。

近11点，离开吉隆镇，又重温一遍沿途景色。

距吉隆镇40公里处，在悬崖之上凌空建有查嘎达索寺，至今已有800年历史。本有心登上去见识一番，停车场的游人说，登上去需要两个小时，这样可能会耽误下面的行程，很不忍心地放弃了攀爬，只是走了一小段，到一凉亭为止。这样一小段路也花费了20分钟上去，这里是个非常耗费体力的地方。在山下用长焦镜头拍了几张照片，以示到此一游。

回到吉隆县城，首先来到县城东南角的贡塘王城遗址，王城建于11世纪前后。吐蕃王朝灭亡后，吉隆一带建立了地方割据贡塘王国，并修建了具有军事用途的城堡。如今

📷 吉普吊桥和建设中的吉普大桥

📷 吉普村

📷 查嘎达索寺

城堡已经毁坏，残存的城墙基础以卵石砌成，上部为夯土，高10米左右，厚约2米。遗址边上至今还有藏胞居住，不知是不是贡塘王朝的后人。遗址上目前还有两处全国重点文物保护单位：曲德寺和卓玛拉康。

翻越孔唐拉姆山，接近佩枯湖，山坡上一处观景台，正是眺望希夏邦马峰的绝佳位置。可惜，乌云给洁白的希夏邦马峰戴上了灰色帽子，帽子下面些许山体也渐渐隐去原形。希夏邦马峰海拔8027米，是世界排名第14位的高峰，也是完全在中国境内的唯一一座8000米级高峰。

2016年曾开车来到佩枯湖边，今天又旧戏重演，毫不犹豫离开公路，把车开向通往湖边的土路。距湖还有几百米距离，遇一处积水，本想压着中间突起部分开过去，结果糟糕了，车子不听话地侧滑到水坑里，陷在那里动不了。没辙了，这里距公路有一两公里，求救无望，只能自救。打开后备箱，取出行军锹，准备开挖。刚过几分钟，神奇就出现了，一辆小货车从公路那边驶过来，真是大喜过望。车停下来，两位四川小伙子二话不说帮忙把车拖出来，两分钟搞定，那份高兴劲儿不太好形容了。两位四川小伙子，一位是来自成都的钟诚先生，一位是来自德阳的刘建先生，他们是在西藏筑路的工作人员，真是乐于助人的好人。自己的车不敢再往前走，搭他们的车来到湖边，在湖边蹦啊跳啊，用薄石片在湖面打着水漂，石头在水面上蹦跳着留下一串涟漪，这心情就像这水中涟漪一样欢快。

从湖面向希夏邦马峰望去，乌云越来越黑，就如三年前一样，拒绝了与我这远道客人的会见。

从佩枯湖出来，向希夏邦马峰方向开过去，看看那里到底是什么情况。湖边几只野驴若无其事地吃草。沿土路开进去，到了山脚下，并没有什么奇迹发生，乌云压得更低，似有雨雪飘下。山脚下有五六顶帐篷，一个孩子见我到来，怯生生地躲到妈妈身后，给她巧克力吃，开心地笑了。进到帐篷里看看，牧民的生活还是很艰苦的，语言不通，无法得知这些孩子去哪里上学。随后来了七八位小孩儿，有的拿了糖就跑开了，应该是很少有外面人走到这里来。给没跑掉的孩子送了些文具，离开时，小朋友们都会摇摆着小手，一位从几百米外跑过来的小姑娘一个人站在车前不肯走，眼睛里流露出依依不舍。从车窗里伸出手，抚摸着她那被紫外线过度照射的小脸，她就乖乖地站在那里。和她说再见，她向自家帐篷走去，走了很远还在回头，最后在一个高坡上站住，非常渺小的身影立在那里。我的镜头就一直追着她，这时的感觉就是鼻子酸酸的。

忽然忆起2016年走在定日县一个村子附近，藏胞们忙着收获青稞，一个小女孩

182 诗意的远方——西行日记

贡塘王城遗址

曲德寺

桥边读书的小女孩　2016 年摄

乌云遮蔽的希夏邦马峰

佩枯湖

希夏邦马峰下放牧人家

不能自拔

帮忙拖车的刘先生和钟先生

📷 不舍离去

趴在水泥桥边看书，那情景很难忘。

　　离开希夏邦马峰，向仲巴方向行驶。一路下着小雨，时而飘着雪花，很多山顶都披上银装，而放牧和修路的人们依旧在忙。两位来自福建的摩托车骑手在路边穿上雨衣，在雨中飞快地骑行，这个时间路上很少有车辆经过。接近萨嘎县城，雨中的那段搓板路，一道道均匀的横坎清晰地显现。这到底是怎么形成的呢？有哪些物理成因？需要物理老师再给我讲讲课。9点钟在萨嘎吃完晚饭继续赶路。半小时后到达海拔4797米的查藏拉。进入深夜，大雨一直不停，多处路面陷坑，使车剧烈颠簸，心也跟着狂跳，真担心这车半夜坏在路上。对面的卡车强光刺眼，应该没有学好交规就上路了，拿这些司机也是没有办法。23点10分，发生了一点小意外，让心里不舒服了很久。以70公里的时速前进，实在也是快不了，漆黑的夜影响了视线。突然一只野兔从路边跳出来，直接撞到车上，只听嘭的一声，知道有问题了。开出去20多米停车，带着手电筒回头去查看。这时有一辆载重卡车经过，当看到那只野兔时，无法描述其惨状，在心里直说对不起。

📷 藏族老汉

　　23点半，到达海拔4920米的突击拉山。接近午夜1点，到达仲巴县城。

天路夜行遇雨

秋凉雨更骤，
高路正夜游。
目瞽看咫尺，
奔突比快牛。
陷坑惊魂魄，
强光鬼见愁。
明日向阿里，
与天争自由。

乔钊同学诗：

独闯西域真英雄，
道路崎岖勇前行。
爱心天使问民情，
不结善缘不回京。

是日，行程 399 公里。

搓板路

亲近阿里

PART 9

QINJIN ALI

9月5日

仲巴县，阴，气温 9℃，海拔 4591 米。

仲巴县，藏语意为"野牛之地"，位于日喀则市最西端，南与尼泊尔接壤，边境线长 357 公里，属藏西南喜马拉雅山北麓高原湖盆区，平均海拔 5000 米以上。雅鲁藏布江的源头是喜马拉雅山中西段杰玛央宗冰川，雅江在仲巴县境内又名马泉河。

仲巴县城

昨夜近午夜 1 点钟入住仲巴县一个酒店，这时段酒店靠柴油机发电，午夜 1 点停电，老板见我来得晚，延长发电时间半个小时，以便我能给手机、相机电池充电。其实这么短时间充好电也是不可能的，但还是对老板的善意表示感谢。这里的酒店都有自配发电机，发动起来有很大噪声。

吃完早饭，10 点半从仲巴县城出发，沿马泉河溯流而上。马泉河流域，是喜马拉雅山和冈底斯山之间的阔平谷地，两山雪山融化使这片阔野遍布草甸湿地，被列为马泉河湿地自然保护区。在湿地大草原上，草甸里波光粼粼，青草高蒿，羊群撒满山坡，似无数云朵从天上掉落。出仲巴县城不久，一片沙丘堆积在河岸山坡，每当冬季少水季节，河床细沙被风卷起，日久成丘。人们在沙丘上有规律地摆上一排排石头，阻挡沙丘的移动，或在沙地上种植耐旱草类，用以固沙。那些沙丘上的石头看上去倒很有些艺术性。

距县城 70 多公里有个帕羊镇，是内地援建的小镇。一进镇子，空旷的中心广场迎接着远方来客，十一世班禅题写的"神山驿站"刻石立在广场上。说是驿站，因为这里是通往阿里冈仁波齐神山和玛旁雍措圣湖的必由之地，人们经过这里，大多要歇歇脚。又传说藏族英雄格萨尔王带兵作战至此，在帕羊驻营，这里成为格萨尔王的牧马场。

以石固沙

每遇路上步行的人，骑行的人，转山的人，总会引起我的好奇心，停下车聊聊。在帕羊检查站，遇到来自四川阿坝马尔康的卓玛母女，卓玛母亲已经 82 岁，用两天时间完成冈仁波齐转山，老人精神状态很好。不久，在路卜遇见徒步环行中国的山东人王晓尧先生，他推着自己改装的三轮车，已经行走两年，东北、东南地区已经走过，这次是从四川进藏。他说，自己有梦想，知道这样走下去会耽误很多事情，比如结婚生子，过安稳的生活，但环游祖国边疆的强烈愿望让自己放下了很多，心中的目标成为一种原生动力。分他一罐红牛，希望他像牛一样努力坚持，达成自己的心愿。

有时会自忖，人为什么要旅行，相信每个人的答案都不尽相同，但旅行是有趣的，这一点肯定会有共识。很多事只要想做，去做就是了，由此丰

十一世班禅题写"神山驿站"

亲近阿里 · 187

帕羊镇

卓玛的母亲

山东人王晓尧先生

富并完善自己的人生。当然，没有不用付出代价的追求，人们在旅途中会有风险，甚至牺牲，但旅行过程中的收获是无法从别的途径获得的。有人可能居豪宅美屋，灯红酒绿，或香车宝马，披金戴银，那就是精彩的人生吗？如我者并不认同。生命的丰美在于能带来特别趣味的体验。

　　过了帕羊镇，湿地渐渐远去，展现在眼前的仍是草原，却少了湿地滋润的灵性。下午2点多，过海拔5211米的马悠木拉山口，进入阿里地区，这里是普兰县地界。一个地标展示在行人面前，"藏西秘境天上阿里"欢迎您，阿里到了。阿里，所谓世界屋脊的屋脊，让很多人期盼和向往，然而能到达这里的人，却少之又少。

　　下午5点左右，到了霍尔乡，在公路边就可以远眺圣湖玛旁雍措。到霍尔乡停了一下，只为寻找2016年10月7日晚住过的"南方大酒店"，那一夜差点被冻僵。霍尔乡不大个地方，一下子就找到了。南方大酒店的牌子还在，但有施工人员说这里要拆除了，不免有点惋惜。也还记得那年10月8日早上，一些战士在霍尔乡路边捡拾垃圾，曾把我感动了。

在巴嘎乡三岔路口有一个加油站，在这里还是老老实实把油加满，然后向南转向玛旁雍措，此处向西则通往冈仁波齐，神山圣湖相隔不远，神山被誉为戴着银冠的金字塔，圣湖则是神话传说中的西天瑶池。

我来到了阿里

玛旁雍措岸边的吉吾寺，今天来了不少境外信徒，他们也大多喘着粗气登上吉吾寺。来到寺院，俯瞰山下的圣湖和远眺纳木那尼雪山。可惜，阴云之下，圣湖少了许多色彩，纳木那尼雪山也被乌云笼罩。几只水鸟见人就扑棱着翅膀快速飞走，大概是人类不曾友好地对待鸟。在湖边走走，湖边遇见一家四口老少三代在用湖水洗头。他们用水壶从湖中打来清澈的湖水，一个人帮忙从头上淋下。很是好奇，趋步上前，虚心请教。他们从阿里地区措勤县磁石乡来到这里，800多公里的路程。年轻的先生叫尼玛次仁，他告诉我，这是藏胞的一种祈福的方式，用圣湖之水洗头，可以带来好运。羡慕地注视着两位老人互相帮忙洗头，那场景真是美妙绝伦。

把车开到湖的北侧，一条以前可以通行十来公里的沿湖小路已经封闭。就在这里停车，走上湖边山坡，静静地看湖，期待纳木那尼雪山的出现。今天的云层太厚，眼看着浓云渐渐把纳木那尼峰遮挡得严严实实。也不用失望，大自然的事是不以人

吉吾寺

用圣湖水洗头

亲近阿里 · 189

📷 日照神山

的意志为转移的。呆坐一个多小时，任凭山风吹拂，帽子被吹掉两次，只能抓在手中了。虽有些凉意，但不减坐山观湖的美丽心情。

将近晚8点，距离太阳落山还有一个小时，突然想碰碰运气，看能不能幸会一下冈仁波齐峰。说走就走，路上见冈仁波齐峰隐在云雾里，管他呢，去了再说。半个小就到了219国道冈仁波齐峰对面，路边停车，做最后的发生奇迹的梦想。梦想成真几乎是转个身的功夫，简直太神奇了，在太阳就要落山的最后关头，首先是身后的纳木那尼峰乌云完全散去，冈仁波齐也随之露出真相。夕阳下，神山冈仁波齐

📷 冈仁波齐初露真容　　📷 转圣湖的藏胞　2016年摄

夜幕下的冈仁波齐

纳木那尼峰

和雪峰前的山坡穿上了金装，一片火烧云挂在神山顶上，几缕薄云像轻纱一样轻轻地搭在神山的肩头，神山正面如云梯般的横皱断崖十分清晰。这些如云梯的山体我一直猜测是被看成天梯的，就如藏族同胞在山崖上用白色颜料画出的梯子形状，赋予宗教的意义。这样独特的造型，加之其终年积雪的峰顶能够在阳光照耀下闪耀着奇异的光芒，使得海拔并不很高，只有6638米的冈仁波齐峰，被中国西藏原生苯教、印度教、藏传佛教以及古耆那教看作是神山，是世界的中心，印度、尼泊尔、不丹等国和当地民众多来此朝拜转山。一部《冈仁波齐》电影，让去过的人产生共鸣，令没去过的人心驰神往。

　　冈仁波齐如此神奇，与其特殊的地理位置有关。其位于世界海拔最高地区的冈底斯山脉，北倚昆仑山，南临喜马拉雅山，恒河、印度河、布拉马普特拉河等大江大河均发源于此或与此相关。流向北的狮泉河（森格藏布，下游为印度河），钻石矿藏丰富，饮此水者像雄狮般勇猛；流向南方的是孔雀河（马甲藏布，下游为恒河），银沙丰富，饮此水者如孔雀般可爱；流向东方的是马泉河（当却藏布，即雅鲁藏布江上游，进入印度为布拉马普特拉河，下游汇入恒河），绿宝石丰富，饮此水者壮如良驹；流向西方的是象泉河（朗钦藏布，下游为印度苏特累季河，是印度河的最大支流），金矿丰富，饮此水者壮如象。好一座蕴含丰富、福运远播的神山。

　　回头再看几十公里外的玛旁雍措方向的纳木那尼峰，这峰海拔7694米，只见天空的晚霞飘离峰顶，在高处不离不弃地做着陪衬，让纳木那尼峰也显得身姿婀娜，含情脉脉，无意作秀，却妩媚动人。这一天的辛苦全忘记了，不应该振臂高呼吗？太运气了！太美了！

　　一直在看，有几分贪婪。相机三脚架从路的这侧移到另一侧，从另一侧又移到这一侧，看到天黑，拍到天黑，凉凉的夜风吹得浑身打战，两座雪山都已经在夜色中沉睡，才不得不收工。

老友陈幼哲先生在朋友圈说："我们应该赞美时间，它可以消除烦恼，也可以等来欢乐。任何疑难杂症和困惑迷茫，时间都有正确答案。拥有时间一切皆有可能。"说得很对，时间可以解决问题，时间可以给予答案，时间可以给出所有问题最可靠的结论。

张向午老师有诗云：

冈仁波齐藏神山，
雾为轻纱云做幔。
欲瞻真容须立雪，
心存善念始得见。
冰雪玉容映晚照，
雍容华贵仪不凡。
若非爆棚人气旺，
定是今生别有缘。

杨洪波和诗：
读张向午老师诗作，步其韵和之。

阿里诸神宿名山，
灵俗两隔蔽纱幔。
玉容乍露看红雪，
金装新着须远见。
云开只缘交好运，
雾散因求神下凡。
夕阳如火精神旺，
有情有义有善缘。

邱志军先生诗：

晚霞落幕亦大观，
残阳如血罩地天。
目断空山千里夜，
凭栏独看月高悬。

杨洪波和诗：

和邸志军先生

（一）
夕照霞飞正遥观，
神山圣湖艳阳天。
漫抚清风邀月夜，
桂宫高处半边悬。

（二）
前瞻回望诚可观，
金乌飞落霞满天。
风侵衣单知凉夜，
心追高梦玉壶悬。

杨洪波和诗：

和老友陈幼哲先生

平明周游夜里行，
浮萍随风本无根。
待到秋黄还京日，
犹是孤影对一人。

张向午老师诗：

高原缺氧思维迟，
唯君体健有神思。
湖边酬唱激情起，
匆匆落笔尽好诗。

杨洪波和诗：

玛旁雍措湖畔，如盖巨云遮顶，两只雄鹰在空中盘旋，山坡上野花簇簇，圣湖间波动粼光，读张向午老师诗，和之：

>　　鹰击层云已暮迟，
>　　格桑摇曳若有思。
>　　波动鸥歌风乍起，
>　　眼底万物可入诗。

张向午老师诗：

>　　谁遣画笔绘夕阳，
>　　祥云妙曼染霞光。
>　　此景只应高原有，
>　　别具神韵堪赞赏。

杨洪波和诗：

和张向午老师

>　　众口同声颂夕阳，
>　　仙在山中赋灵光。
>　　宅心纯厚景常有，
>　　天地作画任人赏。

　　乘夜色南下驰往普兰县。经过巴嘎乡加油站，毫不含糊地又把油箱补满油。通往普兰县城的564国道一路漆黑，跟着导航走，110公里，费时约两个小时，夜里11点50分到达。放下行李，出来走走，吃了一份特色砂锅，味道不错。

　　是日，行程471公里。

红霞满天

9月6日

📷 普兰县城鸟瞰

📷 科迦寺

普兰县，多云，气温16℃，海拔3898米。

上午先去科迦寺转转，距县城16公里，全国重点文物保护单位。科迦村有尼泊尔人在工作，让人很容易感受到边境风情。

随后去距县城5公里的贤柏林寺。沿只容一辆车通过的土路来到一个山上平台，这里正在施工，前方封路，贤柏林寺就在一个百米高的山顶。从下面向上望去，这个建于400年前在西藏有很大影响的寺院，已经仅存废墟，废墟上建起一些新的建筑。

贤柏林寺遗址所在山巅之下的山腰，布满蜂窝似的窑洞，当地人称这里为"古宫"。这里与洛桑王子的传说有关，但实际上应该是很久以前人们的居所，至于什么人什么时候生活在这里，目前并无考古定论。

亲近阿里 • 195

县城里找个地方填饱肚子，沿昨晚摸黑走过的路返回。昨夜经过拉昂错，这有名的鬼湖真像鬼魅一样隐身了，连个影子都没看见。今天沿湖岸边公路行走了很长一段路程，鬼湖竟是这般惊艳夺目。拉昂错与圣湖玛旁雍错之间只有一个山丘相隔，面对鬼湖，背靠纳木那尼峰，向对岸望去，则是冈仁波齐峰。鬼湖与玛旁雍错不同的是，这湖是咸水湖，湖面深蓝平静，湖畔也并非有人说的寸草不生，也有高原上常见的草皮和一簇簇叫不上名字的青草，几头野驴立在平缓的坡上晒着太阳。

这里距离纳木那尼峰很近，回身就见其矗立眼前。而对面的冈仁波齐峰虽有四五十公里远，可与鬼湖同框。鬼湖的宁静，被十多位内地来的年轻游客所打破。鬼湖的深蓝色调摄人心魄，那幽幽的深蓝深处难道躲藏着鬼狐妖精？难道这就是鬼湖的魅力所在？没看到鬼湖无风三尺浪，没感觉身在鬼湖人忧伤，只是因赏心悦目而有些沉醉。

下午4点半，再度来到玛旁雍错，依旧坐在岸边，看湖水在晚风中激荡，看纳木那尼峰在白云中渐渐隐藏，看水鸟在湖边振翅翱翔，看夕阳偶尔穿透厚厚的云层射出几缕光芒。

在湖边久久顾盼，不忍别离，用双手掬起湖水，洗去脸上的灰尘和汗渍，一股清凉瞬间醒脑，再掬起一捧湖水润喉，甘甜慢慢沁入心脾。不论到哪个湖，都会洗洗脸，洗去疲劳，让精神再度焕发。

19点半，在巴嘎加油站加油，从昨天到现在已经在这里加了三次油，这是惨痛教训换来的经验。在西藏，只要见到加油站，你就毫不犹豫把车加满油，哪怕是只能加几升也不错过。开车进入冈仁波齐峰下的巴嘎乡，2016年10月曾在这里住过一晚上，夜里听到狼嚎狗吠。所有转神山的人都是从这里出发，正常需要两天时间转山，途中有简单住宿的地方。可

📷 科迦寺

📷 贤柏林寺遗址

📷 古宫洞穴

惜我不能在这里停留，要节省出两天时间赶路。不过，可以沿着转山的路走几步，于是登上了从停车位置向上150米相对高度的一个山包。老实人说老实话，这150米高度不是轻松可攀的，步履的沉重和胸闷，会让人怀疑自己是不是生病了。

来到山包上一个经幡设置点，坐在山坡俯瞰巴嘎乡，这里炊烟袅袅，暮色苍茫，刚才穿过时人也稠密，想必是等待转山和已经下山的人们在这里逗留。已在冈仁波齐峰下，完全看不到冈仁波齐峰的身影，这就是只缘身在此山中吧。而向远处望去，纳木那尼峰却犹如在脚下可以鸟瞰。今天也是那么凑巧，纳木那尼峰在傍晚又是极力挣脱云雾，在夕阳下秀着风姿。这里是欣赏纳木那

📷 纳木那尼雪山

📷 几十公里外的冈仁波齐与拉昂错同框

📷 拉昂错

玛旁雍错

尼峰的绝佳位置。

　　天渐黑，经幡附近有两条不怀好意的大狗，不约而同从两个方向慢慢向我靠近，平生怕狗，小心地慢慢起身，慢慢移步，狗跟了不远，停下了脚步。连狼都不怕的狗们，拿下一个人还不是轻而易举。所以，还是躲开为好。

　　乘夜色，顶着半个月亮和满天星斗继续前行。近23点抵达噶尔县门士乡。在一个东北人开的客栈住下，过往的载重卡车可能大多会在这里歇脚，老板是一位东北年轻女子，她很熟络地和几个大货司机说笑着，大大方方地把西瓜切开和大家分享，一看就是熟人。美国西部片看多了，这场景和那些西部片常有的酒馆场景有几分相似。把我安排到二楼一个房间，后来来了三车东北自驾游客，老板动员我换个地方，换到平房一间没有电的黑屋里。进去时一脚踏空，原来还有近半米的落差，房间里已经有三位客人在酣睡。摸到自己的床位，和衣而眠，不在话下。有诗云：

　　　　　　新月高悬星不稀，
　　　　　　如影随形是难离。
　　　　　　有心摘取照前路，
　　　　　　怎奈无处借天梯。

陈幼哲先生诗：

（一）
功夫不负有心人，
深怀虔诚梦成真。
不恋繁华千里行，
但愿君心似我心。

（二）
难得碧空悬白云，
圣湖只为真心人。
历尽艰辛终不悔，
自叹不如洪波君。

杨洪波和诗：

和陈幼哲先生

阅尽繁华皆浮云，
无聊暂且学浪人。
天涯落日愁歧路，
前程可否问陈君。

是日，行程 215 公里。

冈仁波齐山脚下的经幡

山下巴嘎乡

← 普兰县边民

层云·余晖·圣湖

亲近阿里 · 199

9月7日

门士乡，晴，气温8℃，海拔4425米。

一个有趣的早晨。阿里这边10点钟都算早晨，人们起得晚。门士乡的人们还在沉睡，游客们已经踏上旅途。起床，出门，走上744乡道，准备去穹窿银城。岔路口见一块指示牌去芝达布日寺，并不知道那是个什么地方，就顺着一条土路开了过去。路边草场上十多头野驴在晨辉里觅食，附近就有屋舍，它们却不急不慌，想必藏族同胞保护野生动物意识很强，已经可以与野生动物和谐共存。开车约4公里，来到一条热气腾腾的小溪边，十多位藏族同胞在洗脸、洗头、泡脚。学着藏胞的样子，脱了鞋，把脚放进小溪，真是舒服。早晨在客栈还没洗脸呢，那里没水，顺便把脸洗了。藏胞大多都是开车过来这里泡脚的，年长的，年幼的，男的女的，嘻嘻哈哈，开

📷 给孩子洗头

📷 嬉戏

📷 梳妆

着玩笑，温暖的溪水与人共同营造出温暖的气氛。几位藏族妇女在路边认真地梳妆，让人蓦地想起法国画家笔下梳妆题材的油画，不是形似，而是神似；一位老奶奶帮孙女穿上袜子，孙女甜甜地笑着；一位妇女在给一个幼儿洗头，孩子在哇哇大哭；两个壮汉摆出打水仗的架势，当然并没有打起来，天气挺凉，衣服湿了也是不舒服的事；还有一个藏胞走过来和我比脚丫子，看谁的白，这还用比吗？一个小伙子在溪水中把一堆羊皮洗净，下面泡脚洗头的人并不以为然。流水不腐，入乡随俗，与藏胞同乐，岂不快哉！

在西藏，喜欢追着藏族同胞拍照，喜欢看那些高原红的脸庞透出的质朴、善良和刚毅，刀刻般的皱纹，不曾被污染的眼神，粗糙但健康的肤色，都有一种很强的冲击力，不经意间打动着人。

芝达布日寺在一个高坡上，山坡下面很大一个玛尼堆前一位藏胞在刻石，看着他认真地在一块块脸盆大的椭圆形石头上用锤子凿子敲打着，刻出清晰的阳文六字真言，再在上面涂上红色涂料。他看着我，希望我买一块六字真言石，100元一块。不说买，请了，装模作样地抱着七八十斤重的大石头拍照留念，嘴角的微笑是硬挤出来的，然后很费劲地把石头托起放到玛尼堆上。

车子盘个大弯，开到芝达布日寺空旷的停车场。寺院院子里摆放着一块据说是陨石的神物，

芝达布日寺刻经石的人

搬起六字真言石

佛堂里转了一圈儿。正准备上车离开，来了六七位藏胞，一位叫巴桑的先生问我进去看到了什么？有一块天然的像冈仁波齐峰的石头看见了吗？答：没有。人家说，那你白来了。原来，到冈仁波齐转山的人，随后一定要来芝达布日寺，一定要看看那块供在佛堂里不大的形状像冈仁波齐峰的白色石头。这是藏胞的规矩。跟着几位藏胞又进去一次，看到了那块神石。寺院背靠白色山体，不知道是不是石灰岩。

跟着导航走，目标穹窿银城。途中遇古如江寺，飘过。

行进几十公里，导航提示到达穹窿银

芝达布日寺

城，路边停车，到处张望，没有指示牌，看不到穹窿银城遗址，又没有人可以问路，郁闷了。穹窿银城是古象雄国都城，实在值得看一看，竟然没找到，很失望。这段路比较窄，但路况很好，一路没有见过一辆车，更没有行人。调头去狮泉河吧。2016年曾去过札达县，那里的土林地貌别具一格，古格王朝遗址更是撼人心魄。很值得故地重游，因时间关系，这次只能割爱了。

下午3点，到达海拔4785米狮泉河达坂。再过半个多小时，进入阿里首府狮泉河镇。狮泉河镇，是阿里地区行政公署和噶尔县政府驻地。城市规划井然有序，建设施工基本完成，不再是2016年到这里的时候，整个城市就是一个大工地，到处修路，到处塞车，到处尘土飞扬。而今城市干净整洁，旧貌换新颜。狮泉河懒洋洋地从城市穿过，城市以这条河得名。

找家饭馆坐下，饭馆里很冷清，只有我一人吃饭，这个时间不是饭点，正好可以和四川小老板聊聊天。狮泉河是个新兴城市，没有什么可以看的，出城时，一座矮山上用石子铺成的巨大的"毛主席万岁"字样，占满了山坡，当地人称这山为万岁山。

下午4点半离开狮泉河，5点半过海拔5191米拉梅拉达坂。日土是中国岩画的发源地，进入日土县后便沿途仔细观察，希望不要错过日土岩画。希望没有落空，在一处围挡起来的山崖前，终于见到一处日土岩画，这是日土县现存13处岩画之一。日土岩画是研究西藏古老民族生活和文化的重要资料，这些岩画用锐器刻在岩石上，内容主要表现高原古代的社会生活风貌，如狩猎、宗教祭礼、骑射、放牧、农耕、舞蹈、战争等。这处岩画内容算是比价丰富的，仔细辨认，有马、牛、羊、鹿、骆驼、狗、虎、鸡、鸟等，其中牛和鹿比较多，在原始社会藏族同胞应该以射猎野牦牛和野鹿为多。画中也有太阳、月亮、人物，有手持梭枪的站立的猎人。有田字形，应该是代表田地。仔细看图，在一个鹿的脚下画了一棵清晰的大树。岩画有的线条简单粗糙生硬，有的造型和线条优美柔顺自然，结构比例也趋于合理，显然不是同一个时期的创作，几只被猛虎追逐而奔跑的回头鹿画得惟妙惟肖，画法臻于成熟。总之，岩画都应该和古人生活有关。部分岩画被后人刻写的文字符号覆盖掉了。

6点半至日土县日松乡公安检查站。在检查站附近的湿地上，一眼就看出湿地上的三只鹤，是三年前在这里遇见的那三只鹤，两白一灰，它们至今还生活在一起，友谊的小船依旧在这里荡漾，这似乎比人类关系还要稳定和可靠。我也和三年前一

狮泉河城区　　　　　　　　　　　　　万岁山

古格王朝　2016年摄　　　　　　　　扎达土林　2016年摄

样，进入湿地，慢慢靠近。但我带着善意的到来并没有得到仙鹤起舞的热烈欢迎，人家转身就走，把冷漠和不屑毫不留情地甩给了我。唯一长了记性的是不敢在湿地里没深没浅地乱跑了，那里到处是陷阱，2016年曾在这里中招。

下午7点半到日土县城。日土县位于西藏西部、阿里地区西北部，西邻印占克什米尔地区，北接新疆，是新藏线必经之地。除了日土岩画，班公措也给所有经过这里的游人留下深刻印象。

开着车在日土县城走马观花，在日土迎宾馆前拍了两张照片，这是三年前住过的地方，那是十月中旬的一天，晚上没有暖气的宾馆实在是难熬，难熬的日子最不容易忘记。

趁阳光正好，8点钟赶到班公措。

夕阳下的班公措像个恬静的少女，任由清风轻抚，暖阳拂煦，顺光看去，青春一样的湛蓝，逆光则是羞涩沉静的银灰。一束光芒四射的太阳光环斜挂在低空，好似备受少女珍爱的秀发上的金钗。湖的一侧有大片的湿地，是水草丰茂的牧场。一个小山观景台上，几个内地游人在等待着夕阳落下时的火烧云，那种热切的期盼似乎是今生最值得实现的愿望。

再前行，是班公措旅游度假村，夕阳把湖水照得更蓝，水畔山石景物染上暖暖的橙色。

再前行，穿过道玛龙隧道、日赛浦隧道，离开公路开到湖边，登上一个山包，送别最后一缕夕阳。火红的艳阳天没有出现，夜幕缓缓降落。在湖边坐坐，洗把脸，让自己清爽一下，听着湖水冲刷岸的声音，哗哗哗，不啻在音乐厅听场音乐会。两个字：美妙。

到班公中桥，天已经完全黑下来，公路从这里离开班公措，转向东行驶，再向北、向西北方向进入新疆。站在桥上，看一道溪水在微弱的天光下明快地跳动，这是流向班公措的一条小河，应该就是多玛曲，白天从这里通过，会看到很多水鸟在河水里游动。夜里，水鸟们应该都去睡觉了。

晚10点半，到达日土县多玛乡。选择在这里落脚，主要为了明天抽出时间，去探望新藏线上西藏最后一个检查站泉水湖检查站的战士。三年前有约，言必行，行必果，明天要去践约。

西美旅馆，骑行者打尖之处。不带门锁的3平方米小屋，住下了。

是日，行程496公里。

204 诗意的远方——西行日记

📷 2016年10月10日拍摄

📷 2019年9月7日拍摄

📷 日土岩画：鹿、牛、羊

📷 牛、骆驼、马、鹿、狗、鸡、猎人

📷 班公错

9月8日

多玛乡，晴，气温11℃，海拔4442米。

多玛乡位于日土县中部，是219国道由新疆进入西藏的第一个驿站，也是西藏进入新疆的最后一个乡镇。在这里最重要的一件事就是给车加满油，从这里到新疆大红柳滩350公里区间没有加油站，以前大红柳滩也没有加油站，需要到三十里营房，470多公里区间没有地方加油。

多玛乡的早晨，晴朗的天空带动着心情一并爽朗起来，从3平方米蜗居走出来，深深呼吸着稀薄但纯净的空气。三年前的东北饺子王餐馆已经改名姐弟东北饺子，在这里吃了早餐，9点半向三十里营房出发。

走出多玛乡，219国道沿途尚有一片湿地，继续向北，湿地渐渐干涸，一簇簇高原植物在戈壁上顽强地生长。山坡和谷地或覆盖着短细的茅草，绿色、黄色，更有红色，那片红色植物让我花费半个小时去观赏琢磨，一个破轮胎从公路滚落到草地100米外的地方，行驶中的轮胎脱落应该是很危险的事。在海拔平均4500米的高原上，会不时有雪山向你招手。这些雪山都显得没那么高耸挺拔，看不出一丁点儿傲居群峰之上的伟岸，只是因为我们已经脚踏高原，无须再举头仰望，就可与雪峰群山比肩。一只小鹿朝远离公路的方向跑去，它的祖先

多玛乡

曾经是藏胞的祖先最容易得到的美味，这在日土岩画中多有描绘，可能至今留下恐惧人类后遗症，这不能怪鹿。在起伏的路上行进，刚冲上一个坡，突然发现坡上公路上站立一群藏羚羊，我和藏羚羊都被惊吓到了，车停下来，受惊的藏羚羊向左侧路基下飞速奔跑。这都发生在瞬间，相机还没拿到手中，藏羚羊已经跑远了，太遗憾没能把这场景拍下来。这种出乎意料的不期而遇，往往让人措手不及。这段公路有一个优点，没有区间限速了。

中午 12 点多，到达海拔 5378 米的红土达坂，这是新藏线上海拔最高的垭口。自驾的游客纷纷下

📷 红土达坂藏人家　　　　　　　　　　　📷 红土达坂

车，走上垭口，向远方眺望一番，拍照留念更是不可或缺。对人们来说，具有很强的情绪感染力。

在一个山坡上，见有一顶帐篷，就开车上去，只有一位老妇人听见声音走出帐篷。汉语沟通很困难，但还是弄明白了，她家里有六口人，都出去做事了。进到帐篷

里面看看，一个火炉在帐篷中央，一条褥子直接铺在石子地面上，还有一些简单的生活用具，上位供奉着佛龛，看样子不是临时性居住在这里。

阿里最北边的一个村子是东汝乡松西村，东汝乡政府所在地并不在219国道上。路边一块巨石上刻写"藏家第一村松西村"，另一面是"西藏记忆"四个大字，游客行至这里，一般会下车拍张照片。四个字是有分量也有内涵的，人们穿越高原，游走西藏，又即将挥别西藏，一路风情万种，一路颠沛奔波，艰辛与拼搏同在，记忆与心绪交集。回头看一下自己的行程，从芒康进入西藏，到今天是第36天，仅在西藏境内就驱车6600多公里，观察体验着，记录记忆着，太多有趣的人和事，很难忘记。当看到"西藏记忆"这四个字，这是西藏在和我们这些游人说再见，我们却不能确定未来是否还会再见，不免又生出一番离愁别绪。

> 西藏常记忆，
> 梦里有松西。
> 单兵走阿里，
> 人生总好奇。

松西村

开车进入松西村，这是一个比较贫困的村庄。见到小孩儿就送糖送文具，最后大人也参与进来，帮自己的孩子拿。手忙脚乱尽量往外送，结果还是剩下一些。这次来西藏，给小朋友的礼物准备还是充足的。和村民们说再见，前面又是很长一段的无人区了。

松西村村民

下午1点多，到达海拔5248米的松西达坂。过了松西达坂，就见右前方出现一个带状蓝湖，依远山，衔长路，在蛮荒的无人区，与雪山呼应，向游人招手。这是龙木错。车停路边望过去，似乎一会儿就能走到。下了路基，走了一段，发现那不是想象中一个不远的距离，一时半刻走不到那里。回到路边，看着两辆车上走下八九个人，向湖的方向走去，就在路边看着他们向前走，走了10分钟，还没走出去三分之

龙木错

一的路。忽然自己有些领悟，有些情况下，不要完全相信自己看到的，有时看到的都未必是真实的。凭经验，看到的距离应该并不远，但西藏高原上的高能见度和地域之广袤，让我们以往的经验有些失灵。

　　2点钟，到达海拔5347米的界山达坂。界山达坂是新藏线上阿里地区最后一个达坂，不远就正式进入新疆。

　　从界山达坂下来，很快就到了泉水湖。泉水湖是一个不大的高山湖，瓦蓝的湖水中有一栋被水淹在水下的楼房，还有一层露在水面上，不知这房子为什么要建在湖中，想必是有原因的。湖对面有两个雪峰，边防检查站的后面，也有一座雪峰，这里海拔5118米，环境恶劣，高山缺氧，湖的周边寸草不生，所谓"地上不长草、天上无飞鸟"，不少人在这里产生严重高原反应，甚至丧命。令人闻之丧胆的"死人沟"就在这一带。"死人沟"位于喀喇昆仑山脉腹地的阿克赛钦无人区，空气含氧量仅是海平面的百分之四十左右。行走新藏线，如果从新疆入藏，一两天就会从海拔1000多米到达这里的5000多米，高原反应会特别明显，发生意外的可能性加大。从西藏向新疆方

向行进就会好一些，在西藏经过高原适应过程，而后经过"死人沟"就会相对安全。也许在西藏已经一个多月，我经过这里时，没有三年前在这里那种明显缺氧气短的感觉。

在泉水湖检查站，将从北京专门带来的一箱牛栏山二锅头留下来，这是三年前许下的诺言。

下午3点40分，车子驶出西藏地界，进入新疆。停车最后回望一眼阿里，和西藏最后说再见。前面的路依旧是无人区，公路笔直地伸向前方，满目苍凉。前面一段几公里的路正在重修，来往车辆只能在荒野上压出来的一条坑坑洼洼的不是路的路上小心通过。过海拔5170米的奇台达坂，到达大红柳滩，大约是因河谷里成片的红柳而得名，这个季节红柳还是绿茵茵的。路边简陋的小饭馆、小旅店一个挨着一个，骑行者都会在这里过夜，很多自驾车也会在这里停留，这里前后都是无人区。上次来这里，还没有加油站，这次新建的加油站让自驾者松了一口气。给车加满油，趁天还没黑，还是再开120多公里去三十里营房落脚吧。晚7点半通过红柳滩检查站，顺喀拉喀什河行进。喀拉喀什河是喀喇昆仑山北坡发源，蜿蜒流向新疆和田的河流。

四进西藏秋草黄，
踟蹰回望又神伤。
何年再攒重游志，
结伴犹胜做孤狼。

郑子彬兄有诗云：

壮士也有动情处，
车出阿里一回眸。
神山圣湖醉天路，
宝刹活佛恋藏胞。
布达拉宫钟情结，
雅鲁藏布化心潮。
柔肠已融千峰雪，
泉湖能不起波涛？

泉水湖

从地图上看，自西藏班公措向北，直到新疆喀什西南部，均属于喀喇昆仑山脉。喀喇昆仑山是世界第二高山脉，平均海拔 5500 米，位于中巴边界的主峰乔戈里峰海拔 8611 米，为世界第二高峰。喀喇昆仑山有"黑色的磐石"之称，又被称为"凶险的山"。

斜曛于路，暮色苍茫，山脚下时而飞沙走石，扬尘弥漫，让"铁骑""战神""弘扬喀喇昆仑精神""砺兵天山亮剑昆仑""战天斗地笑傲昆仑"等山体上的巨型标语更显雄浑。戈壁上密集的坦克履带压痕，显示这里是高原铁甲部队的练兵场。雪山巍峨，昆仑雄壮，保家卫国的将士们在这高原戈壁中就像喀喇昆仑山一样巍然伟岸。十多只野骆驼在长着稀疏骆驼草的戈壁上寻找着食物，能在这里生存也真的是强者。

路的右侧戈壁上出现一处围挡起来的遗址，这是1962年中印边境反击战时，西线战场前线指挥部所在地——康西瓦前线指挥部。一片被铁栅栏围起来的残破土坯房，屋顶都已经塌陷，斑驳的墙上印着岁月的痕迹，半个多世纪前的口号标语仍历历在目。当年南疆军区司令员何家产少将就曾在这里指挥西线战事。

走到坐落在山坡上的康西瓦烈士陵园，烈士纪念碑上刻写"保卫祖国边防的烈士永垂不朽"。顶着冷飕飕的山风来到烈士墓前，深深地鞠躬，向牺牲的祖国卫士致敬。他们用生命保卫了祖国领土，使我们今天可以放心地在世界屋脊阿里游览，能够欣赏美丽的班公措，能安全地在新藏线上通行。

致军魂

昆仑无处不蛮荒，
铁雾金沙蔽日光。
西线鼙鼓惊山岳，
军魂如磐铸南疆。
雪山多礼揖远客，
羁旅常忘念故乡。
康西瓦听冲锋号，
只怕长路暗夕阳。

📷 康西瓦烈士陵园

晚10点，到达三十里营房，仍然寄宿在三年前住过的顺达宾馆。

到了三十里营房得说一说胡先生。三年前也是比较晚的时间，来到了三十里营房，住下后出来找吃的，到了胡先生的农家乐兰州拉面馆。当时已经打烊，胡先生还是给我做了一碗面，我坐在他的厨房里的火炉边吃面，那场景一直没忘。今天，把行李放到酒店后，直接来到胡先生的小面馆。进屋见胡先生一个人在吃饭，没有其他客人，问他，你还记得我吗？没想到，胡先生马上说，你是北京的那位杨先生。哈哈哈，真记得，人长得太丑或太帅有一种优势，容易被记住。上前热情拥抱，真有点老熟人、亲兄弟的感觉。他放下手中筷子，马上给我做了一碗牛肉拉面。要找回当年在火炉旁吃面的感觉，不坐桌子前，端着饭碗，拉过来一个板凳，靠火炉坐下，然后就是狼吞虎咽，那感觉像在自己家。胡先生是兰州人，45岁。

周觜远先生诗：

一路民情与国风，
忧怀爱意行动中。
驱车临漠孤身进，
越堑绕垣独自迎。
人世苍茫云烟共，
光阴蹉跎艰难重。
无名黎庶千万众，
撑起华夏天不崩！

是日，行程550公里。

与胡先生第二次见面

绵长的防护网

亲近阿里 · 213

📷 大红柳滩

📷 铁骑留痕

📷 火炉前

📷 喀拉喀什河

📷 康西瓦前线指挥部遗址

📷 巍峨昆仑

PART 10 南疆风情

NANJIANG FENGQING

9月9日

三十里营房，晴，气温 7℃，海拔 3780 米。

三十里营房属于新疆和田地区皮山县管辖，是赛图拉镇所在地。1949 年底，解放军接收赛图拉哨所，后来为改善驻守条件，将哨所东移 30 里（15 公里），于是这里有了三十里营房之称。另有清光绪十五年（1889 年）设三十里营房之说。居民主要为柯尔克孜族，还有一些内地来此开设酒店饭馆的个体工商户，当然，最主要的是驻守边疆的人民解放军。经过新藏线喀喇昆仑山段的游人，大多会在这里歇脚，这里的生活条件比大红柳滩要好一些。

三十里营房的早晨

清晨，三十里营房街头行人稀少，天空也没有一丝云，晨曦还没有光顾镇子，倒是把对面的雪峰映照得刺眼地亮。又到胡先生的面馆吃了早餐，也是为了和他道别。走出饭馆，胡先生在门口送别，他脸上的笑容透着友善、自信和乐观，丝毫没有在生活的重压下的失落和苦闷的痕迹。祝福胡先生，希望你能过得好。

到了镇子西头，就是三十里营房公安检查站，和泉水湖一样，这里的边防武警部队都已经转为公安编制。上次来这里，哨所处是不能拍照的。今天到了这里办理安检手续，有游客问战士可否拍照，战士说可以。几个自驾游客包括我在内，都分别站在"高原戍边"的标志石边合影。战士告诉我，他们和三年前我来的时候一样，基本还是那些人，只是换装了。不论怎样改制，他们都是最可爱的戍边战士。我们都是爱国者，保卫西部边疆、巩固国防就是依靠我们这些高原卫士，他们的生活条件是和平环境下的我们所无法想象的。逢年过节，或假日周末，每当我们在城市里纵酒高歌，或在城市湖岸林间漫步，高原上的战士们正在雪域高原站岗巡边，风餐露宿，为我们的安宁付出青春和生命的代价，他们不该被遗忘，他们最值得被尊重。

到达赛图拉哨所，在山下可见一个铁黑色小山，山头上建有堡垒，喀拉喀什河在山脚下流过。走过小桥，向山上爬去，登上山顶，发现上面原来有一大块平地，平地上有营房遗址。从哨所上望去，这里居高临下，易守难攻，219国道在这狭窄关隘通过。一般游客大多不知，只是从远处山下拍一张山顶哨所的照片，错过了到山顶领略一番。山头哨所已经残破不堪，土坯墙仅剩四个屋角，但它是一个半世纪前的军事要塞，文物级别。哨所下面沿山脊修筑的弯曲的战壕还依稀可见，战争年代，在战壕里架设一挺机关枪，便可封锁山下通道。

营房区域呈长方形布局，已经被部队用两米多高的铁栅栏围起，作为历史遗存加以保护。好奇心驱使，想办法进到军营，去仔细看看过去的军营是怎样的。军营内部是一个宽敞的矩形院落，院子四周分布着传达室、士兵宿舍、军官宿舍、库房、厨房、马厩等，所有的房屋都已经坍塌，高大的军营围墙还在，里面的布局和功能还能看得清楚。

营房北侧约100米，有边防军人墓，几十个坟茔已经被风蚀成矮矮的土包。只有一个坟前立着一块墓碑，墓碑上刻写着"刘玉兵之墓"，立碑时间是1962年，应该是20世纪60年代初在这里牺牲的战士。坟前有酒瓶、饮料瓶、水果等祭品，猜测是前来祭奠他的战友留下的。在周边捡来一些石头，在还看得出形状的坟头上恭恭敬敬地各摆上三块石头，表达敬意和怀念。

离开三十里营房 50 公里处，到达新疆叶城县所属黑卡子达坂（柯克阿特达坂），开始了 6 公里的土路地段，每一个走新藏线的人都会记得这里极其糟糕的路况。因是冻土地段，缺乏稳定性，不具备铺柏油路的条件，只能建成土路并常年维修。从达坂垭口看下去，载重卡车艰难地爬行，厚厚的尘土被卷起，整个山坡都弥漫在扬尘中。向坡下开去，会车时几乎看不清路在哪里，多次停车等待灰尘消散一些再慢慢前移。路虽难走，所幸今天这里没有塌方修路，否则塞车禁行是常态。

走出黑卡子达坂这段路，从新藏交界处开始设置的沿 219 国道数百公里长的防护网也到了终点。行进中会看到路边一处废弃的破房子，就是骑行驴友都熟知的"喜来登大酒店"，有骑行者在一间板房中安置了铁床等起居生活用品，改造成免费自助"酒店"。在这样无人区里有这样一个可以过夜的地方，很受徒步和骑行的驴友欢迎。

两个工人在沿途竖立起来的木杆上拉设通信电缆，和他们聊了一会儿，他们是来自河南的工人，承担几十公里的通讯网线安装。分给他们几块巧克力，他们说不敢吃糖，因为每天在高原太阳曝晒下，体内缺水严重，吃糖会更渴，他们几个月都不吃糖。在这条路上能见到人是挺不容易的。

一头壮硕的骆驼在戈壁上望着前方，偶尔瞥我一眼。在这无人区，我暂且认定这就是野骆驼吧。

一队军车整齐地排列在路边，从头看不见尾，战士们在途中休息。行走在新藏线上

📷 赛图拉哨所

📷 近观哨楼

📷 战壕工事

📷 营房遗址

的汽车兵是最了不起的。现在几条进藏路线，新藏线最难走也最危险。

在猛进桥附近，一个叫麻扎的地方，也不知这名字是否准确，是请教一位汽车兵知道的。三年前来这里就看到有两处废弃的营房，总觉得这里应该曾经有过一些守土卫边的故事，是值得保护传承的，可惜现在无人管理，房间里成了牲口遮风避雨的地方，一片狼藉。这次特意走进去观察，这房子至少有半个世纪的历史，决定找到部队提提建议，将其保护起来。

📷 黑卡子达坂

这段路峰峦奇异，雪山峥嵘，山路逶迤，云挂碧空。目不暇接的美景，风险也与之伴生。叶尔羌河的上游，宽阔但几乎干涸，河床上一辆汽车被沙石埋掉一半，可以想象出这里雨季山洪的威力。一辆车的前保险杠横在路边，一辆油罐车从高处翻滚下来，躺在路旁，又见到两辆卡车从高山掉落摔得粉碎，车的残骸散落在坡上。瞥过一眼，总会给自己一个警告，小心驾驶，不可大意。《清稗类钞》中有如下描述："自和田南行，可达西藏，唯山路险恶，瘴疠逼人，故行旅绝少。"古代如此，今虽有改善，却也并非通途。

过海拔4969米的麻扎达坂，是一个长长的盘山下坡路，进入眼帘的山景更是多姿多彩。智者乐水，仁者乐山，这段路山雄壮，水俊秀，人在其中，岂不仁哉智哉！山是威严静默的，像一位老者持重而内敛，而一条清澈的小河，则像调皮又精力旺盛的顽童，在山间不知疲倦地跳跃，欢畅地奔流，以博老爷爷开心一笑。一座木板搭起的小桥通向对面，一条窄细的弯曲的小路向山坡上延伸，不知通向哪里。那高深莫测的深山里面，一定会有顽强的生命的存在。这河叫哈拉斯坦河。

虽有路，却难见人影，只是以往这段无人区新设立了数个红顶白墙的公安派出所，无人区也该成为历史名词了。路上偶遇一位从新疆出发去西藏的步行者，打个招呼，互相鼓励，大家说的都是同一句话：加油！

又有车辆从头顶上的高山摔下来，躺在河滩上，几个人在把装载在事故车里面的货物一点一点转移到救援车上。塌方总会有，绕过滚石就是了。尽管这条路真的不太保险，足够的安全意识就是最大的保险。

在无人区行车最怕车辆抛锚。2016年，我自驾经过这里，遇到一辆故障卡车。那位山东司机说，修理人员需要两三天才能过来，没有吃的了。我立即把车上所有能吃的东西都给了他，反正我当天就能到三十里营房。要和司机师傅合个影，他说已经两个月没洗过脸，很是不好意思。可见在这条路上跑运输的人们是多么不容易。

最后翻过令人咂舌的海拔3150米的库地达坂（阿卡孜达坂），山虽然不高，却隐藏着诸多凶险，路悬在空中，深壑望而生畏。天阴沉沉地飘着小雨，似乎老天故意增加些难度考验路人。真是的，胆大心细是制胜法宝，只要翻过库地达坂就基本没有难走的路段。达坂垭口向下一点的悬崖边，筑路者留下一块石刻"再回首"，在这里是应该再次回首，再看一眼喀喇昆仑山的雄姿，我们曾经走过这里，曾经与这山脉的壮观、凶险、惊艳和历史亲近过，在这里留下微不足道的足迹，却是各自人生中难得的记忆。从库地达坂下行，山体渐渐染上淡淡的绿色，越往下行，绿色越浓。走出大山，来到平坦的叶城县柯克亚乡，被久违的绿色包围着，喀喇昆仑

喜来登大酒店

喀喇昆仑山上的建设者

1964年建成的猛进桥

山渐行渐远，已抛到了身后，不过，我会想念你。再开约80公里，晚10点到达昆仑第一城——叶城（叶尔羌）。

回望昆仑

碧空开尽出昆仑，
群山骄傲入天门。
路阻难越千重雪，
风强易举万里云。
古曾瘴疠绝人迹，
今犹荒莽断禽音。
高垭回眸顾怜处，
除却昏黄待惟新。

此刻，郑子彬兄又有谬夸诗作，云：

你是在世界屋脊的蓝天上翱翔过的山鹰
你从喜马拉雅的雪峰飘下昆仑
你把挂在万仞绝壁的山路视如彩练
你将悬浮云端的达坂看作敛羽小憩的园林
你掠过兵站的遗痕和烈士的墓碑遥望古今征战的烟尘

事故损毁车辆

你弹拨跳跃的山溪作劈空长啸的和音

——是什么铸就你钢铁的双翼

是澎湃的诗情涌动的爱情缠绵的恋情

还是胸怀里揣着一个天河般奔腾不息的灵魂……

长路与雪山共舞

依然住三年前住过的如家酒店。洗个热水澡，下楼吃饭，还是酒店边上的白家牛肉面，还是三年前那张桌子，还是一碗牛肉面、两个小菜、一瓶啤酒，只是当年那位漂亮的维吾尔族女服务员已经不知去向，还有健谈的胖乎乎的汉族老板也不知所踪。这就是物是人非，睹物思人了。

要求并不高，幸福很简单。行走西藏，翻越喀喇昆仑山，进入叶城，人们都会有种穿越时空的感觉。明显的反差，让人觉得这里就是另外一种天堂了。

是日，行程358公里。

山路逶迤

南疆风情 · 221

搬运摔落河道中的事故车辆的货物

山东卡车司机 2016年摄

喀喇昆仑山上唯一见到的徒步者，背后是新设的公安派出所

路边滚石很常见

库地达坂上眺望

库地达坂

再回首

9月10日

叶城，晴，气温 20℃，海拔 1355 米。

叶城，叶尔羌的简称，是新藏线从新疆通向喀喇昆仑山的起点，故有"昆仑第一城"之称。这里生产核桃、石榴，有"中国核桃之乡""中国石榴之乡"美誉。其属于喀什地区，与巴基斯坦、印控克什米尔接壤，东临塔克拉玛干大沙漠。从叶城向西北方向沿喀叶高速路，经泽普县、莎车县、英吉沙县、疏勒县，可达喀什市，全程 244 公里。

叶城

昨夜高质量的睡眠，把翻越喀喇昆仑山的一路舟车劳顿睡得无影无踪。上午懒洋洋地爬起来，慢吞吞地收拾好行李，消停停地吃了早餐，中午 12 点半向喀什出发。

叶城说是晴天，却有些灰蒙蒙的。跨街标志门上，余秋雨题写的"天路零公里昆仑第一城"还是流畅优雅的。

进入新疆，开车有了幸福感，高质量的高速路车辆稀少，终于可以跑出时速 120 公里的感觉了。爽了一会儿，就到了泽普县。这里有南疆首家国家级 5A 风景区：金湖杨国家森林公园。从泽普县城穿过，离开国道，沿 484 县道，约 40 公里即可到达。途经大片核桃林，村民在一处核桃交易市场进行交易，装满核桃的袋子高高堆起，地上也铺满核桃，农民们心情都不错，笑起来满脸都布满了核桃纹。路的另一侧，核桃林里农民正在采摘，一条清澈的灌溉渠挡住了我参加劳动的去路。核桃林里的农民指着远处一个可以过去的小桥，邀请进去。看看时间，有些不舍地放弃了。

泽普县核桃市场

金湖杨景区，叶尔羌河冲积而成的沙漠里的绿洲。乘景区游览车跨过湖区小桥，进入森林深处，下车自行游览。森林间多条小路杳无人影，胡杨树、沙枣林、白杨树密布其间，有走不到路的尽头的感觉，若无方向感，走不出来是大概率事件。这里的胡杨树与新疆北部和内蒙古额济纳胡杨林大有不同，少见高大粗壮者，唯有一棵胡杨王达1400多年树龄，算是凤毛麟角了。这时的胡杨树还是执拗地翠绿着，刻意躲避春去秋来老将至的悲凉季节，那个金黄一片的景象似乎还在遥远的地方等待着。天气也很不配合，阴沉沉的天空让森林里平添沉闷气氛。急着走出来，仔细研究路边的导游图，七拐八拐好不容易回到公园大门口。

千年胡杨王

走出金湖杨森林公园，站在叶尔羌河大桥上眺望，这里也是水天一色，一片浑黄，但这河却是中国最长的内陆河塔里木河的主源，是塔里木盆地及塔克拉玛干大沙漠中滋育绿洲和生命的河流。在英吉沙县克孜勒服务区给车加油，警察先生非常友好地建议休息10分钟再走，嗯，接受了这贴心而有道理的建议。

过疏勒县后，晚8点一刻进入喀什市区。

喀什，我回来了。趁天还没有黑，经过人群熙攘的喀什噶尔老城城门，直奔老城东侧的高台民居，那里对我最有吸引力。

高台民居建在一处几百米长、约三十米高的高地上，一千多年前就开始有民居建筑，现存的民居大多都有数百年历史，具有鲜明的维吾尔族建筑风格。之前有600多户人家、4000多居民住在这里，这里有多种维吾尔族民间传统手工艺品的加工制作作坊，被誉为维吾尔族活的民俗博物馆。很不巧，通往高台民居的路被施工大门挡住，政府正在对这千年民居做保护性整体维修，告示称"升级改造"，里面大多是危房，也真该全面维修。只是太想进去走一走，看一看。再看一看那些依地势而建、错落交织的杨木和泥巴盖成的老房子，从弯曲的街巷和过街楼下穿过，从半开的房门向里面望一望，把自己置身在几百年前的建筑群里迷失自己……

实在找不到进去的路，就围绕高台走了一圈，从高台下记录这古老民居的今日模样，等到维修完，说不定旧貌换新颜，呈现在面前的可能是一个崭新而陌生的高台民居了。再次回到施工大门处，门口坐着一位施工的工人，他手里有大门的钥匙，答应带我进去。可是大门外一个店铺里的维吾尔族同胞把我盯住了，说不能进去，

叶尔羌河　　　　　　　　　　　　　高台民居

政府有规定。好吧，和那个工人聊天，在那里耗着，希望把维吾尔族同胞耗到下班走人，可是，我们失算了，他们就是不走。那工人约我明天上午9点过来，也只能这样了。

晚上，喀什噶尔古城有种摄人魂魄的魅力。漫步在异域风情的街道上，徜徉在柔光似水的楼群中，欣赏五光十色的工艺品，品尝满城飘香的各种小吃，看着悠闲的老人和活蹦乱跳的孩子，有种误入童话世界的感觉。

天色已晚，街上不如三年前这个时间街上的游人那么多，绝大多数都是出来散步遛弯的维吾尔族同胞，老人们也三五人坐在门前聊着什么，满街都能看到奔跑着、打闹着、嬉笑玩耍的孩子们。琳琅满目、各种各样的工艺品和生活用品摆放在门前摊位上，几乎看不见游人问津。游人怎么会这么少呢？三年前夜游古城，热闹得让人觉得昼夜颠倒。偶有匠人在自家门前敲打制作铜壶，叮叮咚咚的敲打声，像在演奏一首打击乐。走过去瞧瞧，匠人头也不抬地自顾自地忙活着。走进一个饮品店，要了一杯鲜葡萄汁，边喝着边和老板聊天。老板说，现在生意不好做，以前没人说价格高，现在都开始讨价还价了。两个孩子在一边闹腾，大点儿的孩子用一个绒布蟒蛇吓唬一个小小孩儿，尖叫和开心的大笑让干净整洁的小店一刻都没有安静过。

在一个路口，看到一家烤包子铺，两个孩子在灯下学习的情景吸引了我。这是一个5口之家，经营烤包子。走过去坐下，要了5个烤包子，店主人听不懂汉语，家里大一点的孩子做翻译。这个小翻译用手抓起5个包子端上来，我呢，笑笑，吃了。看着一家人，觉得有种和谐之美，招呼一家人聚在一起，拍下了一张全家福。

午夜时分，很多妇女走出家门，带着清扫工具清扫整条马路，有的用水冲，有的用拖布拖，有的用扫帚扫，她们是自发自愿的，每天如此。她们边干活，边开着

玩笑，朗朗笑声渲染着古城夜色。打扫完街道卫生的女士们坐在路边椅子上聊天。

很多小孩子没有家人照看，在路上追逐玩耍，见到陌生人拍照，都会很有礼貌地配合。这里的孩子看上去自由自在，毫无拘束地张扬着纯真快乐的天性。

走出古城，来到城边的九龙泉景区。三年前这里还在修建中，现在已经完工。圆月挂在古城之上，水榭草影，城楼倒映，一两对情侣在石径上牵手徐行，湖水像睡着了一样，平静得没有一丝涟漪，周边的景物在如镜的水面写真复制，实景虚影，有如孪生，人在其中，亦真亦幻，走路都变得小心，生怕打碎这一湖美艳。

在湖边发呆良久，由衷赞美这美丽的南疆，美丽的喀什之夜。

时间已是次日凌晨 1 点，寻宾馆住下。

是日，行程 330 公里。

九龙泉景区——古城对映

南疆风情 227

收工后的畅聊 　　包子店学习的孩子

幸福一家人 　　三个小朋友

古城月影

9月11日

喀什市，晴，气温19℃，海拔1289米。

喀什是喀什噶尔的简称。古为疏勒国地方，东汉时设西域都护府，正式并入祖国版图。喀什是南疆的政治、经济、文化、交通中心，古丝绸之路上的重要驿站。

上午9点，准时来到高台民居施工大门前，等待多时，不见昨日相约的工人。看来是真的无法进去了，只好再次从高台民居外围游走一圈。上午，环绕高台民居的小路也是很少有人经过，高台上的民居悄无声息地沐浴在晨光中。继续在这高台外面转悠，看能否找到可以爬上去的地方，结果没有找到一个可进去的管理漏洞。继续拍照，以后可能再也

📷 喀什市

📷 高台民居

见不到原汁原味的高台民居了。

　　古城城门总是最热闹的地方，游客不在此处留影，似乎就是一个遗憾。一群游客把一位维吾尔族同胞的一大摞馕当作道具，在古城门前拍个没完，维吾尔族同胞也会被拉进来一起拍照，场面倒是十分热烈。

　　在商业区游游逛逛，寻机抓拍，人物是最有趣的拍摄对象，一间间各具特色的酒店旅馆商铺，也都设计得奇巧别致，装扮得诗情画意，目之所及，都是艺术之美。

　　离开热闹的商业街区，走进狭窄的居民区胡同，这里会有更有趣的发现。人们在这里生活，家家门前屋后都栽种着绿植，一些藤类植物爬上墙壁，跨过小路，在小路之上撑起一片绿荫。居民区里很少有游客到来，一个个带有雕刻图案的讲究的大门半天没有人进出，偶有老人带着一个两三岁的小孩儿在屋门前玩，过去送给小孩儿一个棒棒糖，老太太很放心地笑着起身走了，让孩子和陌生的我在一起。这在我们看来是不太可能发生的事情，但在这里就是这样平常。

　　在居民区里随便走着，总希望能遇到一个可以聊天的人，然后问这问那，了解一些这里的民俗风情。在一个拐角处，一位金发美女倚墙而立，在用手机自拍。我说我来给你拍吧。咔咔咔，瞬间美女就被我的相机锁定。美女莞尔一笑，更加妩媚。稍做交谈，原来是在北京上学的大学生，在首都医科大学读本科，刚刚考上新疆医科大学的研究生。厉害呀！小姑娘的名字叫仙木斯亚，家就在胡同里。一户门前，

古城城门

古城即景

客栈

老人与孩子

一位老人在铁砧上专心地敲打着，他在制作铜盆；一个水果车停在街口，有人在品尝哈密瓜；两个老人坐在一棵大树下微笑着交谈；一个僻静的路边，人们在一张放置在户外的桌子旁悠闲地吃着早点，阳光从树叶间穿过，斑驳的光影筛落在身上、桌子上；胡同里也有坐在墙脚卖菜的老人。此刻会想，住在这里一段时间多好。

回到热闹起来的商业区，商家都在使出浑身解数招揽顾客，迎宾小姑娘和来往的人们热情地打着招呼，坐在门前的维吾尔族大叔一人弹琴，一人打着手鼓，维吾尔族乐器很难叫出名字，还是请教了仙木斯亚才知道，细长的五弦琴叫热瓦普，圆圆的手鼓叫达甫。一个商店的女老板在门前跳起维吾尔族舞蹈，围观的游人毫不吝啬地送上热烈的掌声。一个小吃店门前，美女服务员有双摄魂的眼睛，夸赞她几句，笑得就更加妩媚动人，摆出几个姿势让我拍照。

走了很久，找个西瓜摊坐下，吃着新疆大西瓜，甘甜滋润。见旁边有三位执勤的警察，便与他们分享。喀什老城里巡逻的警察很多，多是三人一组，如果报警，一分钟应该就能到达现场。

中午，来到喀什博物馆。博物馆规模不大，正在举办丝绸之路相关文物展览。喀什历来是丝绸之路上沟通中亚、西亚和欧洲的重要交通节点，两千多年的历史文化传承，形成了喀什独特异域风情和民族文化特色，在未来的发展中但愿能不改本色，始终独具风格。

喀什博物馆对面，有一个手扒饭馆，博物馆守门人说那里的手扒饭很好吃。正是午餐时间，进去后发现，这里客人很多，服务员在餐厅里以跑步的速度在为客人服务。凡是人比较多的餐厅，大多都是价廉物美。对我来说，味道如何也不是特别在意，干净就好，快捷更好。

吃完午饭，又到处寻找书店，需要一张新疆地图，顺便在城里又转了一圈儿。喀什城市建设是现代化和民族特色的高度结合。

下午两点钟离开喀什，方向帕米尔高原。

帕米尔高原，古称葱岭，地跨中国新疆西南部、塔吉克斯坦东南部、阿富汗东北部，从地图上看，喜马拉雅山、昆仑山、喀喇昆仑山、兴都库什山和天山五山余脉在此交会，形成一个巨大山结，拱起一块高原。平均海拔 4500 米。

从喀什到巴基斯坦北部城市塔科特的公路是著名的喀喇昆仑公路，又称中巴友谊公路或帕米尔公路，全长 1032 公里，中国境内 416 公里，巴基斯坦境内路段也是中国援建。这条跨国公路修筑难度极大，中巴施工人员死亡达 700 余人。从喀什到塔什库尔干县一段，又称 314 国道。

从喀什出发，途经疏附县，进入克孜勒苏柯尔克孜自治州（简称克州）的阿克陶县奥依塔克镇，有一条通往克州冰川公园的小路，深入 30 公里可达冰川，这里是中

南疆风情 · 231

跳新疆舞的女老板

大学生仙木斯亚

维吾尔族老人

卖菜的老人

弹热瓦普 打达甫

国海拔最低的冰川，只有2800米。冰川已经看过若干，如进去看冰川，今天很难抵达塔什库尔干，忍痛割爱了，但还是驱车十余公里，游览了这里奇特的五彩山和丹霞地貌，黑、白、黄、红、青五彩缤纷的颜色让人觉得是种幻觉。克州阿克陶县是中国最西边的县级行政区。

继续向前，通过盖孜大峡谷，到达位于布伦口的白沙湖。此刻这里乌云漫卷，狂风大作，飞沙走石，人仰马翻。勉强推开车门，强风把人推得东倒西歪，直有卷进湖水之势。手中的相机也需紧紧抓牢，免得它随风而去。湖对岸的白沙山扬起白雾一样的飞沙，白沙湖就是因此得名。看一些拍客拍摄的大量白沙湖美景，不想却是这番景象，只能说时机不对。这里不宜久留，赶紧逃之夭夭。

晚8点半，慕士塔格峰迎面而来。其有冰川之父之名，是西昆仑山上的一座冰雪覆盖的山峰，海拔7509米，西昆仑山脉第三高峰。慕士塔格峰、公格尔峰、公格尔九别峰，三山耸立，成为帕米尔高原的标志。慕士塔格峰最接近公路，巨大的冰

喀什博物馆 　　　　　　　　奥依塔克雅丹地貌

狂风大作白沙湖 　　　　　　公格尔九别峰

川从山顶瀑泻，山脚下是深邃幽暗的葱岭圣湖喀拉库勒湖，暮色中的湖水尤显暗淡而无生气，这应该不是喀拉库勒湖的本色。想象一下，在风和日丽的时候，这里湖山呼应，山水互衬，人们在湖边载歌载舞，那才是帕米尔高原最光彩夺目的时刻。数十公里的314国道都是围绕着慕士塔格峰，又是沿着盖孜河逆水而行，落日余晖中的草原依然生机盎然。草原里波光粼粼，夕阳把这里涂抹得浓墨重彩，数不清的马牛在草原上游荡，慕士塔格峰在草原上一汪碧水中对镜梳妆，惹得行人忍不住停车与其对望。从艳阳高照，到金乌西下，又到玉兔东升，围着这山走啊走啊，当一轮圆月被慕士塔格峰从两个山脊中间吐出，是不是有雄狮吐瑞、祥龙含珠的感觉？

　　通往帕米尔高原的道路有100多公里在修路，不时要拐下公路从便道慢速通过。在颠簸中来到帕米尔高原上的塔什库尔干塔吉克自治县县城，已是近午夜零点。住进一个有大院落而名字奇特的犇磊鑫宾馆，放下行李，出来找吃的。这里可不是喀什，路上除了一队警车拉着警笛在路上慢慢地通过，其他连个人影都没有。回到酒店，从车上取出方便面做了充饥之物。

　　葱岭我初上，
　　沙湖起劲风。
　　公格绵绵雪，
　　慕士夕照明。
　　祥龙应含瑞，
　　夜浅月朦胧。
　　冰山迎远客，
　　五岳拱天城。

　　是日，行程315公里。

慕峰含月

诗意的远方——西行日记

9月12日

喀拉库勒湖与慕士塔格峰

塔县，晴，气温 11℃，海拔 3107 米。

塔县，塔什库尔干塔吉克自治县的简称。塔什库尔干，石头城之意，位于南疆，帕米尔高原东部，是喀什地区所属县，也是中国唯一四国交界县，与塔吉克斯坦、阿富汗、巴基斯坦三国为邻，有 888.5 公里长边境线。全县 4 万人口中，大多数是塔吉克族，塔吉克族是中国唯一的白人种族。

帕米尔高原，一个众山拱卫的雪域高原，在塔县，南望世界第二高峰乔戈里峰，北临冰川之父慕士塔格峰。电影《冰山上的来客》让这个神秘的雪域高原为人所熟知，令人心驰神往。当我们的脚步踏上这块土地，耳畔似乎又响起《冰山上的来客》那些摄人魂魄的歌曲：《花儿为什么这样红》《怀念战友》《冰山上的雪莲》《高原之歌》《戈壁滩上风沙弥漫》，那悠扬、忧伤、空灵、婉转的曲调，总会让人沉浸在一种悲凉的思绪中，这是真正有内涵有力量的经典音乐。

塔县的早晨，街上也没有多少人，先去石头城吧。在帕米尔旅游区游客服务中心外面有个农贸市场，卖各种土特产，只是游人寥寥，做买卖的人都悠闲地在一起闲聊。这里有几家小餐馆，走进一家，点了一份手扒饭，手扒饭米粒超级硬，没有坚硬的牙齿和咬肌，很难享受这美食。

到了游客服务中心，从这里进入，可以参观石头城、金草滩、塔吉克民俗村等。

石头城，至今有两千年的历史，唐朝统一西域后设置葱岭守捉所，以后历代扩建城郭，清代这里还继续沿用，目前是全国重点文物保护单位。在一片碎石中间，一条木板铺成的小路通向石头城内城，而这片碎石区域，是石头城的外城，为当年兵营、居民区和集市所在地，今已夷为平地，荡然无存，内城外墙尚保存了原来模样。登上内城，城内许多大块石头散落其上，坑坑洼洼，看上去不仅是岁月的留痕，更有人为的破坏。好在人们现在认识到这些历史文物、历史遗存的价值，有了保护意识，一些工人正在地面铺设木板通道。在石头城里慢慢走了两圈，城墙上还有比较完整的炮台垛口，内墙设有一些凹槽，是放置佛龛的地方。一处佛寺已经完全倒塌，看见一个导示牌子，才知道这里曾经是佛寺。内城上也还有另外三块导示牌：王宫遗址、玄奘讲经处、博望台。传说唐僧玄奘印度取经曾经过此地，故有在此讲经之说。历史在这里曾经风云变幻上千年，而今只能在残垣断壁之间怀古，我们怎么就不能把历史上传承下来的东西给予足够的尊重、敬畏和妥善保护呢？

从石头城下望，城下是一片平阔的金色的草甸，即著名的金草滩，又称新疆帕米尔高原阿拉尔国家湿地公园，因附近有阿拉尔村而得名。走下石头城，来到金草

📷 石头城外城和内城

📷 城内乱石成堆

📷 佛龛

滩，沿着曲折蜿蜒的木栈道走向草滩深处，金色的草地里有清冽的溪水潜流，塔什库尔干河在草地里穿行，两架水车在河水中停止了旋转。从草滩里回望石头城，近前的塔什库尔干河水和金色草滩把高处的石头城隆重托起，石头城背靠高山雪峰，居高临下，苍老而不失威严。草滩上划出一块地方为骑马区域，热情的塔吉克牧民邀请骑马，在这美妙去处骑马拉风岂不快哉！翻身上马，马听话地奔跑起来，只是跑马的范围有限，不能尽情施展。塔吉克人善骑，曾几何时，马是他们忠实的伙伴和交通工具。牧民兄弟揽客不易，见我参与，乐不可支，调动白马做了几个前腿腾空动作，这是不是所谓的天马行空？马背上的我有点玄乎乎的感觉，惊险刺激，我喜欢。又推荐骑牦牛拍照，客随主便，唯命是听。在欢快友好的气氛中结束了这个游戏。

　　随后向塔吉克民俗村走去，刚到村口，一位塔吉克青年赶着马车停在身边，招呼上车，没有犹豫，上车随他去吧。枣红大马和装饰豪华的车辆已让人眼睛一亮，马踩着小碎步"哒哒哒"地往前颠，来到了一户塔吉克人家门前停下。这是一户旅游接待户，门前挂着大学生回乡创业园的牌子。门前的向日葵热情洋溢地迎接来客，一大片藜麦金灿灿地渐趋成熟。塔吉克人种植一种植物——藜麦，这是一种营养价值很高的粮食作物。

　　一位英俊的塔吉克青年出门迎接，小伙子西装革履，领带鲜艳，头发梳理得整齐黑亮，一副文质彬彬的模样。进到院子，塔吉克青年用银壶银盆让客人洗手，进到房间又在客人肩头撒一些面粉，这是塔吉克祝福吉祥的风俗。又帮我换上塔吉克服装，指定一个位置让我坐下，后来得知那个位置是尊贵客人坐的位置。过了一会儿，又来了几位上海游客，大家分别坐在两侧榻上，围在桌子前喝着奶茶吃着点心，讨论着上海男人和北方男人的异同，当然都是各执己见，一位上海先生一句"我们上海男人不是惧内，我们是爱自己的老婆"，引得大家哈哈大笑。这样的塔吉克家访，对内地游客来说新鲜特别，很有吸引力，民族特色是最有生命力的。男青年叫阿米尔，他的奶奶已经80多岁了，坐在院子里晒着太阳，老人满脸风霜，一脸慈祥。院子不大，在房间里接待客人也略显拥挤，但这里是原汁原味的塔吉克人家。

　　听阿米尔和他的伙伴伊加再提介绍塔吉克民族很多有趣的风俗，让人耳目一新。成年男子一般戴黑绒圆高统"吐马克"帽，"库勒塔"帽是塔吉克妇女区别其他民族妇女的重要特征和标志，帽的后部垂有一块厚帘，遮住后脑和两耳，出门时，帽外加方形大头巾，一般为白色，新嫁娘则用红色，小姑娘也有用黄色的。男子多穿

南疆风情

塔吉克姑娘

金草滩

塔什库尔干河

天马行空

帕米尔高原上硕大的牦牛

套头的衬衣，外罩黑色袷袢（对襟长外套），系绣花腰带。妇女平时穿连衣裙，并穿长裤，夏季在裙外加一背心，冬天外罩棉袷袢。塔吉克牧民的饮食以奶类、肉类和面食为主，农民则以面食为主。阿米尔应我请求，请他的好友爱好民族历史文化的塔吉克牧民伊加再提，整理了有关塔吉克族八大民俗的文字，摘引为记。

见面行礼吻不断：塔吉克人见面打招呼，首先是吻手礼，这是塔吉克人最主要的见面礼仪之一，两个关系非常好的同龄男子见面时先握手，然后俯身互吻对方的手背三次。同辈男女见面时，女士要吻男士的右手心，男士则要用手轻轻地按一下女的头部，以示敬意。平辈的女子如果关系要好，见面时会互相亲吻对方的嘴唇，长辈见到晚辈要亲吻晚辈的额头或眼睛，晚辈吻长辈的手心。

荷包里面谈恋爱：塔吉克小伙子向自己爱慕的姑娘表达爱意时，多数姑娘当面只是笑笑，不做回答。倘若姑娘接受了小伙子的爱意，那么姑娘会很快地将自己精心绣制的荷包悄悄送到小伙子手中，并在荷包内装上一根已经烧焦了的火柴杆。这就表示：小伙子啊，你是我的意中人，为了你，爱火已经把我的心烧焦了。小伙子收到荷包，会立即将一个用红线缝合的小黄布包，装上一颗杏仁送给姑娘，意思是：

📷 戴"吐马克"帽的塔吉克青年阿米尔　　　　📷 长寿老人

我将把整个心都给你。小伙子也许会装上几粒石子儿和几粒食盐送给姑娘，意思是：我爱你的心如同石头一样不会变，你对我如同食盐，我不能没有你（塔吉克人认为盐是世上最纯净的物质之一，生活中不可或缺）。

红色衣裳穿一年：塔吉克族对婚姻的忠诚度非常高，新娘的服饰为头戴绣花小帽，帽前垂挂"斯勒斯拉"（一排小银链），身穿红色长裙，套大红裕祥，穿红皮短靴，戴面纱，红色的衣服需要准备5至12套，婚后穿一年。新郎婚礼礼服为吐马克帽子上缠绕红白两色的绸带或布条，红色代表幸福，白色代表白头偕老，天长地久。穿绣花衬衣和外套，系绣花腰带。刺绣图案有太阳、鹰嘴、鸟爪、花朵、雪山、河流等。塔吉克服饰是国家级非物质文化遗产之一。

塔吉克族婚俗中，有一个很重要的角色，即"拜德尔汗"（塔吉克语"婚姻之父"）。新娘从第一天戴上面纱到第3天，面纱不能离脸，第3天，"拜德尔汗"会准时来到新郎家，当着众人的面将新娘面纱揭掉，随后拿出准备好的面粉、油、奶等食材，让新娘下厨和面打馕，这也象征着新娘在新的家庭里开始了新的生活。婚后第7天新娘才能脱婚服，之后长达一年的时间里新娘都要穿红色的衣服。塔吉克婚俗是国家级非物质文化遗产之一。

问过阿米尔，现在结婚是否要送彩礼钱，阿米尔说，塔吉克族男女结婚不收彩礼钱，但男方要送给女方家里牦牛和绵羊，婚前给女方买些衣服和金首饰等，一般花费5到8万元。

画起眉毛用石头：塔吉克姑娘化妆工具很独特，黑色的矿物质石头制成的画眉石及眉笔用来描眉画眉，同时也会用杏仁油、野西瓜油来养发护发。

五根柱子做房子：现在在塔县农村的原住民仍然住一种叫"蓝盖里（音）"的平房。房屋四周没有窗户，没有隔间，一家三代或四代住在一起。一进门两边各有一道高度为1.5米左右的墙，可以看到五根柱子，这五根柱子是房间功能区域的划分，过了这道墙进去的地方便是脚地，原来的脚地都有馕坑，冬季时生火炉，是家里的厨房。屋子开天窗，并且开在馕坑的正上方，天窗有三个作用：通风通烟、采光、计时，根据光线判断时间。在馕坑后方有一小门（现在的储物间，原来妇女坐月子的房间）。塔吉克族以右为尊，面对门的右手边居住新郎新娘或女性，面对门左手住家中的小孩，正对门住老人。

巧克力中无可可：哈克斯（酥油面糊）是塔吉克族的美食之一，像巧克力，但无可可成分，具有高热量高蛋白的特点。塔吉克族是游牧民族，长期居住在高原地区逐水草而居,每次进山时间长,气候寒冷,这种食物便于携带,不易变质,可以及时地补充能量。制作方法是以酥油、面粉、水制成,或以奶皮、面粉、水制成,可以根据个人喜好加糖或盐。

肖公巴哈尔是个啥:肖公巴哈尔节是歌颂春天、感恩大自然对人类回馈的节日,没有宗教色彩。春分前夕,有如汉族过春节前,洒扫庭除,屋里的墙上画上花纹,并撒面粉以示祝福。准备各种节日食品时,要烤制一个过年用的大馕。节日这天,人们在众人推举的"肖公"(率领一群人去各家拜节的头)带领下去各家拜节,主人将面粉撒在肖公及来客右肩上以示祝福,而后热情款待来客。由肖公亲手将大馕掰成块状,然后众人一同进食。妇女们节日在家中待客,孩子同男人去拜节,姑娘媳妇则携带节日油馕去给父母亲友拜节,节日为期三天。春分后的一周内就是塔吉克族的引水节和播种节,是塔吉克族的农事节日,由村里的老人根据气候的变化来定。这两个节日是连在一起的,第一天过引水节,第二天就过播种节。播种节时,由尊敬的长辈拎着种子向田间的人群身上撒种,大家抻着衣襟往种子撒落处簇拥,以示对春耕播种的祝贺。节日期间,还要举行马球、牦牛叼羊等节庆活动。塔吉克族马球运动是当今世界上最古老的体育项目之一,史书称马球为"毛丸"或"击鞠"。塔吉克人的马球是木质的,用当地的一种树根制成。一方系红色头巾,另一方则系白色的头巾。双方上场的运动员人数没有统一的规定,比赛时间一般是每场半

📷 进门在客人肩上撒面粉

📷 奶茶溢香

小时，分上下两场。双方进球的地方不设网，而是有一个直径约 50 厘米、深 50 厘米的坑，把球打进对方的坑里为胜。打马球既要拼勇敢，又要拼技巧和智慧，是一项很有趣的运动。

由于帕米尔高原气候寒冷，人口稀少，居住分散，开春破冰引水、播种仅靠一两户人家是难以完成的，需动员和组织全村男女老少一起出动，团结互助把水引来。水引来后，第二天便开犁播种。其间，人们还对缺少种子的人给予帮助，目的是把大家组织起来做好春耕生产，举行仪式是为了祈求吉祥和丰收，使全村的人都有饭吃。

引水节和播种节、马球都是国家级非物质文化遗产。

跳起舞来像雄鹰：塔吉克族以鹰为图腾崇拜，鹰象征着纯洁、勇敢、忠贞，塔吉克族民间舞蹈又称为鹰舞，鹰舞是塔吉克族的国家级非物质文化遗产之一。塔吉克族的鹰舞姿势健美，风格纯朴，节奏感很强，给人以鼓舞和力量。身体随着笛声、鼓点可旋转 360°、180°，时而两臂平展，似鹰在飞翔；时而两臂一高一低，一前一后，像鹰在盘旋；时而双手收缩朝后，双脚迈着矫健的舞步，又像鹰在俯冲，全方位展示了鹰的雄姿。一般鹰舞要配以塔吉克族独有的鹰笛来伴奏，传统的鹰笛都成双成对，塔吉克族人民常用一只鹰的一对翅膀骨，做成两支左右相衬、大小和开孔完全一致的一对鹰笛，吹奏起来，音调也完全相同，好像一对孪生娃娃，颇富民族风采。鹰舞伴着鹰笛的表演，表现了塔吉克人对美好生活的追求和向往。

走出帕米尔高原景区，驱车向南方向进入塔什库尔干乡，这里是一大片崭新的独栋房屋——塔吉克新村，这样的房子有如别墅，乡民们就住在这里。与居民交谈，每栋房屋 25000 元一套，需要本地家庭相关证明才能购买，这是政府资助的项目。房子很漂亮，只是周边少有绿色。和两个骑摩托车的村民聊天，他们的父辈在 20 世纪五六十年代从阿富汗移居到这里，现在都是中国国籍。

在县城附近，开车往山坡上走去，山

祖孙三代一家人

分发文具时的热闹场面

脚下是路的尽头，一家祖孙三代在这里休息，两个孩子活泼可爱。经询问，这里是314国道的尽头。

县城里正是学生放学时间，路上很多小学生在马路上自己走回家。车里又翻出一些文具，在这里一定要送完，路上见到小学生就送过去，小朋友们都很有礼貌地说声谢谢。一个路口，很多的小朋友聚在一起，分发文具一度出现太过热闹的场面，有点失控，小朋友们很开心，拿到电子手表的孩子更是欣喜若狂。送完礼物总要以老师的口气叮嘱一声：好好学习哟！孩子们答应得都很痛快。哈哈哈，小朋友们太可爱了。巧克力也是孩子们的稀罕物，嚼着巧克力，脸上露出美美的样子。

再见，小朋友们

塔县北郊山坡上有一个村庄，三位妇女坐在一起绣着什么，两个孩子和一条看上去挺温顺的狗在玩。给孩子们棒棒糖，孩子直接就放到嘴里了，赶紧抢过来帮孩子剥开糖衣。三人中只有一人会说汉语，她们让我尽情地拍照，这是我喜欢的场景。询问她们的生活，告诉我她们基本没有蔬菜吃，这里很难种植蔬菜。过了一会儿，招呼我进到院子里，我以为人家热情好客邀请进家里

做客呢。原来我想多了,院子里种了很多花,女人们是要和花一起拍照,没有让我进家里的意思,哈哈哈!拍了一通,上车走人前,把车里能送的东西都送给她们,点心、药品,包括几袋方便面,都是她们和孩子能用的。她们不知说了多少个谢谢,原来谢谢这词她们都会。要我电话号码,一位妇女跑进屋子拿出来一个本子让我写,另外一位干脆撸起袖子让我写在胳膊上,很有趣。

近下午5点,向喀什方向返程。回程一路,又可以补上来时错失的风景。在塔合曼高原湿地附近停车,这里是位于慕士塔格峰山脚下、塔什库尔干县最大的盆地和湿地,四面环山,地势较低,多条溪流汇聚于此,

塔合曼高原湿地

骑驴老者

萨热拉村和慕士塔格峰

形成水草丰美的高原草场。

从314国道走下路基,一条被柳树严严实实遮掩着的乡间小路笔直地向前延伸,远处一个骑着毛驴、以柳条作鞭的老汉一颠儿一颠儿地走过来,向我微笑着,说了一堆我完全听不懂的话,后来明白了,是让我拍照,然后他在驴背上摆出几个造型。

汉语说得不错的老汉

顺着柳荫道来到塔合曼乡萨热拉村，这里距离慕士塔格峰看上去已经不远，是一个戈壁滩上的小村，村子一面是生机勃勃的草原，通向公路的一侧则是满地乱石的戈壁，戈壁上零星的植物顽强地活着。一位汉语说得很不错的村民告诉我，那些林荫道上的柳树是1966年种植的。

塔县以塔吉克族为主体，也有克尔克孜族在这里生活。途径科克亚尔柯尔克孜族乡，这也是坐落在慕士塔格峰山脚下的民族乡镇。村子里只有一两个人在路上行走，一位妇女身穿裙子，上着坎肩，头裹白色丝巾，这可能就是这里的民族服饰特色了。一个小学门前，几名保安把路封住禁行，等待小学放学。路的那边有些什么就不得而知了。

下午7点左右，来到慕士塔格峰冰川公园，这是深圳市正在援建的一个旅游项目，还没有开放，高大的围墙挡住了去路，三位喀什大学的学生也正在寻找进去的路线。经商量，决定翻墙进去。说走就走，和三个小伙伴艰难地从施工区边上的危墙上翻过。上面是一块台地，慕士塔格峰就在前面。和三个年轻人在这里疯了一会儿，有个学生很想去雪山脚下看一看，触摸一下冰川。我说应该有很远的距离，我就不去了。正在讨论中，公园管理人员开车追赶上来，劝大家赶紧离开。学生问他到雪山下还有多远，答：十多公里。啊？这么远！望山跑死马，就是这个道理。

晚8点半，再次来到喀拉库勒湖边，三位大学生也跟了上来，拍照，走人。

来到白沙湖，天色渐暗，一个巨大的云团从前方一侧山腰快速移动，一转眼就覆盖在公路上。车子钻进乌云下，顿时周遭一片漆黑，不时有闪电穿过云层。车开着双闪尽快离开，夜11点半回到喀什。

帕米尔高原之行，时间太短暂，本应多逗留一天，但因有其他事情需要尽快赶回北京。在西藏时，小学同学就催快点回去与小学班主任老师聚会，旅程

克尔克孜族妇女

南疆风情

只能压减。风光无限好，师生情更重。

帕米尔高原，我来过了，帕米尔高原是诗意盎然的，我却不知该怎么用诗的语言赞美你，借用《冰山上的来客》电影插曲《高原之歌》吧，是不是这优美的歌词和悠扬的旋律，也会把你带到这个梦幻般的遥远的地方：

📷 慕峰虽高　我要飞跃

翻过千层岭哎，
爬过万道坡。
谁见过水晶般的冰山，
野马似的雪水河。
冰山埋藏着珍宝，
雪水灌溉着田禾。
一马平川的戈壁滩哟，
放开喉咙好唱歌。
来……来……
河水向东流哎，
太阳由东升，
爬上了帕米尔的高山顶，
跷脚儿望着北京城。
瀚海接连着天边，
大山冲破了云层。
飞驰万里的白云哟，
捎封信儿到北京。

📷 喀什大学三位大学生

是日，行程318公里。

📷 快速移动的云团

9月13日

喀什，阴，气温18℃。

今天是中秋节。朋友圈里一片祝福声，也祝各位朋友节日快乐！

喀什是值得多待一天的，不到喀什，就不算到新疆。古城里走走瞧瞧，今天似乎比较热闹，是过节的缘故吧。一路搜索着，手持长枪短炮不停抓拍，街头即景总会吸引着我。这里的风俗民情，这里的人们生活状态和精神风貌，都是值得关注的。

听朋友说，喀什的无花果特别好吃，卖无花果的老人夸赞自己的无花果味道顶呱呱，买来品尝，的确好吃。

来到喀什，艾提尕尔清真寺是一定要来看看的。该清真寺始建于1442年，是全国最大的清真寺，全国重点文物保护单位，现已经成为全新疆穆斯林聚集礼拜之处，每天到这里礼拜的人达到两三千人，星期五主麻日下午男穆斯林的礼拜人数达到五六千人。古尔邦节时，全疆各地都有穆斯林前来朝拜，通宵达旦在此狂欢。

今天的艾提尕尔清真寺有个重要的礼

雕刻铜器

铁匠

老人自夸无花果

南疆风情 • 247

拜活动，游人在下午4点钟之后才能进入。艾提尕尔广场是维吾尔族同胞最喜爱的休闲的地方，很多老人坐在寺院前的林荫下聊天，广场上骆驼群雕是孩子们开心的去处，和老人们聊天，和孩子们逗乐，都是很有意思的事。这里的老人们出来闲聊，大多也会穿得比较整齐，或西装革履，或花帽长衫，语言交流有些困难，但也能大概做些沟通。孩子们就比较热闹了，在广场上你追我赶，在骆驼雕塑上爬上爬下，爬不上去的会噘起小嘴，其他小伙伴就会帮忙扶上驼背。家长都不跟在身边，任由孩子们自娱自乐。也有供人有偿拍照的骆驼和马车，只是很少有人光顾，孩子们会小心翼翼地抚摸着骆驼，骆驼漠然视之，无动于衷。

　　在艾提尕尔清真寺前的林荫道上，遇到两位法国人，他们常驻北京，去过中国很多地方，西藏也曾去过，但他们说特别喜欢喀什，都不想走了。他们只是坐在一边静静地观察，不会主动交谈。我说，给你们和维吾尔族同胞合个影吧，他们说太好了，一直想和他们合影。我先和维吾尔族老人打过招呼，然后请法国朋友坐到老人们中间，拍下了几张合影，法国人高兴地不停说：Thank you！其实，不同国别、不同民族之间本来没有什么不可逾越的隔阂，只要真诚沟通，友好相待，一切都本该如此美好。记得多年前我一个人在巴黎转悠，

📷 艾提尕尔清真寺

📷 闲适的老人们

📷 骆驼上的孩子

回酒店时找不到地铁口了，问到一位法国夫人，那夫人热情友好得让人有些不适应，一直带我走了一段路，把我送到地铁口。一件小事，却让人数十年不忘，也让人对一个国家有了更美好更深刻的印象。

4点钟，清真寺礼拜活动结束，从清真寺走出来的人大多是上了年纪的老者，他们有的互相搀扶着走下台阶，有的互道珍重，握手告别，有人脸上带着微笑，有人的眼神中透露出某种说不清的东西。

礼拜结束了，游人可以进入，里面已是空荡荡的。

回到古城，不经意间走进买阁来大剧院，说是大剧院其实也不大，就是里面可以喝茶看维吾尔族歌舞表演。里面只有两三桌客人，演员们倒是没有因为客人稀少而懈怠表演。两个小朋友是跟着演员爷爷一起来的，凑到我的桌前和我分享点心和坚果，很开心的样子。演出结束，孩子的爷爷走过来和我聊天，他是演奏达甫（手鼓）的演员，他们都是被请来表演的，现在生意不好，出场费都很低。

法国朋友和维吾尔族老人

礼拜刚刚结束

南疆风情

📷 喀什的孩子总是天真快乐，礼貌友好。

喀什的维吾尔族老人是最适合人物摄影的，抓拍一些镜头，留下一段记忆。

夜幕降临，古城一下子热闹起来，几条街道两侧都摆满了小吃摊，每个小吃摊前都围拢着很多人，众多的维吾尔族同胞和外地游客津津有味地品尝风味小吃。中秋节，维吾尔族同胞也都出来赏月，正是千里共婵娟，天涯共此时。中秋的圆月被人们赋予团圆幸福安康吉祥的寓意，从古到今被吟咏歌颂，这是一个不分国别和种族的好日子。记得20多年前的中秋夜，是在洛杉矶的一个海滩度过的，在那里赏月的人很多，沙滩上有铁桶炒花生，游人经过时随意抓起一把，边走边吃，海浪扑打着沙滩，明月在海上高悬，情侣们相依相偎，正是岁月静好、世界大同的境界。此刻的喀什，天空上的圆月虽然朦朦胧胧，羞涩缠绵，也是让人遐思悠悠，深情款款。我也随便点了一点小吃果腹，对吃兴趣不大，对别具特色的民族风情却情有独钟。此刻无心赏月，只是关注赏月的人。

来一杯石榴汁

喀什古城美食广场在夜里被炫目的灯光笼罩，里面正在演出大型歌舞，可以边吃边看。本来已经不饿，还是购票进去，只为观看歌舞。自助餐非常丰盛，取了一盘水果，全部注意力都被台上大型舞蹈表演吸引过去。歌舞的主题是"印象喀什"，把各民族的生活艺术地呈现在舞台上。

曲终人散，顶着朦胧的月色回到酒店。喀什，美妙的中秋之夜。

中秋节客旅喀什，一人独来独往，学杜甫《月夜》，记录心情。

今夜中秋月，
疏勒我独看。
传音京中子，
祝好又问安。
扫街地尽湿，
揽衣天渐寒。
回望人熙攘，
举杯谁与干。

赵保富先生诗：

世事多沧桑，
酸酸还甜甜。
感君初心在，
归来犹少年。

杨洪波和诗：

和赵保富先生

惯看世沧桑，
强作苦中甜。
青山绿水在，
白发不少年。

张向午老师诗：

他乡中秋月，
千里共婵娟。
古城留玉照，
为君报平安。
欣然弄小诗，
遥祝身心健。
待到归来日，
举酒庆团圆。

杨洪波和诗：

和张向午老师

今夕是何夕，
三叹问婵娟。
古城接远客，
友朋可康安。
借风寄心语，
祈君皆身健。
待到重逢日，
花好月更圆。

张向午老师诗：

古城美食多，
遥望即流涎。
劝君饱口福，
腰带勿再宽。
待到返京时，
快马再加鞭。

　　　　　一日行千里，
　　　　　与子早团圆。

杨洪波和诗：

　　　　　和张向午老师

　　　　　夜市照灯火，
　　　　　百味看垂涎。
　　　　　人稠喧声响，
　　　　　身挤巷不宽。
　　　　　未饮心方醉，
　　　　　归途忘策鞭。
　　　　　欲揽南疆月，
　　　　　起舞唱团圆。

周觜远先生诗：

　　　　　杨公和诗水平高，
　　　　　真情实意动心潮。
　　　　　遥寄问候祝佳节，
　　　　　邀月同辉普天韶！

杨洪波和诗：

　　　　　和周觜远先生

　　　　　异域歌舞曲调高，
　　　　　澎湃汹涌胜春潮。
　　　　　不知今夜中秋夜，
　　　　　一任流年负华韶。

9月14日

喀什，晴，气温22℃。

上午，懒洋洋地起床，办理完退房手续，来到酒店附近的餐厅吃饭，只有几张餐桌，和两位喀什大学的学生拼桌。没有聊几句话，吃完赶紧出发。喀什，一个魅力神奇的地方，对游人来说，有点相见时难别亦难的味道。不过，很多美好只可以经历，却不能拥有，其实不想走，其实我想留，但还是得说声再见，踏上新的旅途。

沿吐和高速向北行驶，在离开喀什约20公里处见一块路牌：阿图什天门。以前没有听说过，停车上网搜索，觉得是可以去看看的地方。旋即进入309省道，开车60公里，再进入乡道行进12公里，来到天门景区。

阿图什天门位于新疆克孜勒苏柯尔克孜州阿图什市的上阿图什乡，距喀什市约80公里。其位于西天山南脉，仍属于帕米尔高原，海拔2650米。

沿峡谷徒步3公里，两山之间，陡峭狭窄，砾石遍地，须在石块上跳来跳去。更有险要逼仄之处，只能容一人通过。沿途山体风蚀成趣，密布

阿图什天门

着孔洞，犹似蜂巢，亦有峭壁之上，如群鱼翔集，名曰群鱼戏山。登顶，天门洞开，豁然开朗，鬼斧神工，天然奇域。从天门下望，高深莫测，远望则峰峦奇险，云天尽收一门。回望登山来路，陡峭狭长，每位顶着骄阳登顶的人都已是精疲力竭，长吁短叹，作吴牛喘月状。然每每风景都在险要处，很少例外。佩服一位穿高跟鞋的女士，像进入雷区，一步一步移动着。她的老公有些不耐烦，怪她穿成这样登山，她就好脾气地笑笑。又是有志者事竟成，她踩着乱石最后成功登顶。看在眼里，服在心里。总的印象是，来阿图什天门的游客大多是本地人，外地游客尚不多见，可能是知名度还不算高的缘故。

坐在天门前，凑成小诗：

游阿图什天门

蜂山鱼戏看轻闲，
峡隘渊深举步艰。
扪膺三叹凌绝顶，
神工造化一洞天。

周觜远先生和诗：

次韵洪波兄《游阿图什天门》

隔山越洞看云闲，
一望无际世事艰。
登高都愿能摩顶，
谁知天外总有天！

张向午老师和诗：

杨总登山周总闲，
攀岩赋诗一路艰。

但见次韵若登顶，
老夫拙笔难倚天。

周觜远先生打趣云：

闲来无事上微信，
每观杨总忙纷纷。
驱车拍照全不误，
跋山涉水一强人。
随口拈来三两句，
韵脚平仄任意抡。
只图快乐实时趣，
且慰足下孤独心。

走出阿图什天门景区，沿阿乌高速转吐和高速，开往阿克苏方向。在阿图什服务区稍做停留，吃了一个哈密瓜，味道未必和在北京买的有什么大的区别，可是在新疆吃哈密瓜有种地道专业的感觉。阿图什市是新疆克孜勒苏克尔克孜自治州的首府。吐和高速阿图什至巴楚县为由西向东方向，巴楚县至阿克苏市为由西南

塔克拉玛干沙漠

向东北方向，沿塔克拉玛干大沙漠的边缘行进。塔克拉玛干沙漠位于塔里木盆地中心，是中国最大的沙漠，世界第十大沙漠，世界第二大流动沙漠。行车之间，已是夜幕低垂，原野空寂，天地一色，黝黑深邃，风起沙扬，了无人影车迹。忽起忽落的沙尘，把黑夜和旷野搅和得一片混沌，一轮圆月忽隐忽现，不知是在旷野上还是夜空中飘忽游离。荒漠戈壁之夜行，似有些许悲凉，但已不像身处西藏阿里之蛮荒，

心情依旧轻松，甚或是很享受浪迹其间。新疆高标准的道路，让人不知不觉中就会超速，2016年就是在这段路上拿到了那次西行唯一一张超速罚单。

想起下午在阿图什天门上师友吟诗唱和，像幽灵一样游走在塔克拉玛干大沙漠里，开车也不甚疲劳，闲也是闲着，再和张向午老师、周觜远先生和诗，逗趣取乐，打发时间：

攀岩唱和若等闲，
赏心悦目忘时艰。
大漠一轮上穹顶，
怡情快意不夜天。

我方唱罢，周总登场，又是开心一刻。
周觜远先生诗：

杨君有乐又有闲，
自古堪称最神仙。
休关天下无聊事，
独往独来全靠缘！

杨洪波和诗：

和周觜远先生

奔波生计时偷闲，
山水飘逸最羡仙。
胸无大志终无事，
新朋旧友皆是缘。

这厢我与周总戏谑玩笑，惊扰86岁高龄张向午老师。张老师古文功底深厚，吟诗作赋佳句如涌，非我后辈能比，深鞠一躬，执弟子礼。

张向午老师和诗：

> 杨周伯仲岂等闲，
> 神思奔涌若诗仙。
> 才高不问烟火事，
> 茫茫人海最有缘。

周觜远先生连声称道：张老师妙句"才高不问烟火事，茫茫人海最有缘"一出，瞬间秒杀我等前篇庸作，可齐肩唐诗名家之句也。

杨洪波和诗：

赞同周觜远先生妙评。

> 先辈妙句非等闲，
> 周杨戏说犹半仙。
> 取乐无关家国事，
> 师友神交是天缘。

张向午老师回应道：承周总谬赞，令老夫莫名惭愧，实折煞老夫矣！近年来见杨君唱和，凡有周总出手，二人则神思潮涌，妙语连珠，奇句瑰丽，每臻高潮而不能已，大有棋逢对手，惺惺相惜之意也。老夫见之以手加额称快，但作壁上观，无置喙之力也。此意早已有之，但未言耳，今一吐为快。再奉一首：

> 杨放周矜两诗翁，
> 笔墨神交最有情。
> 但愿相知如李杜，
> 京都骚苑一清风。

周觜远先生和诗：

次韵张向午先生诗并抒怀

先生睿智似仙翁，
道破人间至上情。
清澹相交循李杜，
知音会意沐春风！

杨洪波和诗：

和张向午老师

溪湖智叟比放翁，
道义如山最重情。
联袂后学崇李杜，
心境高洁有古风。

（张老先生居住本溪，本溪又称本溪湖）

张向午老师诗：

致洪波君

老骥奋蹄也成诗，
寒骊踉跄我自知。
有心力挽夕阳落，
须晓已是无奈时。

张向午老师旋弃上首，另赋一诗，乃过谦之作。我个人倒是也很喜欢前一首，自作主张，不做删除，虽有违师命，然学生在万里之外，师命有所不从，理直气壮耳。

张向午老师诗：

致洪波君

老骥奋蹄诚可叹，
怎奈老夫是寒骊。
踉踉跄跄随君后，
呐喊无力但摇旗。

周觜远先生诗：

次韵张先生诗并寄怀

人间岂可无美诗，
盛世大唐宇尽知。
而今物欲摧菁落，
再振英风却几时？

杨洪波和诗：

和张向午老师

字字珠玑赋好诗，
唐风宋韵尽人知。
鹤立苍柏日不落，
老骥奋蹄千里时。

夜已深,张老师酣梦初醒,又入战团。张向午老师和诗:

醒来又见溢美诗,
半斤八两我自知。
一天光景随日落,
该是吾曹收笔时。

克孜尔千佛洞 2016 年摄

说好的诗与远方,身在远方,诗也同行,不在乎词句华丽,出语惊人,只陶醉于抒发心情,调侃逗乐。此刻已是深夜时分,远在美国的老同学蔺鸿冰此时应该正在家里花园莳花弄草,时不时也对着东半球的我们发出声音:来看看我们这里的拱门国家公园,不知会发出怎样的感慨。美国犹他州拱门国家公园,有 2000 多座天然岩石拱门,还没去过,说不定什么时候会去看看。

午夜零点,抵达阿克苏。

是日,行程 590 公里。

大漠月朦胧

9月15日

阿克苏，晴，气温18℃，海拔1110米。

阿克苏地区位于天山南麓、塔里木盆地北部，西与吉尔吉斯斯坦、哈萨克斯坦为邻。下辖阿克苏市、库车县等。

上午先到阿克苏地区博物馆看看，林则徐塑像立于博物馆前。与博物馆相邻的姑墨书院，是市民休闲娱乐的理想去处。

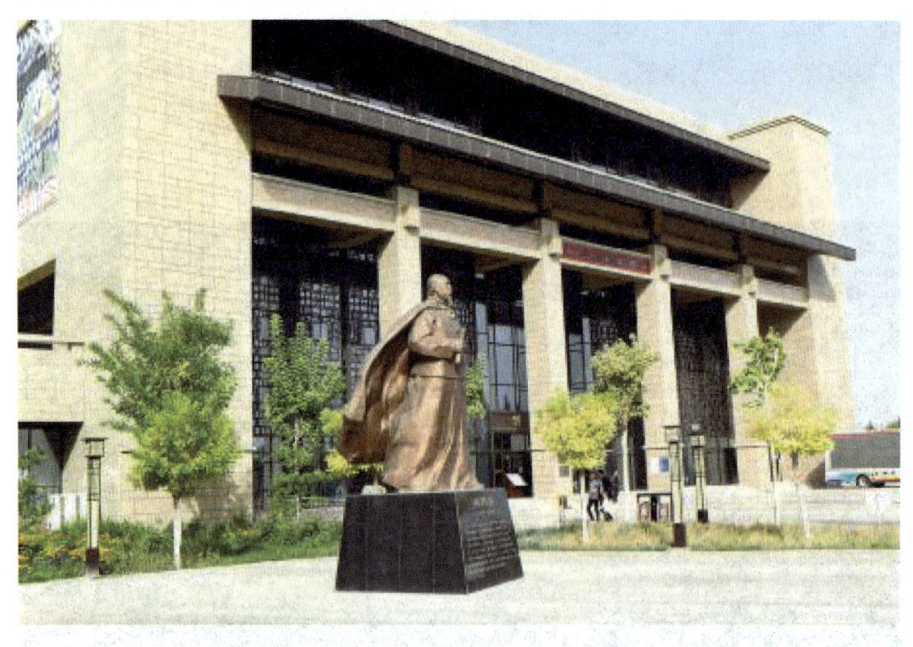

阿克苏地区博物馆

阿克苏地区的温宿大峡谷是中国西部最美的丹霞地貌大峡谷，纵深13公里，里面沟壑纵横，岔路挺多，峡谷中间是盐碱沙地，行车极易陷进沙子里，且越陷越深，不能自拔。2016年曾经在傍晚孤身单车进入，有过这样经历。峡谷里让人惊叹大自然的造化神秀，两侧山体奇形怪状，如鬼斧神工雕琢而成。在峡谷中只有两棵胡杨树，植物极其稀少。为节省时间，此次飘过。

今日目的地是巴音布鲁克。沿吐和高速到库车，一路仍是在沙漠边缘行走，直至库车向北开上举世闻名的独库公路，便离开了沙漠，开始了高山峻岭、风光奇异的天山之行。

库车，古称龟兹，位于塔里木盆地北段、天山南麓。东汉班超定西域，设都护府于龟兹，为汉唐时期西域政治、经济、文化中心。在此处，已经从塔里木盆地、塔克拉玛干大沙漠的西南端移动到北端。

温宿大峡谷 2016年摄

2016年10月，曾自驾经过这里，游览了库车大寺、克黑墩烽火台、库车王府、清代库车城墙，以及中国最早的佛教石窟克孜尔千佛洞、天山神秘大峡谷。此番再经此地，为赶时间，放弃了重游。

库车县北郊，为克孜尔尕哈雅丹地貌，登上一个金字塔状土山，收入眼底的是起伏跌宕的土红色山丘。

从库车北行60多公里，到达盐水沟。

克孜尔尕哈雅丹地貌之"金字塔"

盐水沟停车场有块石碑，石碑上的文字用凝重抒情的笔触介绍了独库公路，照录如下：

"国道217线独山子至库车段又称独库公路，原是一条国防公路，也因纵贯天山被称为天山公路。毛主席1964年4月9日指示'要搞活天山'，1974年4月21日国务院、中央军委批准建设独库公路。1974—1984年间历经十年艰苦卓绝的建设，13000多筑路官兵舍生忘死、胼手胝足、战冰雪斗严寒，用青春、血汗和生命在绝岭雪峰之间打开了一条纵贯南北的天山通道，168名官兵献出宝贵生命，平均每3公里就埋葬着1名战士的忠魂，最大的31岁，最小的才16岁，受伤、致残2000多人。这是一条用鲜血和汗水铸就的生命之路，这是一条用理想和情怀铸就的英雄之路。它的贯通，使得南北疆路程由原来的1000多公里缩短了近一半，堪称中国公路建设史上的一座丰碑。守望天山路，寄慰英雄魂。交通人以路为家，抗灾救险，除雪保通，传承着无畏的精神，续写着天山公路的英雄赞歌。飞石雪崩，压不垮他们挺拔的脊梁；洪流塌方，阻不断他们前进的步伐。天山亘南北，书写着筑路者的豪情壮志；高路入云端，吟唱出交通人的风骨精神。"

这块石碑上另有一段文字，对独库公路自然奇观、风光胜景做了优美的描述，照录如下：

"独库公路蜿蜒舞动，如一条当空彩练，在崇山峻岭间盘旋，在雪山达坂上翻越，在高山草原上穿行，是一条拥有世界顶级风光的南北疆穿越之路，被誉为'中国最美最险公路'。这是一条天山地标景观旅游公路和黄金通道，汇聚了戈壁、雪峰、冰川、湖泊、林海、草原、峡谷等令人震撼的新疆美景，沿途有乔尔玛风景区、那拉提草原、巴音布鲁克草原、大小龙池、天山神秘大峡谷、克孜利亚景观、布达拉宫山地景观等享誉国内外的自然风景区；这是一条集人文精神、自然景观、地质博览、物产荟萃、民俗风情、历史文化为一体的旅游公路。"

📷 盐水沟

📷 关垒遗址

这两段文字是对独库公路筑路史的凝练的概括，对这条公路景观全景式的写照。

在盐水沟，徒步来到一块

南疆风情

台地之上，向远处望去，群峰相接，错落跌宕，天地洪荒，难觅生物。看向峡谷，峡谷底部和山石上黏附着雪状物，氯化钠是也。沿峡谷而上，山体被风蚀镂空，布满孔洞，千姿百态，奇形怪状，难以想象大自然竟有如此造化神功。

盐水沟有汉唐残存关垒，历史上这里就是军事要地，是古丝绸之路商旅南行北往咽喉要道。

一座山体正面布满形似廊柱楼阁，这是著名景点"布达拉宫"。紧邻"布达拉宫"是一座赤色高山，半山腰开凿出盐水沟隧道，空中高桥飞架其上，天堑变通途。

通过盐水沟隧道，沿途的丹霞地貌让人目不暇接，这就是克孜利亚胜景。宽阔的河谷里开始有了绿植，红山和绿树在蓝天衬托下并无半点俗艳，倒是十分养眼。维吾尔族人把红山称为克孜利亚。经过天山神秘大峡谷，曾经进去探访过，放弃了二进山门。

在库车县阿格乡有一处唐代古城遗址——阿格古城遗址。进去探察，土城墙高3至7米不等，正方形，边长约110米。古城东临库车河。古代建城，多傍水而建，这是生产和生活所必需的基本条件。附近有数个矿山。

走出雅丹地貌带，进入青山绿水

📷 布达拉宫

📷 天堑变通途

📷 天山神秘大峡谷 2016年摄

的天山深处。青草铺满山坡，雪白的羊群在绿地上滚动，白练般的瀑布从高山垂落，穿过蜿蜒曲折的公路，流向谷底，形成一条清澈的小河。小龙池、大龙池和青山为伴，与雪峰为邻，相互关照，互映互衬。大龙池北侧是一块调色板一样的湿地，湿地边上的白毡房、红木屋为已经斑斓艳丽的景致更添姿色。这就是天山美景，这就是世外桃源。

盘山路上，一块巨石上有武警交通部队留下的《天山行》诗，字迹有的已经模糊，词句也并不是工整流畅，但却饱含战士的情怀、奋斗和奉献，应该记录下来：

立命万仞云妆俏，
建功多年雪唱谣。
天赋厚爱造化近，
地伐群英修为高。
凯歌盛世锦带飘，
演义银河鹊桥绕。
物流通瞿（衢）经x（路）x(长)，
松声功德江山 x(牢)。

使用 x 号处已经难能辨识，根据断续笔画猜测标于括号中。记录于此，以铭记那些勇于牺牲的开路先锋。

三年前曾在漆黑的夜里穿越这段公路，完全没有感受到沿途之美，和闭着眼睛走过无异。今天真真切切领略了路景之大美，白天通过，路况也倒无大惊险，若言其险，应是筑路的过程吧？每年 10 月份，独库公路都要封路，直到次年 4 月才能通车。

过了铁力买提隧道，就出了库车界，进入巴音郭楞蒙古族自治州，雪山多了起来。下车在雪上踩踩，留下深深的脚印，只想证明有人说踏雪无痕是错的。到这里已是跨过天山南麓，进入巴音布鲁克大草原。又行 70 公里左右，晚 10 点到达巴音布鲁克。酒店爆满，可能都冲着天鹅来的，据说天鹅还没飞走。

是日，行程 506 公里。

大龙池畔

北疆秋色

BEIJIANG QIUSE

PART 11

9月16日

巴音布鲁克，阴，气温5℃，海拔2452米。

巴音布鲁克，蒙古语为"丰富的泉水"，隶属于巴音郭楞蒙古自治州的和静县，是天山山脉上四周雪山环绕的盆地，有辽阔的草原，有九曲十八弯的开都河，更有优雅迷人的天鹅湖。

乘坐观光车进入巴音布鲁克大草原，这是仅次于鄂尔多斯的中国第二大草原，草原深处的天鹅湖是亚洲最大、中国唯一的天鹅自然保护区。这个季节，大量天鹅已经南迁，湖里还有20多只白天鹅逗留。天鹅旁若无人地在湖里游荡，或在岸边草丛中觅食，偶尔会有几只天鹅突然从湖面振翅飞起，翅膀扑打着水面，激起一串串水花。这里是它们的世界，想怎么玩耍就怎么玩耍。成群的海鸥从游人手里啄食，舒展的身姿，像空中的舞者。美丽的天鹅，很快就会告别这里，不久将飞到南亚大陆印度一带。

继续向草原纵深前进，登上小山，俯瞰巴音布鲁克九曲十八弯。虽然天阴沉沉的，不时飘落着细雨，但铺展在眼前的草原依然摄人心魄，开都河在无际的草原上画出弯弯的曲线。据说这里的落日非常漂亮，只是今天无缘相遇。不过，这里真的值得来，来得值得。

从巴音布鲁克到那拉提，要沿独库公路行走60公里，需要翻过高山。车刚开上山顶，大雾从西侧压过来，不是身临其境，不知道这雾有多凶猛。脚踩油门，一路狂奔，但还是被大雾追上了，一时间一切景物全都从眼前消失，有如坠入幻境。继续行进和停车路边都是危险的，只能开着双闪按着喇叭全神贯注地慢慢往前移动，这是无奈的选择。穿过十来公里的大雾区，总算长长出了一口气。走出大雾，独库公路之美又若隐若现地展示给游人，时而薄雾轻拂，时而一团浓雾移动着把各种景物裹藏起来，使得景物灵动、变幻着，让人痴迷。

　　下山后，进入闻名遐迩的国家级自然保护区——伊犁地区新源县那拉提草原。从这里离开独库公路，向西上218国道，在那拉提镇开上新修的墩那高速，这是与

📷 嬉戏的天鹅

📷 开都河九曲十八弯

218 国道并行的高速公路。

那拉提草原又叫巩乃斯草原，巩乃斯河在草原上穿行，这是伊犁河的支流。草原上青草茵茵，山坡上树木挺拔，毡房坐落在山间，羊群在马路上横行，骏马在山坡上驰过，哈萨克族牧民骑在马上，也是极尽洒脱。

沿 9 月 30 日将完工的墩那高速公路向特克斯进发，这条高速公路尚未收费，也还没有设置限速监测，开起车来有些无所顾忌的爽快。高速公路两侧的农田种植玉米、向日葵等作物，云层缝隙中照射下来的阳光把庄稼染上了迷人的色彩。

在墩麻扎驶出高速路，一直向南，距离特克斯还有 60 公里。来到伊犁河大桥，正是夕阳余晖铺洒在宽阔的大河之上。伊犁河继续西行，流入哈萨克斯坦。这是和大江东去唱反调的一例。夕阳把天空照射得血红，河水跳动着金色的浪花，渐渐地河谷中翠绿的植被变得暗淡，强烈的对比，更加凸显夕阳晚霞的艳丽。河道上一位哈萨克族牧民骑着快马，挥舞着马鞭把几匹马驱赶过河，河中间的浅滩上草木茂盛。马儿们极不情愿，但无奈下水游过去，水面上只露出几颗脑袋，看来水很深。在桥上待了很久，直到夕阳沉落在地平线下面。

晚 10 点，抵达特克斯。

2016 年 10 月夜行独库公路，穿行那拉提草原，曾赋诗礼赞：

马背上的哈萨克族牧民

巩乃斯河

那拉提草原

那拉提上马蹄疾 2016 年摄

北疆秋色 271

暗夜长风已魂惊，
平明极目看峥嵘。
那拉提上青草绿，
伊犁河畔夕照红。
骏马奋蹄横坡跃，
农家扬鞭驾车行。
都护安边多屯垦，
天山长祈求大同。

是日，行程 339 公里。

📷 特克斯八卦城之夜色

📷 伊犁河落日

📷 向日葵

📷 小马过河

📷 天鹅湖的海鸥

9月17日

特克斯，晴，气温10℃，海拔1207米。

特克斯县是国务院命名的国家历史文化名城，归属伊犁哈萨克自治州，东北与巩留县相邻，东与和静县为邻，西为昭苏县，南为拜城县，北与察布查尔县为邻。特克斯河从昭苏县向东流经特克斯县境，是伊犁河上游，与右岸支流巩乃斯河汇合后称伊犁河。伊犁河向西流至霍尔果斯河进入哈萨克斯坦境内，注入中亚的巴尔喀什湖。古代这里是乌孙国所在地，哈萨克族是乌孙人的后裔。

特克斯是目前国内保存最完整的八卦城。传说南宋道教长春真人丘处机在这里规划八卦城。伊犁屯垦使兼警备司令邱宗浚喜读《老子》《庄子》《易经》，1937年，依据《周易》八卦图，规划设计了八卦城。县城中心是太极坛，向8个方向延伸出乾、坤、震、坎、艮、巽、离、兑八条主街，又设四条环路，一环8条街，二环16条街，三环32条街，四环64条街。街路相通，环环相扣，全城没有红绿灯。

太极坛，只有两层，为近年新建。在太极坛上可见8条1200米的主街均匀地从眼前放射出去，每个街口设有八卦标志石。有人说在八卦城很容易迷路，其实参照这些标志石进出，还是挺容易辨识路线的。

走下太极坛，开车在相互勾连的街道里漫无目的地游逛，随后向喀拉峻草原开去。

途中，经过新疆建设兵团第四师78团驻地。以数字7和8造型的巨大的社区大门有警察值守，里面是办公区和生活区。开车进入，和内地普通社区没有什么区别。以屯垦戍边为目的的建设兵团，目前仅存新疆建设兵团，承担着经济建设和维护边疆稳定的双重任务。在四师医保定点药店门前，一些老人坐在一起闲聊，走过去虚心请教了一番。他们都是建设兵团二代、三代人，也都退休了，他们说，第一代兵团人在世的已经没有几位。聊天中得知，兵团是由多民族组成，是一个和谐的多民族大家庭，大家和睦相处，历经数代。一位先生是当年副团长的儿子，也已经70开外。那些上了年纪的老兵团人，身上也都透露出军人的直率和豪气。社区外公路边有几个水果土产摊位，买了一些苹果，和卖水果的先生又聊开了，他是二代兵团人。他说，他们原来都是农场职工，20世纪80年代包产到户，他们就成了不拿工资的农民，靠土地谋生，只有到退休年纪才会有退休金。建设兵团的人当年来自祖国四面八方，在这里生生息息，子孙后代都成了新疆人。晚上回来时，又经过78团，和一位兵团第三代的警察聊了20分钟，小伙子聊兴正浓，邀请进房间再聊会儿，可是我要赶时间去伊犁，只能说再见。

太极坛

太极坛上看八卦城

4师78团大门

特克斯河

退休的兵团人

　　喀拉峻草原距离县城十几公里，路过朵朵向阳开的大片向日葵，途经时而安静时而奔流的特克斯河，穿过哈萨克族村落，来到喀拉峻大草原。一路上，座驾刹车不时发出刺耳的尖叫声，这是刹车片磨损严重的信号。

　　2013 年，在第 37 届世界遗产大会上，喀拉峻草原与托木尔、巴音布鲁克、博格达四个区域组成的新疆天山项目，被联合国教科文组织列入世界自然遗产名录。

　　喀拉峻，哈萨克语，意思是"山脊上的莽原"。辽阔的草原一天是游不完的，只能选择精华景点走马观花。从布拉克门票站进入，乘坐观景车向山上驶去，这是名副其实的山脊上的莽莽草原，途径乌孙夏都、五花草甸、猎鹰台等景点。

　　2000 多年前，乌孙国以喀拉峻为夏都，逐水草而居。

　　这个季节，草原上的草已经泛黄，谷地的草坪倒是青绿葱茏，五花草甸也不再是野花遍野，远处则见大片原始森林覆盖了山坡，雪山在更遥远的地方静立着。有牧民骑着马从对面山上斜刺里飞奔下山，姿态堪称优美。一群群马、牛、羊散落在山坡谷底，这里的牲畜过着自由而富足的生活。

　　去看库尔岱森林大峡谷，还需要骑马往返四五公里，和哈萨克族牧民同骑一匹马。骑上枣红大马，忍不住吆喝马奔跑起来。马驮着两个成年人，竟然毫不费力。

这里的马奔跑起来又快又稳，哈萨克族小伙子看我骑得不错，放心地在我身后哼起小调。

乌孙马向来闻名遐迩，乌孙国曾进贡千余匹马给汉武帝，汉武帝赐名为天马，后来又得大宛汗血宝马，便改乌孙马为西极，把天马名号给了汗血马。皇帝任性，一言九鼎，定于一尊。同时也遣细君公主与乌孙国王通婚和亲，后又以解忧公主与乌孙王通婚。当然，汉武帝嫁的可不是自己的女儿。

骑马来到库尔岱森林大峡谷边缘。大峡谷总长度超过50公里，平均谷深约350米，峡谷两端落差2300余米。眼前是天山雪峰、原始森林、深不见底的大峡谷，很是幽静。哈萨克族青年指着远处一面山坡说，上午见到那里有狼出没。又拿起我的望远镜耐心地搜索着，当然是一无所获。

库尔岱森林大峡谷

在峡谷边漫步，或是呆坐，望着峡谷对面的森林，希望能看到什么动物，看到视力疲劳，也不见一个动物的影子。另外一位青年也带着一位游客上来。在出发地，这淘气孩子要和我摔跤，我这身子骨三天前扭伤了腰，睡觉翻身都疼得要命，根本不敢用力，但也不能扫了哈萨克族朋友的兴致，勉强上阵，勉勉强强算赢了一局。到了峡谷，小伙子要求再比，两个小青年都要和我比试一番。结果是两局全负，丢人的二比一。想当年在内蒙古草原上和蒙古跤手摔跤，我可是……算了，好汉不提当年勇。这两个破孩子把爷爷辈的摔倒了，正是"南村群童欺我老无力"。摔完跤，他俩乐了，我腰疼得直咧嘴，但也挺开心，在大自然中找回童趣，已是难得。回程，我们并辔而行，说说笑笑下山了。告别了乌孙马，告别了喀拉峻大草原，踏上归途。

开车路经一个偌大的花园，绕过花园来到一片杨树林中，一段废弃的土墙又让我琢磨了好久。这土墙是古老的城墙遗存，还是牧民废弃的房屋？抑或是牧民修的羊圈？从墙的厚度及风蚀的状况，我更倾向于是古代的建筑遗存。

再度经过 78 团，在 78 团团部外看了一看，前面遇上警察封路，掉头离开，向伊宁进发，希望在日落前能赶到伊宁，去看那里的伊犁河落日。不知何故，特别喜欢夕阳。追着夕阳在高速路上狂奔，将近两个小时后，在晚 9 点半到达伊宁市伊犁河大桥，可惜晚了半个小时，伊犁河上只剩水天相连处的一抹暗红。伊犁河大桥上听到"哒哒哒"的马蹄声，三个青年骑马在桥上奔跑，这是怎样的潇洒啊！

听朋友说汉人街有很多好吃的东西，导航过去。价格很便宜，没吃出特别的滋味。不怪人家，怪我味觉迟钝。汉人街，其实很少有汉人来这里。

是日，行程 206 公里。

伊犁河大桥上的骑马人

北疆秋色 277

摔跤

追落夕阳

伊宁市伊犁河大桥

9月18日

伊宁，晴，气温18℃，海拔639米。

伊宁市，古称宁远，是伊犁哈萨克自治州首府，国家历史文化名城。

已是中午，因时差关系，伊宁这时还算是上午的。再次来到伊犁河大桥上，只为欣赏河之景色。骑马而来的哈萨克族人边走边打着电话，悠然自得。桥上一侧护栏排满了广告牌，很是煞风景。尽量不去看这些凌乱的陈设，把目光投向清澈的大河，目送其流向远方。

来到喀赞其民俗旅游区，触碰维吾尔族民俗风情与民族文化。最早维吾尔族群众从南疆迁居到喀赞其，大部分以传统手工制造业为生，而其中多以铸锅为业，所以，当时"喀赞其"就是指铸锅为业的人。现在这里保留了许多传统手工艺品的制作，比如马鞍、铁艺、木雕、地毯等。

📷 少女含羞

　　在一个低矮的门洞下穿过，院子里家庭主妇正在做饭，一位老人坐在户外的床上，微笑着迎接不速之客。这房子是受到保护的伊宁市历史建筑。

　　在皮具制作作坊，女主人在认真地裁量，探头看看库房，里面堆满了皮革原料。街头老人们在下棋，人家玩得高雅，玩的是国际象棋。孩子们乌黑发亮的眼睛里装的是纯净多彩的世界。一位维吾尔族美女擦肩而过，举起相机时，她则以手遮面，做娇羞态。

　　不时有城市警报拉响，原来今天是"九一八"纪念日。

　　找了几个汽车维修厂，打算更换刹车片，可惜没有配件。

　　昨夜在酒店楼下超市见伊犁特曲酒，这是当地特产。我随手也买了两瓶，这是在伊犁带回的唯一礼物了。

　　从伊宁市向西40公里，是霍城县惠远镇。这里的惠远城、钟鼓楼和伊犁将军府均是全国重点文物保护单位。

280 诗意的远方——西行日记

📷 惠远城

📷 独特造型石狮子

📷 将军亭

📷 惠远钟鼓楼↑

📷 中俄界碑→

将军府保存有中俄界碑、一对造型独特的石狮、将军亭等。

位于城中心的钟鼓楼，四面各对应一个城门，正在维修中，楼下堆放了一些石碑等物。

参观了惠远古城陈列馆，惠远人对这个首府之城、功勋之城、文化之城毫无掩饰地表露出应有的自豪。

在一个藤蔓掩映的小院里吃了午餐，时间已是下午3点。沿着出城的路线走，民居就是不可错过的风景。一个个小院落，门前被花草树木包围，房屋则雕梁画栋，院子里无一例外地种着葡萄树，葡萄树下喝茶聊天，很是惬意。

民居　　　　　　　　　　果子沟大桥

向赛里木湖出发，在果子沟检查站有一些卖水果的小摊，看一位老者卖货也是不容易，买了一箱苹果。看着他开心地笑，也会跟着开心。

前方是果子沟大桥，新疆最美的大桥。桥长700米，高200多米，在果子沟风景区腾空飞架。

穿越果子沟，来到赛里木湖。今天是个好天气，只是时间稍晚，来到游客中心已经是下午7点，进入湖区的摆渡车已经不多，只好步行进去，以急行军的速度用时20分钟走到湖边。2016年来这里，景区建设还没有完善，可以驾车沿湖边任性地狂奔，现在不行了，一切皆在管理之中。来到湖边，逆光之下，湖水灰暗平淡，索性沿湖边向南走去，走出去一两公里，湖水神奇般地焕然一新，浅绿深蓝，流光溢彩，风吹浪涌，拍岸成歌。挂在半空中的太阳，也禁不住美丽湖水的诱惑，淘气地

赛里木湖

跃进水中，随着湖水跳动着。雪山躲在很远的地方，是担心阳光的炙烤而改变了自己的容颜？一艘帆船从波光粼粼中漂过来，又从眼前飘走，孤帆远影，随波逐流。低头看看脚下的草甸，或绿或黄，悄无声息，是不是已经看惯这里的湖光山色，而正在窃笑我这样的痴迷游人。

孤帆远影

赛里木湖的魅力和美丽，成了很多艺术家音乐创作、歌咏的主题。网上搜索，会发现不少歌唱赛里木湖的歌曲，佟文西作词、赵晓森作曲的《赛里木湖》最为深情优美。抒情的词曲让来过赛里木湖的人们产生共鸣，让没有来过的人们

夕照赛里木

深情地向往。

晚 11 点多到达奎屯市。从连霍高速下来很多人走错路，因修路施工，导航失效，路标标识不清，错过了奎屯西口，到奎屯出口也差点没有出来。走在奎屯城区，简直就是不夜之城，很多建筑物上都饰有灯光秀。所走过的新疆若干个城市都是这样。

是日，行程 505 公里。

📷 奎屯之夜

9月19日

奎屯，晴，气温16℃，海拔476米。

开上奎阿高速，穿越克拉玛依和塔城地区和布克赛尔蒙古自治县，进入阿勒泰地区布尔津县，一路是沿准格尔盆地西侧向北行进。

克拉玛依，维吾尔语是"黑油"的意思，1958年建市，黑金石油给这个城市带来了富裕。在克拉玛依戈壁上，一台台磕头机（抽油机）在工作中，油田年产千万吨石油。

从奎屯到布尔津五彩滩距离500公里，下午2点半抵达。以前来过这里，曾给我留下深刻印象。我说过，还会再来，今天就来了。五彩滩依傍额尔齐斯河，起伏的彩色丘陵与河对岸广袤的森林遥相呼应。五彩滩在晨辉夕阳下，有最美的色彩。十几年前的10月，和朋友来到这里，上午时分，朝阳下的五彩滩，缤纷璀

克拉玛依油田

布尔津五彩滩

布尔津五彩滩

璨，鲜明靓丽，那天是大风天气，寒冷不能逼退对五彩滩的爱慕和痴情，流连许久而不舍离去。今天因要赶路，不能等待夕阳了。没有关系，也许下次来这里，待上一整天，从日出看到日落。

从五彩滩向喀纳斯进发，路上也是一步一景。公路严格限速，不时有警车以30到40公里时速行驶，社会车辆必须跟随其后，超车必罚。开始还以为是给车队开路，后来发现是压速的。结果，会看到长长的车队在警车引导下不急不躁、不慌不忙地行驶着，这也是一道风景了。

即将到达喀纳斯，突然觉得这个时间是无法进去了，不如先去禾木村，在那里看明天的日出。立即掉头转向禾木，禾木也已经不是十几年前来过的禾木，距离禾木村50公里的地方设置了游客中心，私家车不能进入。只见停车场密密实实地挤满了车，还有大量的车辆在公路上排队等候车位。和停车场的师傅说了不少好话，给找了一个勉强能停车的位置，停车的问题总算解决了。后面的问题更严重，禾木村住宿需要提前预订，一个预订了房间的游客给

额尔齐斯河

了我一个客栈老板电话。打通电话,他自己的客栈已经客满,帮忙问了朋友的客栈,同样客满。他说,如果不嫌脏,不怕打鼾,可以和他家人住在一起。就这么定了。搭乘环保车来到禾木村,天已经完全黑下来。在下车站下车,又要等候村子的交通车,村子里竟然有若干个停车站,这和以前来这里时怎么看都不一样了。在一个站下车,竟然错过了那位旅店老板所在的车站。给电话联系过的那个老板打了电话,说明情况,天黑得不知东西南北,无法找到他家,我自己想办法解决吧。一个人在热闹的村子里游走,到处询问是否有床位,每家客栈的老板都是那么热情,还主动帮忙联系其他家客栈,结果都是那个结果,冷冰冰的答案:没有。一位中年妇女上前问道:你要住宿?我说是。她说,跟我来,我家有个预订的客人可能来不了了,但能不能住,要听她老公的安排。闻言一阵欣喜。到了客栈,先在餐厅里点餐吃饭,她的先生姓马,从百公里外的冲乎尔镇来到这里经营客栈,也爱好摄影,和我聊得热火朝天。过了好一会儿,说我可能要住在餐厅了,我是没问题的,住哪里都行。到了午夜,突然告诉我有一个床位,一个大约七八平方米的房间放了3张床,下半夜又来了两位客人。每个床位300元,在这个季节已经算是价格低的了。提醒以后来禾木村的朋友,一定要提前预订房间。在大多数旅游景点客流减少的情况下,禾木村游客比上一年增长了45%。

夜里走出房间,看不清禾木村的模样,只见村道上来来往往的游人和一家家客栈幽幽柔柔的灯火。漆黑的夜空,寒星点点,日夜温差比较大,略微感到一丝寒意。

是日,行程636公里。

9月20日

禾木村，晴，气温3℃，海拔1170米。

禾木村，有中国第一村美名，位于新疆最北端，这里居住着图瓦人，无法确定族属，应该是蒙古族的近亲。

黎明时分，收拾起简单的行囊，走在夜幕尚未褪去的村子的小路上。路边的几家客栈率先苏醒，灯火闪烁，卖早点的摊点聚拢了几个人。买了一杯牛奶，香喷喷的热奶驱退了些许寒意。天还早，在村子里转转，这里已经没有了十几年前来的时候那种感觉，那时游客很少，几十栋木屋，三两个骑马放牧归来的男人，憨憨地和游人打着招呼，质朴无华，整个村子古风犹在。那时能看到村子里浓郁的牧民的生活状态，能感受他们与自然友好和谐地交融共存。现在不同了，木屋多了不少，都是为游客准备的，承包经营者多是外地人，已经见不到继续从事传统生产的牧民，把房屋出租，收益远远大于放牧的收入。我们可能都希望看到过去的他们，去体察过去他们的那种原生态的生活状态，但他们也有追求更美好生活的权利，于是，他们在改变，村子在改变，很多传统都不见了，除了大自然的恩赐。

天渐渐亮了，随着人流向禾木河对岸的山上走去。早早上山的人超乎想象的多，山顶上好一点的位置里三层外三层挤满了人，只为看那让人怦然心动的日出的瞬间。

太阳出来了，长枪短炮朝着一个方向，太阳是毫不含蓄地从东山跳出来的，尚未从容地看清楚太阳的轮廓，瞬间已是霞光万丈，耀眼夺目，很快把这边的山林染得金黄，也把山下的禾木村渐渐推送到人们面前。村子里炊烟袅袅，慢慢汇聚成一片炊烟晨霭，泛着淡淡的蓝，缥缈着，移动着。又见炊烟，让人不免怀旧。人们大

禾木河桥

禾木日出

多都是兴奋的、热烈的，这边熙熙攘攘，人声鼎沸，在喧嚣中抒发快乐、实现满足。那边晨辉中的白桦树下，一位紫衣红帽的女士静静地坐在那里，远离喧嚣更有一种别样的美。美，是自然的赋予，也须有人类的参与，人与自然的和谐，才会如此完美。一位江南美女，天生丽质，气度不凡，瞬间成了大家镜头的焦点。

禾木村的山坡和村旁河岸生长着很多粗壮挺拔的白桦树，山坡上朝阳的桦树叶子已经发黄，白色的树干撑起巨大的黄灿灿的树冠，若再等些时日，树叶会黄得更加彻底，也将美得更加透彻，只是那样的美艳很是短暂，一阵秋风便会吹落满树金叶，秋叶欢快地漫天飞舞着，旋而拥挤地落在小路上面，落在大树底下，大地覆盖起厚厚的酥软的金色盛装。白桦树总是浪漫多情的，你看那倚靠着树干目光凝视着天空的少女，一定是在浪漫地遐想，眼睛里是对美的生命的渴望和憧憬。

白桦林下的小河里，大妈们抢占了有利地形，虽说身着有些臃肿肥阔的棉衣，却像少女一样抛起靓丽的丝巾，摆拍着，不停地摆拍着。

牧民的马匹现在主要用来租给游客骑乘，历史上马的功能已经简化成游人的座驾和替主人赚钱的工具，于马而言，不知是喜，抑或是悲。不过，驮着游人蹚过小河、穿过白桦林的那一刻，还是妙不可言。

禾木河是额尔齐斯河的支流，从禾木村旁流过，河水清冽，欢腾奔流，河边的

北疆秋色 · 289

观日出 　　　　聚焦美女

白桦树下沉静人 　　　　禾木河

炊烟袅袅

游人似乎比河水还活跃。我喜欢这河水的清澈纯净，喜欢这河水的不知疲倦和不畏险阻地一直向前。

　　村子里到处都是看过日出回来的游人。这时我会窃喜，好在十几年前来过，看到过那时纯粹的禾木村。现在是真正的旅游村了，房屋依旧保留了图瓦人的居住风格，原木做墙，人字屋顶，房前屋后偶尔也可见一些花卉和农作物，更多的还是自然生长的牧草。

　　找出几张 2006 年在禾木村的照片，做些比对，饶有趣味。

　　从禾木村出来，公路上进入禾木村的车辆排起了长队，长约 3 公里。忽然觉得昨天临时决定先进入禾木村是如此正确，看今天这形势，我肯定是不会耐心等待几个小

牧民收牧草（2006 年）　　　　　　马上图瓦人（2006 年）

时排队的。这时有些担心喀纳斯也是如此。在通向喀纳斯的三岔路口，向执勤的警察询问喀纳斯的游客情况，警察说进喀纳斯停车场没有问题，还极力建议我一定去看看。听警察的话，到了喀纳斯，果然形势大好，直接进入停车场，大喜过望。

喀纳斯位于布尔津县北部，蒙古语意为"美丽而神秘的湖"。湖面静如处子，河流动如奔马，森林染金叠翠，草原浅绿深黄，除了惊艳之美，还有喀纳斯水怪的传说，让喀纳斯湖多了一层神秘色彩。喀纳斯湖水深 188.5 米，历经上百万年，隐藏在阿尔泰深山密林中，湖中有某种特别的水生动物也是可能，还有待人们去科学考察发现。

禾木村（2006 年）

喀纳斯

诗意的远方——西行日记

2006年在喀纳斯

放一张2006年喀纳斯的图片，是怀旧，也是对比。

从喀纳斯出来，一路都有警车带路，不得超速，持续了一百多公里。这样的道路管理方式绝无仅有，但还是要道声：警察朋友辛苦了。

进入布尔津县，填饱肚子，继续抢时间，赶夜路。午夜1点半到达北屯市。

张向午老师诗：

游罢禾喀调头东，
宝马如飞御秋风。
披星共览九天月，
伴君独行万里程。
江临三湾情添趣，
山遇八盘心不惊。
归来一骑丝绸路，
黄花遍地枫正红。

杨洪波和诗：

和张向午老师

浪游如戏任西东，
无意炎凉夏秋风。
尽看阴晴怜寒月，
常读诗文乐远程。
乡野老幼皆同趣，
湖山鱼鸟咸不惊。
凡人但走平凡路，
归途一笑夕阳红。

是日，行程 326 公里。

布尔津县城

9月21日

北屯市是位于阿勒泰地区归属新疆生产建设兵团管理的县级市，因是中国最北的屯垦戍边重地而被命名为"北屯"。

北屯好像不太欢迎我，已是下半夜两点钟，连续找了三家酒店都没空房。无奈之下，继续赶路吧，又夜行100多公里，已是凌晨3点半，见克孜哈巴克服务区，从禾木到此行车326公里，停车直接睡在车里了。睡4个小时，服务区洗脸，让自己清醒一下，沿准噶尔盆地、古尔班通古特沙漠东侧的216国道南行，进入昌吉回族自治州的奇台县境内，见公路右侧戈壁上有一处破旧的土墙。停车探察，名将军庙，土墙颓毁，破落飘摇，一块躺在地上的牌子有所介绍：此庙建于何时，纪念哪位将军，迄今是不解之谜。传说是纪念很久以前北征而死的一位将军，西域百姓建庙以示纪念，这一带布满黑色砾石的戈壁也因此得名"将军戈壁"。和将军庙废墟隔公路相望的地方，又有重修的"将军庙"，有《重修将军庙记》，确指将军庙为纪念唐朝北庭都护府末任都护杨袭古将军而建。

在昌吉回族自治州，很多民房还是比较陈旧的砖房或土坯房，一位牧民在羊群

北屯之夜

将军庙遗址

后面把羊鞭甩得啪啪响。

　　经过木垒哈萨克自治县，转上连霍高速，进入哈密市。在路边伫立，望着大漠的延伸处，层叠的远山把夕阳吞噬，天色开始昏暗下来。在七角井镇，遇见"七角井镇东遗址"，登上遗址观察，此处是清代的一个防御工事。

　　七角井镇是个千年古镇，汉唐时为丝绸之路上的重要驿站，这里生产湖盐，20世纪60年代，新疆生产建设兵团在这里开始大规模开采湖盐。现在镇子已经败落，人们大多搬迁到别处，停车看看，很是凄凉。盐池上像冰面一样平滑，雪白的盐堆积成了小山。

　　晚11点半，抵达哈密市。

　　是日，行程823公里。

牧羊人

戈壁黄昏

七角井清军工事遗址

七角井盐场

9月22日

哈密,晴,气温19℃,平均海拔760米。

哈密是新疆通往内地的交通要道,连霍高速路和新建成的京新高速路在哈密交汇,如果不是贪恋连霍高速沿途风景,走京新高速路是个很好的选择。

上午在哈密匆匆吃点东西,开始到处找地方修车。车从抵达伊宁前就报警须换刹车片,已经勉强行车2500公里,从哈密到北京还有2000多公里,刹车有问题,心

路边胡杨树

里就没底。酒店老板介绍了他的朋友,一个汽车修理厂的老板张先生。结果,还是没有能用的刹车片。没办法了,心里琢磨着,从哈密上京新高速,路面平缓,不到不得已不踩刹车,利用巡航或油门控制车速,下坡时利用手挡,也许是一个办法。事实证明在没有办法的情况下这些办法是可行的。来了哈密,必须买些哈密瓜,一下子买了约200斤,把车子能利用的空间都挤满了,回到北京,和朋友们分享。

哈密进入甘肃北部,到内蒙古额济纳基本是戈壁沙漠无人区。有些地方高速路旁也生长着一些胡杨树,因天气温度都在30℃左右,树叶还是绿色。经过额济纳,几年前和儿子曾来过这里看胡杨秋色,的确大美。今天要不要再去看一下?看了公路两侧的胡杨树,打消了这个念头,应该再过十来天,胡杨树的叶子才会变得金黄。在额济纳服务区给儿子买了牛肉干,这算是送给儿子的礼物了。

高速路上一些收费站正在拆除,这是政府做的一件利民好事。不过检查站还在,内蒙古境内的一次检查,排队超过半个小时。到了乌力吉镇已是午夜,不走了。

是日,行程1064公里。

归途 297

PART 12 归途
GUITU

9月23日

乌力吉，晴，气温21℃。

10点钟出发，在京新高速上行驶，穿越沙漠，驶过农田，经过巴彦淖尔、包头、呼和浩特、乌兰察布、张家口，23点50分，抵达北京。

归途，心情是放松而愉悦的，

到家了　　　　　　　　　　围沙

也掺杂了一点点的失落，这是一段激情澎湃、自由洒脱的旅行，到此告一段落。

周觜远先生诗：

贺杨总平安返京

一路征程川藏疆，
风餐露宿越苍茫。
大漠孤烟接云霄，
汗血宝马腾渠梁。
士子情怀察民苦，
诗人壮志书华章。
七十天行四万里，
半个地球袖里藏！

杨洪波和诗：

和周觜远先生

铁骑长嘶越藏疆，
天高路远野茫茫。
烈日焦土祈暮霭，
秋雨薄云看虹梁。
游历方才知民苦，
见闻始能做文章。
两月纵横三万里，
一路风情可珍藏。

张向午老师不吝谬夸：

好诗！洪波是律诗高手，尤擅七律，此诗尽显其七律功力。首联开篇入题，即写出西部边塞的粗犷和铁马嘶鸣的雄奇景象。中间两联不仅对仗极工，而且凸显了这里日照强烈、天气多变的气候特点，和一路游览采风的收获，紧扣主旨。尾联作结，一气呵成，完美收官。作为一首步韵诗，能写得形式上对仗如此之工整，内容又紧扣中心，不蔓不枝，实属难得。好诗。

张向午老师诗：

西游走单骑，
关山几万里。
归来一何速，
谁解其中义？

杨洪波和诗：

和张向午老师

胡天三五骑，
日行千百里。
浪迹天涯路，
寸心宅弘义。

赵洪刚教授诗：

日行千里一单骑，
秋困马乏人亦疲。
最喜平安回家转，
大话西游再称奇。

杨洪波和诗：

和赵洪刚教授

万里西域走单骑，
驽马十驾不言疲。
乐活乐游逍遥乐，
但将残阳写神奇。

是日，行程 1156 公里，一日千里是也。

历时 68 天，行车 18143 公里，从川藏线入藏，从新藏线入疆，一次有趣的西部行，容睡个好觉再做回顾性小结。晚安。

京新高速畅通无阻

PART 13 诗之余韵

SHIZHI YUYUN

回京后,仍有朋友赠诗,可谓诗之余韵。附录于后,有余音绕梁,三日不绝之妙。

郑子彬同学诗:

赞洪波西行日记

身勤独骑走天涯,
川云藏雪戈壁沙。
思勤家国人和事,
究诘今古荣与华。
笔勤一路描山水,
壮怀万里写烟霞。
更有诗情如泉涌,
青春梦里处处花。

张向午老师和诗:

次韵郑先生诗

杨君单骑游天涯,
茫茫荒野漠漠沙。
铁蹄踏破凡俗事,
风烟难掩圣灵华。
万里长空接碧水,
一轮落日缀红霞。
敢为人先豪情涌,
归来争献英雄花。

郑子彬同学诗：

赞洪波

思不停，
笔不停，
块垒浇不停。
日日有心忧天下，
字字藏锋刺世情。
真个是，
一涛拍岸顽石惊。

文也行，
武也行，
孤胆西部行。
奇山丽水单骑过，
新风古韵独自听。
镜头下，
无限风光在险峰。

张向午老师诗：

不栽玫瑰栽牡丹，
花茎带刺惹人嫌。
还是国色天香好，
玉笑珠香最烂漫。

周觜远先生诗：

一路民情与国风，
忧怀爱意行动中。
驱车临漠孤身进，
越堑绕垣独自迎。
人世苍茫云烟共，
光阴蹉跎艰难重。
无名黎庶千万众，
撑起华夏天不崩！

陈幼哲先生诗：

胸有宏愿人不老，
四战珠峰争低高。
落笔长有铮铮言，
安心总在草民间。

吴彦卿先生诗：

清华才俊杨洪波，
浪迹西游故事多。
妙笔写来一段锦，
洛阳纸贵争传说。

张向午老师诗:

步草堂山人韵

一路挥毫写烟波,
奇闻趣事笔下多。
偶见诗句皆集锦,
洋洋洒洒一家说。

陈延森先生诗:

单骑西部行,
引人入胜境。
感受风土情,
吟诗赋比兴。

张向午老师诗:

四进西藏天路长,
雄奇险峻任徜徉。
阿里一别再回首,
此生无憾入新疆。

姜桐福先生和诗：

和张向午老师

谁说人世路漫长，
少小无知任徜徉。
耄耋渐进再回首，
人生岂是再无疆。

张向午老师诗：

古道热肠进新疆，
哨楼残垣古战场。
每遇戍边英烈墓，
必临献祭志不忘。
万里单骑太平路，
铁铸长城可安邦。
践诺一箱牛栏山，
赢得众口齐赞赏。

孙明晶同学诗：

你虽单车独行，
却仿佛身边有无数姐妹弟兄。
无论是丰收的田野，
还是林下木屋抑或岩间草棚。
也无论是小店老板，
还是村叟老妪抑或是少女菁英，
你都能播下似火的友爱也收获奔放的热情。

不知名网友诗：

勇敢者的旅途，
坚韧者的勇气，
智慧者的文笔，
豁达者的心胸。

西藏诱惑四次行，
朝披红霞晚观景。
鹰击长空瞰大地，
兄探民风扬美名！

诗意的远方，远方的诗意，慢嚼细品，韵味无穷。追忆着曾经走过的旅程，哪里会安心于鸣锣收兵？此刻耳边已响起再度出发的战鼓，时刻准备向远方、远方的远方出征。

后记

PART 14

远方,远方!

人们都愿意说诗和远方,把这看成人生的一种境界,于是,远方多了诗意的色彩,人们对远方多了诗意的憧憬。

我喜欢旅行,喜欢远方,有种难以抑制的冲动去追寻探索远方的未知。

远方能带给我们快乐,也能带给我们忧伤。快乐和忧伤本就是人类情感中最主要的两种状态。山水宜人,风情动人,置身在陌生的环境中,像走进童话世界的孩子般,上蹿下跳,左顾右盼,眼神显得不够用,多想再借几双慧眼,把远方所有的新奇都能看遍。在这里被吸引,被感染,我们是忘我而快乐的。穷乡僻壤,深山荒野,又展示着远方另外的维度,人们的生活还不富裕,孩子们被隔绝在远离现代文明的角落,让人心生酸楚,忧心忡忡。虽无古来圣贤"先天下之忧而忧,后天下之乐而乐"的境界情怀,却也悲天悯人,心存善念。所见所闻,像一节社会学现场教学课,活生生,赤裸裸,没有之乎者也,没有高谈阔论,却能把自己导入角色,感受感应周遭的场景。灵魂在远方被拷问,这时我们才会知道,人生的答卷并不容易得到满分。

走向远方,就是走进一所大学,不,是很多所大学。读万卷书,行万里路,读书和走向远方不可偏废。离开书本的见闻,对于走向远方的人们,来得那样真实确切,那样直观直接。人们在其中接受再教育,如同在知识的海洋里畅游。同时也让书本知识得到检验和印证。

远方是诗意的,无论高原阔野,无论骄阳冷月,无论山村茅舍,无论疆舞藏歌,哪个不是诗情画意？哪个不是无上境界？美在旅行中发现，也在旅行中感受，穷尽大脑中有限的词汇，总还是感觉把一路的美写成诗行是那样的无能为力，时常有种江郎才尽、词不达意之慨。即便如此，还是触景生情，出口成章，有几分勉强生硬的诗句韵语像亮汪汪的泉水汨汨流出。这是远方赋予的灵感和启迪，诗是嫁给远方的，没有远方生命的滋养，诗便会枯萎凋零。只有远方和诗亦步亦趋，如影随形，才会联袂演绎出华美曼妙的乐章。

我的诗句达不到这样的境界，但在向这个方向努力。其实，在远方的路上行吟，并非为整出几句华丽诗句而沾沾自喜，恰恰是为了抒情表意，把那一刻的情感凝聚在几行算不上好的诗句里。那是景物的真实描写，也是透彻的心灵的写照。

在远方的诗，也未必局限于带着韵律的文字，其实也是一种浪漫的情怀，是对人生一种诗意的思考。人们义无反顾地走向远方，长途跋涉，舟车劳顿，昼行夜宿，风餐露宿，登高山，涉深谷，看江河之奔流，寻方物之特色，体会民风民情，考察历史文化，立悠悠天地之间，行莽莽原野之上，或放空大脑，或放浪形骸，或与朝霞为伴，或与夕阳絮语，无街市之喧嚣，无琐事之烦扰，吸自然之真气，悟人生之真谛，乃超凡脱俗之意境，浓浓诗意尽在其中矣，陶冶情操也是其中之义了。

远方的五彩缤纷、光怪陆离，远方的社会万象、民风民情，远方我们不熟悉的一切，都是对我们思想和心灵的敲动，对我们观察世界的角度的修正校准。常听些小朋友们张口闭口三观如何，何为三观，自己的所谓三观到底是否有所偏离，还是来远方做个现场调试对焦。走向远方，再谈世界观、人生观、价值观不迟。

远方的跋涉，是对人类肉体和意志的折磨与锤炼。劳其筋骨，苦其心志，无远方而不能。人类本应不断进化，蜷缩在沙发里赏鱼观花，局限于楼下花园里悠闲漫步，怎知鹏飞万里之视野，怎比风急浪高中迎着闪电勇敢冲击的海燕！勇敢、顽强、坚持、忍耐……人类进化需要这样的品质，这样的品质促进人类的进化和社会的进步。

远方也是情意款款、温婉宜人的。怎么说呢？平时很少来往的朋友，三两年也没有交流交集的朋友，却在远方相遇。不论千里之遥、万里之远，借助网络大家在远方相会，每天在网络上畅谈，每天在网络上狂欢，言语飞传，思想激荡，情感交融，大家变得欢快起来，亲近起来。每天数百人盯着远方折腾得天昏地暗的我，关心的，关注的，咨询的，建议的，都是暖心的热茶、醉人的烈酒。看着远方的人似乎不比身在远方的人更轻松，两个月间网络留言竟达到4万余字！这里用个惊叹号吧。友情之重，拿事实说话。实在无法把这些朋友的名字一一列出，太长了，我记在心里了。情义这东西是奢侈品，不是谁都能拥有的。我拥有，我快乐。

远方也是可以疗伤医病的。哪个人没有遇到过挫折和不快，哪个人不曾有过心灵的创伤和悲情？与其陷入伤痛之中，不如果断出门远行，走向远方的时刻，就是把悲伤丢弃的时刻，远方用快乐拥抱着你。也许远方也有忧愁，但却把人从小我的忧伤中置换出来，远方的忧愁是一种慈悲，是一种大爱。

一段远方的旅行，一段艰苦卓绝、诗情画意的人生经历，已经定格在自己人生旅程中。追忆依然有些感动，有些不舍，有些意犹未尽，甚或也有些失落和彷徨。远方的行走，不应该画上句号的，远方之远方还在诱惑着，那就择机再出发。人生如果没有了对远方的憧憬和期待，还有什么意义！我不能停止对远方的遥望。

这次西部旅行，得到许多师友的道义支持，一句留言，一段语音，都是暖暖的温情，都是卸下疲惫吹走孤独的和煦春风。特别是师友陪我一路诗文逗趣，让诗意的远方更加诗意盎然。不经意间，与师友唱和超过200余首，不能一一收入，为歉。还有独具慧眼、文字精美的对行程和游记的点评，虽多有溢美，但却真情实意。张向午老师、郑子彬同学、周振兴（觜远）先生、赵洪刚教授、蔺鸿冰同学、谢景芳教授、张益斌先生、陈幼哲先生、刘兴雨先生、李振亮先生、王晓昕同学、刘占武同学、乔钊同学、王丽梅同学、张惠诚教授、李巍教授、刘廷奇同学、姜玉芬同学、王艳同学、张延久同学、孙明晶同学、吴彦卿先生、姜桐福先生……不能一一提及，感谢，深深地感谢。张向午老师、张益斌老师、王利华老师等，每天盯着我的行程在地图上标记，这是怎样的情谊呢？特别感谢身在美国的蔺鸿冰同学，将我每天在网络上发布的文图收集整理成美篇22集第一时间发布出来，这工作量实在太大了。赵洪刚教授，把我的网络空间文字全部下载，替我保存下来。姜玉芬同学、王振花同学也分别根据文图做成美篇，让这个远方延伸得更远。这些朋友们能不让我感动感谢吗？必须感谢，还要永远铭记在心。在此还要感谢"印象本溪"主编赵丹先生，将游记陆续介绍给家乡的父老乡亲，谨致深深谢意。感谢大学同宿舍同学郑子彬兄，除了写下很多优美的点评，并为本书作序。非常感谢李乡状先生鼎力推荐出版本游记，感谢出版社孟广霞女士对本书的认真编辑，感谢彭富强先生设计了本书。

特别要说明一下封面用图，是在希夏邦马峰山脚下，一位高高瘦瘦的藏族汉子用我的手机拍摄的。他一句汉语都听不懂，也没碰过手机。手把手教他，他犹豫着按下快门。取景不是很完整，但几个藏族孩子的神情深深打动了我。要感谢那位藏族同胞，可惜不知道他的名字。

本游记是我第四次西藏行的记录，也是第二次独自一人自驾西藏、新疆的记录。2016年从北京出发，经青藏线进入西藏，从新藏线回到北京，也有很多难忘的记忆。限于篇幅，不能一并出版。本次游记以日记形式编排，将每日行程、见闻、感想一一实录，纯属懒人作为，唯一好处是真实，或可以为有兴趣自驾西藏、新疆等西部地区的朋友提供一个行程攻略的参考。

最后要感谢二姐杨艳梅在我出行期间来北京替我照看儿子。儿子今年十岁了，希望儿子长大了知道爸爸是一个什么样的人，将来做一个善良、勇敢、坚强、有爱的人。

以上感慨絮语，聊作后记。

杨洪波

2020年10月